Aus alter Zeit

Erzählungen aus dem Mittelalter

Der Autor:

Fritz Peter Heßberger, Jahrgang 1952, geboren in Großwelzheim, heute
Karlstein am Main, studierte Physik an der Technischen Hochschule
Darmstadt; 1985 Promotion zum Dr. rer. nat.; von 1979 bis zum Eintritt
in den Ruhestand 2018 als wissenschaftlicher Angestellter in einer
Großforschungsanlage tätig.

Bibliographische Information der Deutschen Nationalbibliothek:

Die Deutsche Nationalbibliothek verzeichnet diese Publikation in der Deutschen Nationalbibliographie; detaillierte bibliographische Daten sind im Internet über http://dnb.d-nb.de abrufbar

© 2021 Fritz Peter Heßberger
Herstellung und Verlag
BoD – Books on Demand, Norderstedt

ISBN 978-3-7519-6750-1

Diethelm von Übelacker
Die Abenteuer des Ritters ohne Mut und Adel

1. Diethelms Herkunft und Erziehung

Der Kaiser sah sich vor vielen Jahren genötigt seinem Reisigen Kuno Übelacker eine Belohnung zukommen zu lassen.
Dieser hatte ihm, eher aus Versehen denn aus Tapferkeit, im Krieg gegen die Angeln und die Ruten das Leben gerettet. Kuno begab sich damals an einem warmen Nachmittag unweit des kaiserlichen Lagers in ein Gebüsch um dort ungesehen sein Wasser abzuschlagen. Und dabei traf der Urinstrahl einen rutenischen Kundschafter, welcher verborgen in den Sträuchern lag. Erschrocken richtete sich dieser auf und beschimpfte den Flegel, welcher ihn mit dieser stinkenden Flüssigkeit näßte. Kuno hatte mittlerweile seine Blase entleert und sein bestes Stück in der Hose verstaut. Er schritt zur Tat und nahm den Ruten kurzerhand gefangen. Dieser gestand wenig später unter Androhung der Folter, daß eine kleine Truppe ausgewählter Krieger bereit stehe um das Lager zu überfallen und den Kaiser zu töten. Und da er auch verriet, an welchem Ort die Männer warteten und wie groß ihre Anzahl war, zog die kaiserliche Garde sofort aus, überraschte und vernichtete den Feind.
Nach dem siegreichen Abschluß des Krieges belehnte nun der Kaiser Kuno Überlacker für seine Heldentat mit einem Stück Land in einer abgelegenen Mark, die großteils von dem Volksstamm der Luschen besie-

delt war. Bei ihnen handelte es sich um weitgehend unzivilisierte Menschen, welche in primitiven Hütten hausten und sich von Fischfang und Jagd ernährten.

Daneben lebten in dieser Mark noch zahlreiche Männer und Frauen, die man aus unterschiedlichsten Gründen nicht im Zentrum des Reiches dulden wollte. Sie verstanden sich aber ein wenig auf Landwirtschaft und ihre Abgaben ermöglichten Kuno und seiner Familie ein bescheidenes Auskommen.

Und da Kuno sogar einige Worte lesen und schreiben konnte, galt er als gebildet und weise, wurde von seinen Untertanen geachtet. Aus diesem Grunde hielt er es auch für erforderlich, seinem Sohn Diethelm eine ordentliche Erziehung zukommen zu lassen. Es erwies sich nun als Glücksfall, daß eines Tages ein entlaufener, trunksüchtiger Mönch namens Bibanter zu Kuno kam und sich erbot, gegen Gewährung eines Obdachs, sowie Bier und Branntweins in ausreichender Menge, seinen Sohn in allen ihm bekannten Künsten und Wissenschaften zu unterrichten. Denn der Mönch hatte sich die Worte seines Abtes, man müsse den alten Adam in sich täglich ersäufen, zu Herzen genommen und als probate Mittel hierfür Bier und Branntwein auserkoren.

Kunos Frau war zwar anfangs skeptisch, doch bereits nach drei Monaten legte Diethelm ein erstes Zeugnis der Bildungserfolge ab; er wies auch bereits einige Kenntnisse der lateinischen Sprache nach. So war er in der Lage, das Verb 'bibere' in allen Zeitformen zu konjugieren.

Es konnte aber nicht geleugnet werden, daß der Mönch in der Tat über einen wachen Verstand und großes Wissen verfügte. Heute würde man dies mit der Volksweisheit 'Intelligenz säuft' begründen. Auch Diethelm war keineswegs geistig völlig dumpf, er erwies sich als einigermaßen gelehrig, lernte lesen und schreiben. Auch andere Künste wie Mathematik und Astronomie beherrschte er bald in Grundzügen, lediglich mit der Theologie mochte er sich nicht anfreunden. Er sah keine Notwendigkeit für die Existenz eines Gottes, der irgendwo in der Höhe im Himmel hauste, sich nicht um die Menschen kümmerte und lediglich am Jüngsten Tag, der Mönch wußte auch nicht, wann dieser Tag anbrechen sollte, sich zeigen und dann Gericht halten werde. Auch nahm er ihm übel, daß er seinen Sohn von einer Horde Römer an ein Kreuz nageln ließ.

„Wenn ich einen Sohn hätte", erklärte er dem Mönch, „so würde ich alles unternehmen um ihn zu retten. Es sei denn, der Sohn ist ein Nichtsnutz oder hat stets gegen den Willen des Vaters gehandelt."

Der Mönch widersprach dem, erklärte, die Kreuzigung des Sohnes sei ein Zeichen Gottes für die Versöhnung mit den Menschen gewesen, ein Zeichen dafür, daß er ihnen wegen der Erbsünde nicht mehr böse sei. Außerdem sei der Sohn ja auch bereits am dritten Tage wieder von den Toten auferstanden. Die ganze Sache sei also gar nicht so schlimm gewesen.

Das Wort Erbsünde mochte nun Diethelm ganz und gar nicht.

„Man kann Land, Geld und mit kaiserlicher Erlaubnis auch Titel vererben, aber doch nicht Sünden ! Schließlich kann man doch auch nicht seine Seele vererben oder seinen Verstand. Und außerdem, ein Rechtsgelehrter, der einst bei uns zu Gast war, erklärte mir, ein Erbe könne man auch ausschlagen. Hinsichtlich der Erbsünde werde ich das auf jeden Fall tun. Was gehen mich die Sünden meiner Vorfahren an ? Ich habe genug an meinen eigenen Sünden zu tragen."

Der Mönch sah ein, daß jeder weitere Disput über dieses Thema fruchtlos bleiben werde und so sprach er es auch nie wieder an.

Das Mädchen Heike

Doch wir müssen hier noch einmal zurück blenden, denn Diethelm war nicht der einzige Zögling des Mönches. Als der Knabe zehn Jahre alt war fand sich eines Morgens ein gleichaltriges Mädchen auf der Burg ein. Es hieß Heike, gehörte dem Volk der Luschen an. Heike war allerdings aus der Art geschlagen, denn sie verfügte über einen wachen Verstand und strebte nach Wissen, was in ihrem Volk bisher noch nie vorgekommen war. Kuno wollte sie davonjagen, aber sie ließ sich nicht vertreiben. Schließlich erbarmte sich Helene, die fromme und gottesfürchtige Mutter Diethelms des Kindes und nahm Heike als Jungzofe in ihre Dienste.

„Ein dummes Fischermädchen wird mir eine schlechte Zofe sein", sprach sie am darauffolgenden Abend zu ihrem Manne als sie zu Bette lagen, „alle Edelfrauen werden darüber spotten. Nein, sie muß eine gute Erziehung erhalten."

„Warum müssen Weiber ihre Ehegatten stets spätabends im Bett mit solchen Problemen belasten, man könnte die Zeit doch für viel vergnüglichere Dinge nutzen", dachte Kuno, erwiderte dann:

„Du hättest sie ja nicht in deine Dienste nehmen müssen."

„Widersprich mir nicht, Kuno, schließlich hast du bei der Vermählung vor Gottes Altar geschworen mich zu lieben und zu ehren ! Begehe also keine Todsünde !"

Das wagte Kuno natürlich nicht. Um seine Ruhe zu haben, entgegnete er:

„Ich vertraue deiner Klugheit. Du wirst die richtige Entscheidung treffen. Unternimm also, was du für richtig hältst, geliebte Gattin."

Am nächsten Morgen, nach der Messe, bestellte Helene den Mönch zu sich, erklärte ihm ihr Vorhaben. Der Mönch wiegte den Kopf.

„Ein Mädchen in den Wissenschaften unterrichten ?"

Er dachte nach.

„Nein, es ist kein Gebot Gottes bekannt, welches dies verbietet. Und schließlich hat er ja auch gesagt, es sei nicht gut, daß der Mensch alleine ist. Und ich schließe daraus, daß er es auch nicht für gut erachtet, daß ein Kind alleine lernt."

Heike und Diethelm freundeten sich an. Jener bestand dann auch darauf, daß Heike mit ihm zusammen im Gebrauch der Waffen unterrichtet wurde.

„Ein seltsamer Wunsch", dachte der Vater, doch der alte Waffenmeister Hildebranch zerstreute seine Bedenken, ja, er führte sogar an, die Zeiten seien unsicher, und da sei es nicht schlecht wenn Weiber es verstünden ein Schwert zu führen. Dann könne man auch bei Gefahr ohne Gewissensbisse fliehen, da sich die Weiber ja selbst verteidigen könnten und man sie daher nicht schützen müsse. Das sah Kuno ein und er gab die Erlaubnis.

Der Ritterschlag

Diethelm wuchs zu einem kräftigen Jüngling heran, Heike zu einer hübschen, schlanken jungen Frau, die trotz ihrer scheinbaren Zartheit das Schwert besser führte als Diethelm und ihn in den Kenntnissen der Wissenschaften weit übertraf. Diethelm empfand aber keinen Neid und ihre Freundschaft nahm besonders intensive Züge an als sie das Alter erreichten, in dem bei jungen Menschen je nach Geschlecht männliche oder weibliche Gefühle aufkommen. Aber das soll hier nicht näher ausgeführt werden, zumal es ja auch nur dazu führte, daß die Vertrautheit zwischen ihnen wuchs. Und schließlich glaubten alle Burgbewohner keiner von den beiden wolle mehr ohne den anderen sein. Tatsächlich entwickelte sich das Verhältnis aber nicht so harmonisch wie es den Menschen auf der Burg schien. Diethelm träumte ein großer Held zu werden, verehrt von allen Völkern der Erde. Und er rühmte sich bereits mit den Taten, die er einst begehen werde. Heike ärgerte sich im Stillen über diese Prahlerei, zumal sie seine Einfalt und Tolpatschigkeit nicht als Eigenschaften ansehen konnte, die einen Helden ausmachten. Ansonsten war er aber ein lieber Junge, ein guter Freund, aber als Gatten konnte sie ihn sich nicht vorstellen.

Nun geschah es aber in jener Zeit, daß der Fürst von Tollpatien, Arnimius der Lasche, Pläne schmiedete den Kaiser zu stürzen und sich an seine Stelle zu setzen. Das Vorhaben wurde aber verraten, der Fürst gefangen genommen und eingekerkert. Der Kaiser wußte aber nicht so recht, was er mit dem Aufrührer anfangen sollte, denn der Fürst war beim Volk durchaus nicht unbeliebt, außerdem der Vetter des Königs der Haken und so mochte er ihn nicht hinrichten lassen, da ansonsten ein Krieg drohte, zumal der König der Haken enge Beziehungen zu den Angeln und Ruten pflegte. Es kam ihm daher gelegen, daß zu jener Zeit das weit im Norden lebende Volk der Jammerlappen einen Herrscher suchte. Der Kaiser sah nun eine günstige Gelegenheit den unliebsamen Fürsten loszuwerden und schlug daher einer Abordnung der Jammerlappen, welche an seinem Hof vorsprach, den Fürsten als geeigneten Kandidaten vor. Dieser Vorschlag wurde mit Freuden aufgenommen.

Auch der Fürst schien begeistert. Wenn er schon kein Kaiser werden konnte, so doch wenigstens König, zumal auch bei diesem Titel die Untertanen ihn mit 'Majestät' anreden mußten. Er willigte ein.

Hocherfreut entließ der Kaiser ihn aus dem Kerker und bereits wenige Tage später brach der Fürst mit der Abordnung und zwei Getreuen in sein neues Reich auf. In der Nähe von Kunos Burg ereignete sich allerdings ein Unglück, das weitreichende Folgen für die Weltgeschichte haben sollte. Das Pferd des Fürsten trat ungeschickter Weise in ein Schlammloch und brach sich ein Bein. Der Fürst stürzte von seinem Roß und erlitt eine Prellung an der Hüfte. Kuno, großherzig wie nun einmal war, bot Arnimius nicht nur ein neues Pferd an, sondern erklärte sich bereit, ihn und seine Begleiter bis zu dessen vollständiger Genesung als Gäste in seiner Burg zu beherbergen. Natürlich geschah dies nicht aus völliger Selbstlosigkeit und reiner Nächstenliebe, sondern er erbat eine geringfügige Gegenleistung. Der Fürst solle seinen Sohn Diethelm zum Ritter schlagen. Der willigte sofort ein, zumal damit für ihn auch keine Kosten verbunden waren. Man vereinbarte, daß der Ritterschlag am darauffolgenden Sonntag in der Kirche nach Austeilung der Kommunion erfolgen solle.

Nun hatte Fürst Arnimius aber am Vorabend mit dem Mönch zu ausgiebig gezecht und war aus diesem Grunde am Morgen noch nicht vollständig Herr über seine Sinne. Daher unterlief ihm ein Mißgeschick.

Es war zur Gewohnheit geworden, daß die herrschaftliche Familie erst nach dem gemeinen Volk zur Kommunion schritt. Zunächst Kuno und seine Frau Helene, dann Diethelm und Heike. Daß sie zusammen die Kommunion erhielten hatte er sich mittlerweile ausbedungen, denn schließlich sündigten sie ja auch zusammen. Dem Fürsten unterlief nun eine Verwechslung und er erteilte Heike den Ritterschlag. Erst nachdem man ihn auf den Fehler aufmerksam gemacht hatte, vollzog er bei Diethelm die Prozedur. Der Ritterschlag war zwar nicht mit der Erhebung in den Adelsstand verbunden, dennoch nannte sich der Jüngling von nun an Diethelm von Übelacker.

Problematischer erschien allerdings der Ritterschlag Heikes, da sie eine Frau war. Der Fürst sah sich allerdings außerstande ihn zurückzunehmen. Hierzu hätte sie gegen die Ehrbegriffe des Rittertums verstoßen müssen, was sie aber nicht tat. Man beschloß daher, die kaiserliche

Kanzlei um eine Entscheidung zu bitten. Der Kaiser war ungehalten darüber, daß man ihn wegen solcher Unwichtigkeiten belästigte, beauftragte den berühmtesten Rechtsgelehrten des Reiches, Masurbatus Legibus, mit der Untersuchung des Falles. Der kam nach dem Studium aller Gesetze zum Schluß, daß ein Ritterschlag von Frauen in den Gesetzen zwar nicht vorgesehen, aber auch nicht verboten sei. Es sei daher unabdinglich eine baldige gesetzliche Regelung zu schaffen. Im gegenwärtigen Fall könne man allerdings, ohne dabei einen Präzedenzfall zu schaffen, den Ritterschlag ausnahmsweise anerkennen.

Diethelm, jung und ungestüm wie er war, beschloß die Welt kennenzulernen, bat Heike ihn zu begleiten. Die willigte ein, da sie ihren Dienst bei Helene hatte aufgeben müssen, denn als Ritterin konnte sie keine Zofe sein. Kuno und auch der Mönch erhoben Einwände, da die beiden nicht verheiratet seien und daher als Paar nicht in die Welt ziehen dürften. Diethelm hielt dann auch gleich um ihre Hand an, doch Heike lehnte ab. Sie hielt eine Eheschließung nicht für notwendig, da sie bisher ja auch ohne Heirat ihren Spaß zusammen hatten und ein Ritterschlag daran nichts änderte. Außerdem dünkte ihr, daß sie in der weiten Welt durchaus einen würdigeren Gatten finden könnte als den etwas tolpatschigen Diethelm. Das äußerte sie aber nicht laut, führte vielmehr an, zum einen solle ein Ritter nicht heiraten, solange er sich nicht in der Welt durch Klugheit und Tapferkeit als solcher bewährt habe. Zum anderen würde sie ja im Falle seines Todes bereits in jungen Jahren zur Witwe und unversorgt zurückbleiben, da Diethelm noch keinen eigenen Besitz erworben habe. Im übrigen würden sie ja auch nicht als Mann und Frau in die Welt ziehen, sondern als Ritter. Und schließlich hob sie auch noch hervor, als Ritterin sei sie frei und nur dem Kaiser unterstellt, könne sich also selbst aussuchen, mit wem sie in die Welt ziehe. Weder Kuno noch der Mönch hätten ihr da Befehle zu erteilen.

Der Kampf gegen den wilden Stier

Sie waren bereits eine Woche unterwegs. Diethelm berauschte sich immer mehr an den Abenteuern, die er bestehen werde. Er sah sich bereits in einer Reihe mit den Helden der Urzeit. Heike kam in diesen Träumen nicht vor. Das verdroß sie. Und sie fragte sich, warum sie eigentlich mit ausgezogen war, wenn Diethelm sie gar nicht benötigte.

„Wohin reiten wir eigentlich?" fragte Heike eines Mittags.

„In das Land der Drachen natürlich. Einen Drachen zu erlegen ist die größte Heldentat, die ein wahrer Ritter vollbringen kann. Das wird mir ewigen Ruhm bescheren", gab Diethelm zur Antwort.

„Und wo liegt das Land der Drachen?"

„Tief im Süden vermutlich, vielleicht auch weit im Norden."

„Das ist nun keine genaue Auskunft."

„Ja, weißt du denn wo das Land der Drachen liegt?"

„Nein."

„Siehst du. Warum willst du mich dann belehren? Der heilige Georg lebte in Asien. Also müssen wir dorthin ziehen."

„Und wenn wir dort keinen Drachen finden?"

„Dummes Weib! Dann reiten wir eben nach Norden, dorthin wo Siegfried einen Drachen erlegt hat."

„Und warum reiten wir dann nicht gleich nach Norden? Das ist doch näher."

„Du verstehst gar nichts. Siegfried tötete den Drachen um einen Schatz zu gewinnen, der Heilige Georg tötete den Drachen um eine Jungfrau zu retten. Reiten wir erst nach Norden, dann hat der Drache die Jungfrau schon längst gefressen wenn wir im Süden ankommen. Also müssen wir zuerst nach Süden reiten, das siehst doch ein? Der Schatz kann warten."

„Es könnte ihn aber inzwischen jemand stehlen."

„Törichtes Weib, wer sollte ihn denn stehlen? Er müßte doch zuvor den Drachen töten. Wer sollte das tun außer mir? Der Heilige Georg ist tot, Siegfried ist tot, nur ich lebe."

Heike wollte antworten, doch sie kam nicht dazu, denn Diethelm hatte einen Ochsen gesichtet, der friedlich auf einer Weide graste.

„Ein wilder Stier", erklärte er mit wichtiger Miene, „mit ihm werde ich mich im Streite messen."

„Unterlaß das", mahnte Heike, „er grast doch ganz friedlich, ist gar nicht an einem Streit interessiert. Außerdem ist es ein Ochse, er wird kaum ein würdiger Gegner sein."

„Weiber haben zu schweigen, wenn Helden sprechen", fuhr Diethelm sie an, „der Kampf mit dem gewaltigen Giganten wird mir ewigen Ruhm bescheren !"

„Wie du meinst", entgegnete Heike, „ich werde mich inzwischen ins Gras legen und die warme Sonne genießen."

Nun setzte sich ausgerechnet just in diesem Augenblick eine Hornisse auf die Nase des Ochsen. Der schnaubte um sie zu verscheuchen, was das Insekt ihm aber übel nahm und ihn in diese Nase stach. Das schmerzte sehr und machte den Ochsen wütend. Er sprang auf, brauste los, raste über die Weide, stieß schließlich noch mit aller Kraft gegen einen kleinen Baum, den er entwurzelte. Der Stamm flog einige Mannslängen durch die Luft, landete schließlich im Gras.

„Hast du gesehen, was das für ein wildes Tier ist ? Das wird ein harter Kampf", rief Diethelm Heike begeistert zu.

Er griff nach seiner Lanze, stürmte auf den Ochsen los. Der Schmerz hatte inzwischen nachgelassen, der Ochse beruhigte sich, ließ sich wieder ins Gras nieder, noch etwas benommen von Stoß gegen den Baum. Der tapfere Ritter stieß dem Tier erst einmal die Lanze in den Hinterlauf um es zu reizen. Doch der Ochse war müde, rührte sich nicht. Daher unternahm Diethelm einen zweiten Versuch, stach ihm leicht in die Seite, denn sein Sinn war auf Kampf ausgerichtet, ihn hinterrücks schwer verletzen wollte er ja nicht.

In diesem Augenblick stürmten drei Männer aus dem nahen Wald heraus. Der erste schwang einen Dreschflegel, der zweite eine Sense, der dritte trug eine Mistgabel.

„He, du Haderlump", schrie der Dreschflegelschwinger, „laß meinen Ochsen in Ruhe oder du wirst mich kennenlernen."

„Ein Ochse ? Nein, das ist ein wilder Stier", entgegnete ihm Diethelm selbstbewußt, „er ist eine Gefahr für Land und Leute. Und ich werde die Welt von diesem Ungeheuer befreien. Hinweg ihr Bauernlümmel."

Doch der Dreschflegelschwinger ließ sich von dieser Heldenrede nicht beeindrucken. Schon war er nahe genug heran um Diethelm einen Schlag gegen die Schulter zu verpassen.

Heike, welche die Geschehnisse bisher mit Erheiterung betrachtet hatte, erschien die Sache nun bedenklich, denn auch der Sensenschwinger und der Kerl mit der Mistgabel kamen Diethelm gefährlich nahe. Sie sprang aufs Pferd, zog ihr Schwert aus der Scheide, eilte dem Helden zu Hilfe, denn der Sensenmann holte bereits zum Hieb aus. Ohne zu zögern trennte sie mit einen Schwertstreich das Sensenblatt vom Stiel. Den Dreschflegelmann streckte sie mit einen kräftigen Hieb mit der flachen Klinge zu Boden. Allerdings konnte sie nicht verhindern, daß der Bauernbursche mit der Mistgabel Diethelm ins Gesäß stach. Der schrie laut auf. Sie ergriff die Zügel von Diethelms Pferd, zog beide aus der Gefahrenzone bevor der Mistgabelmann zu einem zweiten Stoß ausholen konnte.

„Das ging knapp her", sprach Diethelm als sie in Sicherheit waren, „es war ein harter Kampf und ich habe eine schwere Verwundung an meinem wertvollsten Körperteil erlitten."

Heike kommentierte dies nicht, wohl weil sie der Meinung war, daß Diethelm recht hatte, nicht etwa was den Kampf betraf, sondern den Ort der Verwundung, sagte vielmehr:

„Rede nicht so viel, sehen wir zu, daß wir wegkommen. Und das nächste Dorf werden wir tunlichst meiden."

Der Eber

Einige Tage später durchquerten sie einen Wald. Am frühen Nachmittag trottete unvermittelt ein Wildschwein über den Weg. Diethelm richtete sich im Sattel auf.

„Ein mächtiger, wilder Keiler, das gefährlichste Tier weit und breit, der König des Waldes. Ich werde ihn in einem heldenhaften Kampf erlegen."

„Ach, laß doch", mahnte Heike, „es ist schon recht spät und wenn du jetzt deine Zeit mit einer Wildschweinjagd vergeudest, erreichen wir vor Sonnenuntergang nicht mehr das nächste Dorf. Dann können wir unter einem Baum auf einem Moosbett übernachten. Ich will aber endlich wieder einmal in einem richtigen Gasthaus in einem richtigen Bett schlafen. Wir haben schon seit vier Tagen stets im Freien genächtigt. Außerdem scheint mir dieser Eber schon recht alt zu sein. Er wird keinen wohlschmeckenden Braten liefern. Wozu willst du ihn also erlegen ?"

„Verweichlichtes Weiberpack !" knurrte Diethelm, „wir sind in die Welt ausgezogen um Heldentaten zu vollbringen, nicht um von Gasthof zu Gasthof zu reiten. Nein, der wilde Keiler muß fallen."

Er legte seine Lanze an, jagte dem Tier hinterher, das gemächlich dahin trottete. Diethelm traf schlecht, verletzte das Wildschwein nur leicht am Hinterlauf. Es hielt an, drehte sich um, stürmte wütend auf den Reiter zu. Das Pferd erschrak, scheute, bäumte sich auf. Diethelm verlor das Gleichgewicht. Er rammte die Lanze in den Boden um sich abzustützen. Die Lanze brach. Der Held stürzte aus dem Sattel. Der Eber griff ihn an. Diethelm versuchte das wilde Tier mit der abgebrochenen Lanze, die er noch immer in der Hand hielt, abzuwehren, doch das gelang ihm nur schlecht. Er verletzte den Eber leicht an einem Vorderlauf, was diesen aber nur noch wütender machte. Todesangst überfiel den Ritter, der doch so gerne tapfer sein wollte. Verzweifelt blickte er um sich. Ein dünner Baum, keine fünf Schritte entfernt, versprach Rettung. Mit ungeahnter Geschwindigkeit sprang er zu ihm hin, kletterte hinauf, mußte sich allerdings am Stamm festklammern, da ihn die Äste nicht trugen. Die wütende Eber rannte immer wieder gegen den Baum an. Der wankte bedenklich, stürzte aber zu Diethelms Glück nicht um. Schließlich wurde der Eber müde, legte sich unter den Baum. Diethelm wagte nicht hinab zu klettern, denn er fürchtete, er könne das Tier erneut reizen.

Heike hatte unterdessen Diethelms Pferd, das nach Abwurf des Reiters weitergerannt war, eingefangen, kehrte nun an den Ort des Geschehens zurück, erblickte den sich verzweifelt am Baum festklammernden Helden. Sie konnte ein Lachen nicht unterdrücken.

Sie überlegte, was nun am besten zu tun sei. Die Lanze war zerbrochen, unbrauchbar und vom Pferderücken aus konnte sie nur schlecht mit dem Schwert gegen den Eber kämpfen, solches hatte sie auch bisher nicht geübt. Und dem Tier zu Fuß entgegenzutreten erschien ihr bedenklich. Sie schaute sich um, entdeckte etwa hundert Schritte entfernt einen Felsblock. Ein Gedanke durchzuckte sie, sie faßte einen Plan. Sie hob ein Lanzenbruchstück auf, ritt dem Eber entgegen, stieß es ihm in die Seite. Der bemerkte den Feind, sprang auf. Sie wendete das Pferd, ritt zu dem Felsblock, kletterte gewandt hinauf, zog ihr Schwert. Der Eber versuchte hochzuspringen, was ihm aber nicht gelang. Es bot sich nun aber Heike die Gelegenheit ihm das Schwert in den Hals zu stoßen. Der Eber fiel zu Boden, rappelte sich wieder auf, versuchte erneut hochzuspringen, erhielt aber wieder einen Stich in den Hals. Er gab jedoch nicht auf. Erst nach einigen weiteren Versuchen, er blutete bereits stark, schien er erschöpft, legte sich nieder. Heike stieg vom Felsblock herab, stieß ihm noch einmal das Schwert in die Seite.

Diethelm war unterdessen vom Baum gestiegen, näherte sich vorsichtig dem Felsblock. Als er bemerkte, daß der Eber nur noch zuckte, faßte er Mut und er lief schneller, versetzte schließlich dem weidwunden Tier, das noch einmal versuchte sich mühsam aufzurichten, einen Schwertstich in den Leib. Unter einigen Zuckungen verendete es.

„Das war eine heldenhafte Leistung", sprach er nun feierlich.

„Von wem ?" entgegnete Heike spöttisch.

„Natürlich von mir ! Hast du nicht gesehen wie ich mit dem Untier gekämpft habe ?"

„Nein, ich habe dein entlaufenes Pferd eingefangen und als ich zurückkam saßest du bereits auf dem Baum und mir wurde nicht klar, ob der Baum mehr durch die Stöße des Ebers oder durch dein Zittern schwankte."

Diethelm überging diese Bemerkung.

„Das war eine Kriegslist. Ich machte ihn wütend, er rannte gegen den Baum bis er müde wurde und ich wollte gerade vom Baum herabsteigen und ihn erlegen als du herankamst und meinen Plan verdorben hast. Du hattest dann ja auch leichtes Spiel mit ihm."

„Meinst du ?"

„Ich habe es mit angesehen."

„Du hättest nicht schauen sollen, sondern mir helfen können."

„Das habe ich ja auch. Du hattest schlecht getroffen und er wollte sich gerade wieder aufrichten und sich auf dich stürzen. Ich habe dich durch meine kühne Tat gerettet. Sei jetzt nicht undankbar."

„Er war doch schon fast tot."

„Keineswegs, er hat sich nur so gestellt um dich zu täuschen."

Heike atmete tief durch. Er hatte keinen Zweck sich mit diesem Helden zu streiten, der sich immer mehr aufplusterte.

„Wenigstens haben wir einen Braten, wenn auch Eberfleisch nicht sonderlich schmackhaft ist, aber wir haben keine Wahl. Wir werden hier nächtigen müssen. Das nächste Dorf erreichen wir nicht mehr vor Anbruch der Dunkelheit. Wir verirren uns höchstens im Wald. Dein unnützer Kampf mit dem Eber hat zuviel Zeit gekostet."

„Unnützer Kampf ? Weib, was redest du da ? Ich habe die Welt von einem schlimmen Untier befreit ! Weißt du nicht, daß diese Wildschweine die Felder zerwühlen und die harte Arbeit der Bauern zunichte machen ?"

Heike ging nicht auf die Worte ein.

„Tun wir das Notwendige. Suche du Holz, ich werde inzwischen das Tier zerlegen und ein Feuer entzünden."

Diethelm zog ein bedenkliches Gesicht.

„Man sollte nicht alleine umhergehen. Es könnten noch mehr Eber herumstreifen. Und meine Lanze ist zerbrochen."

„Ach was, das war ein Einzelgänger. Na schön, dann suche ich eben Holz und du zerlegst das Tier", erwiderte sie leicht mürrisch.

Nach dem Abendessen wickelte sich Heike in ihre Decke um zu schlafen.

„Sollten wir nicht Vorsichtsmaßnahmen ergreifen, unser Lager mit Pa-

lisaden umgeben. Es können ja während der Nacht noch weitere Wildschweine auftauchen und uns attackieren ?"

„Jetzt Bäume fällen und einen Zaun bauen ? Es ist bereits dunkel.
Wenn du Angst hast, denn klettere eben auf einen Baum und schlafe im
Geäst. Binde dich aber fest, damit du nicht herunterfällst."

„Wenn er abstürzt und sich den Hals bricht, dann ist nicht allzu viel
verloren", dachte sie, drehte sich zur Seite, schlief bald ein.

Kein Wildschwein störte sie in der Nacht.

Am Morgen nach dem Frühstück ritten sie weiter. Diethelm redete
nicht mehr von seiner gestrigen Heldentat, er jammerte unaufhörlich
wegen der zerbrochenen Lanze.

Heike ging das bald auf die Nerven, sie ritt ein Stück voraus.

Der Kampf mit dem Bären

Gegen Abend erreichten sie ein Dorf, in dem eine gewisse Unruhe herrschte, denn kurz zuvor hatten einige Männer einen Toten aus dem nahen Wald hierher gebracht, den man dann vor der Kapelle aufbahrte. Zahlreiche Menschen standen um die Leiche herum, manche weinten, manche beteten, manche weinten beim Beten, andere beteten beim Weinen. Heike und Diethelm kümmerten sich nicht um die Trauernden. Sie suchten den Dorfkrug auf, ließen sich ein Zimmer für die Nacht geben, legten dort ihr Gepäck ab, kehrten anschließend in die Schankstube zurück, wo sie Platz nahmen und ein Abendessen bestellten.

„Was ist geschehen?" fragte Diethelm den Wirt als dieser einen Krug Wein und zwei Becher brachte.

„Der Bär", antwortete dieser, „der Bär hat den Holzhacker Adelbert getötet, den Ärmsten. Bisher hat er nur Schafe und Kühe auf der Weide gerissen, aber noch nie einen Menschen angefallen. Der Ärmste, er hinterläßt ein Weib und sieben Kinder."

„Das ist die Strafe für ihr sündiges Leben", mischte sich die Wirtin ein, welche herbeigekommen war um das Abendessen aufzutischen.

„Sündiges Leben?" wunderte sich Heike, „waren sie etwa nicht verheiratet?"

„Doch, schon ...", erwiderte der Wirt.

Er kam nicht weiter, denn seine Frau unterbrach ihn.

„Sie haben sich den Segen Gottes frevelhaft erschlichen!"

Heike verzog das Gesicht.

„Frevelhaft erschlichen? Was meinst du damit?"

„Das Weib ist eine entlaufene Nonne", erklärte die Wirtin, „sie hatte das Keuschheitsgelübde abgelegt und brach es, indem sie mit einem Mann sündigte. Sie verließ das Kloster und zog mit ihm in die Fremde."

„Ist bekannt, wie es geschah?" wollte Heike wissen.

„Es heißt, sie sei im Wald gewesen um Kräuter zu sammeln", fuhr die Wirtin fort, „sie traf dort den Holzhacker, erweckte in ihm die fleischliche Begierde und sündigte sogleich mit ihm."

Die brave Wirtsfrau bekreuzigte sich.

„Es ereignete sich aber nicht hier, sondern in der Dirnenmark. Sie gingen dann außer Landes und gelangten schließlich in unser Dorf. Die Frau war schwanger und der Pfarrer vollzog die Trauung. Eigentlich hätte er dem ruchlosen Paar den Segen Gottes verweigern müssen."

„Und warum hat er es nicht getan?" wandte Diethelm ein.

„Er wußte doch von alldem nichts. Sie haben ihm ihre Sünde verschwiegen. Das wurde erst durch einen Händler ruchbar, der von ihrer Schandtat wußte."

„Aber Gott ist doch allwissend", wunderte sich Diethelm, „er hätte den Pfarrer warnen müssen."

„Gott ist allwissend und hätte den Pfarrer warnen müssen", spottete Heike, „glaubst du etwa, Gott hätte nichts wichtigeres zu tun als sich um das Liebesverhältnis zwischen einem Holzhacker und einer entlaufenen Nonne zu kümmern?"

„Aber damit hätte er doch eine schwere Sünde verhindert", verteidigte sich Diethelm.

„Du hast wohl dem Mönch nicht zugehört? Gott hat den Menschen Verstand gegeben, manchen mehr, anderen, wie dir, weniger; und auch einen freien Willen. Und seitdem Adam und Eva vom Baum der Erkenntnis gegessen haben, wissen die Menschen auch was gut und was böse ist und können entsprechend handeln. Und richten wird Gott erst am Jüngsten Tag. Würde er das Sündigen verhindern, so bräuchte er das Jüngste Gericht gar nicht abhalten und der Teufel säße dann alleine in der Hölle."

„Wäre das so schlimm?" fragte Diethelm vorsichtig, „und hat das Jüngste Gericht nicht bereits begonnen?"

„Warum sollte es begonnen haben?"

„Der Holzfäller Adelbert wurde doch bestraft."

„Gott hat ein kleines Exempel statuiert, gerichtet wurde er nicht, sonst wäre er jetzt in der Hölle und würde nicht nicht vor der Kapelle liegen."

„Ein ungeduldiger Gott", murmelte Diethelm vor sich hin, „kann nicht bis zum Jüngsten Tag warten."

„Du verstehst überhaupt nichts", fauchte ihn Heike an, „das war nur eine Warnung Gottes. Das macht er manchmal um den Menschen vor Augen zu halten, wohin ein sündiges Leben führt. Verstehst du das?"

Diethelm blickte sie scheel an.

„Nein, das verstehst du nicht", fuhr sie nun leicht unwirsch fort, „Gott verhindert die Sünde nicht, aber er zeigt uns, wohin die Sünde führt. Die Frau muß nun zusehen, wie sie ihre sieben Bälger ernährt. Das ist aber nur eine kleine Strafe, ein Nichts gegen die Qualen, die sie im Höllenfeuer erleiden wird."

„Sie zu ernähren wird nicht so schwierig sein", Diethelm lächelte, „die Geißenmutter hatte auch sieben Kinder und hat außerdem noch den Wolf erledigt."

„Du bist doch ein Schwachkopf, Menschenkinder können kein Gras fressen, sie brauchen Brot. Und außerdem ist ein Bär gefährlicher als ein alter Wolf."

„Nein", Diethelm richtete sich auf, „es ist die vörderlichste Pflicht eines Ritters die Witwen und Waisen zu beschützen. Ich werde den Bär erlegen und den Erlös für das Fell wird die Frau des Holzhackers erhalten, so wahr ich der heldenhafte Ritter Diethelm von Übelacker bin."

Der Wirt und seine Frau hatten dem Disput staunend zugehört und lobten nun die Weisheit und den Heldenmut ihrer Gäste.

Als Heike am nächsten Morgen erwachte fand sie Diethelms Bett verlassen vor.

„Was mag in ihn gefahren sein?" wunderte sie sich, „er steht doch sonst nicht mit den Hühnern auf."

Sie ging hinunter in die Gaststube. Der Wirt wußte aber auch nichts genaues, konnte ihr nur melden, der Ritter Diethelm habe kurz nach Sonnenaufgang hastig ein Frühstück zu sich genommen und dann in großer Eile das Haus verlassen.

„Er wird doch nicht schon in den Wald auf Bärenjagd geritten sein?"

Ein Blick in den Stall ließ sie allerdings daran zweifeln, da sein Pferd noch friedlich auf dem Stroh lag und schlief. Und zu Fuß zu gehen ist eines Ritters unwürdig.

Es gab also nichts zu tun als zu warten. Sie frühstückte, setzte sich dann vor dem Dorfkrug in die Sonne. Diethelm erschien etwa zwei Stunden später. Er trug eine lange, dünne Stange mit einer eisernen Spitze.

„Wo kommst du denn her und was trägst du da?" fragte ihn Heike.

„Dummes Weib! Siehst du das nicht?" brummte Diethelm und erklärte dann stolz, „das ist meine neue Lanze. Der Dorfschmied hat sie extra für mich angefertigt."

„Und was willst du damit ?"

„Wie kannst du nur so dumm fragen ! Natürlich will ich den Bären erlegen !"

„Damit ? Dann paß auf, daß der Bär nicht dich erlegt."

„Weibergeschwätz ! In der Hand eines Helden wird selbst ein rostiges Eisen zum Schwert Balmung."

„Ja", Heike grinste, „in der Hand eines Helden."

Sie ritten in den Wald, entdeckten nach einiger Zeit den Bären auf einer Lichtung. Er beschäftigte sich gerade mit einem Baum. Offenbar hatte er ein Bienennest entdeckt und wollte nun den Honig stehlen. Diethelm zögerte keinen Augenblick. Er legte die Lanze an, sprengte auf den Bären zu. Doch er traf schlecht. Anstatt dem Tier die furchtbare Waffe in das Herz zu stoßen stach er ihm in das Hinterbein. Der Bär bemerkte nun den Feind, drehte sich um. Diethelm wendete sein Pferd stürmte erneut auf das Untier zu, das nun, wütendes Gebrüll ausstoßend, auf Roß und Reiter zutrappte. Der herannahende Gegner erschreckte das Pferd, es bäumte sich auf und Diethelm stürzte aus dem Sattel. Er blieb unverletzt, rappelte sich schnell auf. Noch hatte der Bär ihn nicht wahrgenommen, sondern lief auf das Pferd zu, das aber geschickt entwich. Der tapfere Ritter schaute sich um, erblickte nicht allzu weit entfernt eine Birke, rannte zu ihr hin, kletterte am Stamm hoch. Inzwischen war der Bär auf ihn aufmerksam geworden, folgte ihm, trappte auf die Birke zu. Noch wiegte sich Diethelm in Sicherheit. Doch schon bald wurde er etwas besserem belehrt. Ein Bär ist eben kein Eber. Er kletterte ebenfalls den Baum hoch. Diethelm fühlte sich in höchster Lebensnot, stieg immer höher. Der Bär folgte. Nun besaß die Birke allerdings keinen allzu dicken Stamm. Dieser bog sich unter der Last der schweren Bestie, brach schließlich. Diethelm und der Bär stürzten zu Boden.

Diethelm rappelte sich auf. Er hatte sich beim Sturz den Knöchel verletzt, hinkte nun so schnell es ging aus der Gefahrenzone. Der Bär lag noch einige Augenblicke benommen auf der Erde, erhob sich dann langsam. Heike hatte den Kampf gespannt beobachtet, nutzte nun die Gunst der Stunde, stieß ihm ihr Schwert direkt in den Leib und zog sich dann rasch wieder zurück. Der Bär richtete sich auf, brummte voller

Wut, zerwühlte im Todeskampf den Boden vor sich. Schließlich sank er zusammen. Die beiden warteten gespannt eine Weile. Als sich das Tier nicht mehr regte, raunte Heike Diethelm zu:

„Wir sollten hingehen und nachsehen, ob er wirklich tot ist."

„Ja, aber geh du voran, du hast die besseren Augen."

Die Bestie war tot. Heike fiel nun ein Kästchen auf, das noch halb in dem aufgewühlten Boden steckte. Sie grub es aus, öffnete es. Es war mit Goldstücken gefüllt.

„Ein kleiner Schatz", rief sie Diethelm erfreut zu, „die eine Hälfte nehme ich in Verwahrung, sie wird unsere Reisekasse auffüllen. Die andere Hälfte gebe ich der Witwe. Und wenn du ihr noch das Bärenfell schenkst, denn müssen sie und ihre Kinder keine Not leiden."

Der Spion

Es war um die Mittagszeit. Heike und Diethelm rasteten am Straßen-
rand. Ein Reiter kam des Weges. Er hielt an, grüßte freundlich.
„Einen schönen Tag wünsche ich Euch, werte Herren. Gott sei mit
Euch. Ist es einem fahrenden Ritter erlaubt sich zu Euch zu setzen ? Ich
bin fremd, habe bereits einen langen Ritt hinter mir, benötige nun nicht
nur eine Rast, sondern auch Auskunft. Ich werde Euch auch nicht zur
Last fallen, denn ich bin gut versorgt mit Speise und Trank."
„Ihr irrt", sprach ihn Heike an, „ich bin kein Herr, sondern Ritterin.
Und viele Auskünfte können wir Euch wohl auch nicht geben, wir sind
ebenfalls fremd."
„Aber Ihr dürft Euch gerne zu uns setzen", mischte sich Diethelm ein,
„auch wir sind fahrende Ritter, auf dem Weg zum Fürsten Walter von
Wazzenbusch. Wir befinden uns bereits auf seinem Land. Seine Burg
werden wir gegen Abend erreichen."
Der Fremde stieg vom Pferd, ließ sich nieder.
„So kennt Ihr den Weg dorthin ?" fragte er, „ich möchte nämlich auch
zum Fürstenhof, wollte Euch danach fragen. Ach, verzeiht, ich habe
mich noch gar nicht vorgestellt. Mein Name ist Ingwert von Lygoft, ein
fahrender Ritter, auch bin ich Dichter und Sänger. Ich hörte, der Fürst
wird ein großes Fest veranstalten und da möchte ich meine Kunst dar-
bieten. Ich hoffe natürlich, daß der ehrenwerte Herr sie honoriert, Reisen ist teuer und ich muß wieder einmal meine Kasse auffüllen. Und
wer seid Ihr ?"
„Ich bin der große Held Diethelm von Übelacker und das Weib neben
mir nennt man Ritterin Heike. Der Fürst von Tollpatien, ein Vetter des
Fürsten Wazzenbusch, hat mich einst zum Ritter geschlagen und nun
möchten wir Fürst Walter einen Besuch abstatten. Von einem Fest wissen wir allerdings nichts."
Ingwert von Lygoft hatte bei der Nennung des Namens die Augenbrau-
en hochgezogen.
„Diethelm von Übelacker seid Ihr ? Es freut mich überaus Euch kennenzulernen. Euer Ruhm eilt Euch voraus. In allen Provinzen und Reichen des Ostens bis hin ins märchenhafte China und das erdbebenreiche

Japan", er stutze kurz, „ich meine natürliche das erdbeerenreiche Japan, preist man Eure Taten. Und ich habe bereits den Plan gefaßt, ein bedeutendes Heldenepos über Euch zu dichten, gewaltiger als die Oddytas von Homersapiens. Und die neueste Kunde ist, der König der Polygonen hat seinen jüngst geborenen Sohn nach Euch benannt."
Diethelm strahlte, wuchs förmlich, warf Heike einen triumphierenden Blick zu.
„Siehst du, alle anderen erkennen meine Heldentaten an, nur du nicht."
„Wieso, der Name des Königssöhnchen paßt doch", spottete Heike, „die Polygonen sind faule Bauern. Ihre Äcker sind stets übel bestellt."
Diethelm überhörte dies. Was blieb ihm auch anderes übrig?
Er wandte sich Ingwert zu.
„Ich werde Euch alle meine Ruhmestaten berichten. Merket gut auf, damit Ihr auch nichts auslaßt. Und wenn Eurer Werk vollendet ist, so möget Ihr es zuerst auf Burg Übelacker vortragen. Ich bitte Euch darum."
„Diethelm!" mahnte nun Heike, „das wird eine lange Rede. Und wir werden den Fürstenhof nicht mehr vor Sonnenuntergang erreichen. Heute Abend habt ihr genügend Zeit, da könnt ihr bis Mitternacht schwatzen."
„Das sind barsche Worte", bemerkte Ingwert, „von einer Frau! Und das nehmt Ihr hin?"
„Ach, sie ist doch bloß ein keifendes Weib. Soll ich deswegen mein Schwert ziehen? Nein, ein Held muß Größe zeigen."
„Ja, Ihr habt recht. Ein Löwe stört sich auch nicht am Geheule einer Hyäne."
Heike blickte ihn finster an.
„Ihr bezeichnet mich als Hyäne!" brauste sie auf, „nehmt das zurück oder ich muß Euch fordern."
Ingwert erschrak sichtlich.
„Um Gottes Willen, Ritterin Heike, niemals würde ich Euch mit diesem krummbeinigen Aasfresser vergleichen. Mich hat nur im Eifer der Worte die Muse der Dichtkunst gebissen und so habe ich gefehlt. Ich bereue zutiefst, was ich gesagt habe. Und ich muß Euch recht geben. Ein Straßenrand ist nicht der Ort um Heldengeschichten zu erzählen. Das muß am Kaminfeuer bei einem Krug Wein geschehen. Ich stimme Euch vollkommen zu. Wir müssen aufbrechen."

Dann fuhr er zu Diethelm gewandt fort.

„Den Worten einer weisen Frau zu folgen hat noch nie einem Helden geschadet, doch wie viele sind ins Unglück gestürzt, weil sie diese in den Wind geschlagen haben."

Sie bestiegen ihre Pferde. Die beiden Männer begannen miteinander zu plaudern. Heike hielt sich zurück.

„Der Kerl lügt schneller als ein Hund mit dem Schwanz zu wedeln vermag. Diethelm besitzt doch keine Reichtümer um die er ihn betrügen kann. Warum schmeichelt er ihm dann so ? Es kann nur sein, daß er sein Vertrauen erschleichen will. Vielleicht hegt er finstere Pläne, in die er Diethelm einzuspannen gedenkt. Ich werde wachsam sein müssen."

Sie erreichten die Wazzenburg kurz vor Einbruch der Dunkelheit. Der Burghauptmann empfing sie nicht sonderlich freundlich.

„So, Ihr wurdet also von dem Fürsten von Tollpatien zum Ritter geschlagen. Das ist nun keine Empfehlung. Unser Fürst ist dem Kaiser treu ergeben und ist mit seinem verräterischen Vetter Arnimius dem Laschen verfeindet. Ich werde Euch melden, aber hofft nicht, daß der Fürst Euch empfangen wird. Auf der Burg könnt Ihr bleiben und Euch von den Strapazen Eurer Reise erholen, aber nicht als Gäste, Ihr werdet bezahlen müssen. Ihr erhaltet auch nur eine Kammer im Gesindehaus. Die guten Gemächer bleiben würdigen Besuchern vorenthalten."

Dann wandte er sich Ingwert zu.

„Das gilt auch für Euch. Ich werde den Fürst fragen, ob Ihr Eure Kunst zum Besten geben dürft."

Die Kammer enthielt zwei schmale Betten, einen roh zusammengezimmerten Tisch, zwei Hocker.

Heike und Diethelm ließen sich nieder.

„Gastlichkeit ist auf dieser Burg unbekannt", meinte Heike, „wir sollten morgen weiterziehen."

„Ungeduldiges Weibervolk", knurrte Diethelm, „ich gehe erst, wenn ich Herrn Ingwert alle meine Abenteuer geschildert habe."

„Mach was du willst", brummte sie unwirsch.

Diethelm und Ingwert verbrachten den Abend miteinander, allerdings nicht am Kaminfeuer bei einem Krug Wein, sondern in Ingwerts Kammer bei einem Becher säuerlichem Bier.

Erst nach Mitternacht trennten sie sich.

„Bist du zum Aufbruch bereit ?" fragte Heike am nächsten Morgen als sie in der Küche vor einer Schale Kornbrei saßen, der ihnen als Frühstück dienen mußte.

„Aufbrechen ? Wohin willst du aufbrechen ?" entgegnete Diethelm.

„In die weite Welt natürlich, Heldentaten vollbringen. Auf dieser ungastlichen Burg hier werden wir keine Abenteuer erleben."

„Nein, ich werde noch bleiben."

„Warum ?"

„Herr Ingwert bat mich darum mit ihm zusammen die Burg zu erkunden."

Heike schaute ihn fragend an.

„Aus welchem Grund ? Warum will Ingwert die Burg kennenlernen ?"

Diethelm atmete tief durch.

„Was seid ihr Weiber doch so töricht ! Er dichtet Heldenepen ! Wie will er das Leben und die Kämpfe auf einer Burg beschreiben, wenn er den Ort nicht genau kennt ? Soll er seine Phantasie walten lassen, Falsches berichten ? Dann wird man ihn verspotten. Die Anlage der Mauern, die Türme, die Höfe, das muß er doch alles kennen. Und dann gibt es noch geheime Gänge, Kammern, Verließe ..."

„Und auch eine Schatzkammer", unterbrach ihn Heike.

„Ja, natürlich. Er muß doch die Kämpfe der Helden wahrheitsgetreu schildern, welche den Kaiser, die Könige, die Fürsten gegen die Schurken verteidigen, welche die edlen Herren töten und ihre Schätze rauben wollen."

Heike schwieg.

„Hier paart sich zweifelsohne die Tücke Ingwerts mit der Einfalt Diethelms", dachte sie, „er führt Übles im Schilde, will die Burg auskundschaften und Diethelm soll ihm als Gehilfe dienen. Ich muß wachsam sein."

Diethelm und Ingwert trafen sich sehr oft in den nächsten Tagen, durchstreiften die Burg. Ingwert entdeckte eine Stelle auf der Mauer, die schlecht einsehbar war, der aber dennoch von den Wachen wenig Beachtung geschenkt wurde. Das verschwieg er aber Diethelm gegenüber, doch Heike bemerkte es.

28

Sie folgte ihnen heimlich, wann immer möglich. Sie erkannte bald, daß Ingwert wohl über eine gewisse Geschicklichkeit beim Aufspüren geheimer Wege verfügte. So entdeckte er bald eine verborgene Tür in einem zur Küche führenden Gang, der zum Abtransport von Unrat diente und nur wenig genutzt wurde. Die Tür ließ sich von innen und außen durch einen Hebel, der hinter einem drehbaren Stein verborgen lag, leicht öffnen. Der Weg dahinter führte zu einer Pforte an der Außenmauer der Burg, die sich allerdings nur von Innen öffnen ließ. Ein Fluchtweg also. Als Heike ihn vorsichtig abschritt, entdeckte sie nahe der Mauerpforte den Zugang zu einer Treppe. Sie endete an einer Tür. Heike fragte sich, was wohl hinter der Tür verborgen sein könnte, lauschte angestrengt, vernahm aber keine Geräusche. Sie wagte es. Die Tür ließ sich auf die gleiche Art öffnen wie die anderen beiden. Sie drückte den Hebel, spähte vorsichtig in den dahinter liegenden Raum. Niemand schien sich darin aufzuhalten. Sie betrat ihn – und befand sich in ihrer Kammer. Befriedigt schloß sie die Türe hinter sich.
Seltsamerweise nahm niemand Notiz von den Unternehmungen, offenbar weil alle zu sehr mit der Vorbereitung des Festes beschäftigt waren. Der Fürst gab es zum fünfzigsten Jahrestag seiner Thronbesteigung und die wirklich Großen des Reiches sowie seine besten Freunde waren geladen, auch der Kaiser, der allerdings wegen dringender Amtsgeschäfte nicht anreisen konnte.

In der Tat hatten die stets von Geldnot geplagten polynomischen Grafen Alkholski und Krakelski beschlossen die Wazzenburg am Tag des Festes zu überfallen und im Handstreich zu erobern, da sie annahmen, daß an diesem Tage die Aufmerksamkeit der Wachen eher gering sei. Sie glaubten daher leichtes Spiel zu haben um den Schatz des Fürsten zu rauben und obendrein zahlreiche edle Gäste als Geiseln zu nehmen und ihnen ein schweres Lösegeld abzupressen. Um ungesehen zu ihrem Ziel zu gelangen begnügten sie sich mit einer kleinen Truppe von ungefähr hundert Männern, die aber allesamt tapfere, auserwählte Krieger waren. Ihr Plan bestand darin, durch einen geheimen Gang erprobte Kämpfer in die Burg einzuschleusen, welche die Torwache überwinden und die Zugbrücke herablassen sollten. Ingwert von Lygoft hatten sie vorausgeschickt um die Örtlichkeiten zu erkunden. Von Lygoft hieß eigentlich Franz Gifthay; er war ein Mann, der sich von jedem als Kundschafter anwerben ließ, der Übles im Schilde führte. Er hatte vor einigen Jahren das Reich verlassen um sich einer Ächtung zu entziehen.

Sie wußten allerdings nicht, daß die Grenzwache des Grafen Udo von Achenkrach sie bereits kurz nach Eindringen in die Wazzenmark entdeckt hatte, ihren Herrn alarmierte und dieser den Polygonen mit einer beträchtlichen Streitmacht folgte.

Der Tag des Festes brach an. Es herrschte Betriebsamkeit auf der Burg. Heike und Diethelm waren nicht als Gäste geladen. Heike langweilte sich, zumal Diethelm die meiste Zeit in der Sonne saß, nichts tat. Auch Ingwert ließ sich nicht blicken. Erst am späten Nachmittag suchte er Diethelm auf, bat ihn in seine Kammer zu einem Gespräch.

„Ich darf Euch doch einen Freund nennen, edler Diethelm, einen wirklichen Freund, dem ich vertrauen kann, auch in heiklen Angelegenheiten."

„Was ist mit Heike ?"

„Wie kommt Ihr auf die Ritterin ?"

„Ihr spracht doch von heikelen Angelegenheiten."

Ingwert lächelte.

„Nein, nein, das habt Ihr mißverstanden. Ich meine damit eine etwas schwierige Angelegenheit, die mit viel Fingerspitzengefühl angegangen werden muß."

„Aha, das meint Ihr. Auf mich könnt Ihr Euch verlassen, um was auch immer es sich handelt."

„Das ist sehr gut. Mit fällt ein Stein vom Herzen. Ich muß Euch nämlich um einen Gefallen bitten, einen winzigen Gefallen. Aber es ist größte Verschwiegenheit gefordert, da es sonst zu ungeahnten Verwicklungen kommen kann. Es geht dabei auch gar nicht um mich, sondern um einen guten Freund, einen jungen, begabten Sänger und Dichter. Er heißt Espresso Longo. Er stammt aus einer der vornehmsten Familien Italiens, ist aber leider mittellos."

„Wie kommt es, daß er mittellos ist, wenn er aus einer vornehmen Familie stammt ? Dann müßte er doch reich sein."

„Nun, er fiel bei seiner Familie in Ungnade, da er lieber dichtete als dolchte."

„Das ist schade, so wird er nie ein Held."

„Er ist bereits ein Held, ein Held der Feder."

Ingwert pausierte kurz.

„Nun, Espresso Longo hat sich unsterblich in die Tochter des Grafen Gottlob von Muckefuck verliebt. Er sah sie zum ersten Mal auf der gräflichen Burg als er dort anläßlich einer Feier seine Kunst darbot. Und nun gilt sein ganzes Denken und Fühlen nur noch ihr. Er hat bereits fünfzig Gedichte für sie geschrieben. Doch der Graf verbot seiner Tochter den Umgang mit ihm. Er sagt, ein Dichter und Sänger, zudem noch arm, sei kein würdiger Gemahl für sie."

„Dieser Espresso Longo sollte einen Drachen töten und ihrem Vater die Drachenzähne schenken; dann würde er bei ihm Ansehen gewinnen und er würde ihn nicht mehr abweisen. Aber was rede ich da. Ich würde jederzeit eine Frau gegen eine gute Lanze eintauschen."

„Ja, Ihr seid ein Krieger, ein Held des Kampfes. Nicht jeder Mann ist aus diesem Holz geschnitzt."

„Gott schnitzt die Menschen aus Holz ? Ich dachte bisher er formt sie aus Lehm. Und worin liegt jetzt der Gefallen um den Ihr mich bittet ? Soll ich die Jungfrau entführen ?"

„Nein, nein, es ist etwas viel geringeres. Mein Freund hat erfahren, daß Fräulein von Muckefuck hier auf der Burg am Fest des Fürsten von Wazzenbusch teilnehmen wird. Und sein sehnlichstes Verlangen ist es, sie dort zu sehen, vielleicht ein paar Worte mit ihr zu wechseln und ihr, falls möglich, einen Kuß auf die Wangen zu drücken. Andernfalls will er sterben, er hat bereits gedroht sich selbst zu entleiben. Und nur Ihr könnt ihn retten !"

Diethelm blickte ihn fragend an.

„Und wie soll das geschehen ?"

„Nun, er ist nicht zum Fest eingeladen, kann nicht einmal in die Burg gelangen, denn die Torwache hat Befehl ihn abzuweisen."

Ingwert pausierte kurz, fuhr dann fort.

„Aber es gibt eine Möglichkeit. Wir haben doch den Geheimgang und die kleine Pforte an der Außenmauer entdeckt. Laßt ihn da herein, heute Abend. Ich würde es ja selbst tun. Doch ich werde beim Fest auftreten, muß bereit stehen, kann mich daher nicht entfernen. Ihr seid meine einzige Hoffnung. Oder wünscht Ihr den Tod des Jünglings ?"

31

„Nein, natürlich nicht. Ihr könnt Euch auf mich verlassen."
In Wirklichkeit wollte sich Ingwert zurückhalten, denn er rechnete mit einem Kampf, in dem er getötet werden konnte. Das durfte nicht geschehen, denn er mußte die Grafen zur fürstlichen Schatzkammer führen, deren Lage er auch erkundet hatte. Außerdem – das Unternehmen konnte scheitern und er wollte nicht als Verräter entlarvt und gehenkt werden.

Heike hatte an der Tür gelauscht, aber nur zum Teil verstehen können, was da ausgeheckt wurde. Sie durchschaute aber den verbrecherischen Plan Ingwerts.
„Dieser Mann ist ein Schurke. Höre nicht auf ihn. Er stürzt dich ins Unglück", ermahnte ihn Heike als Diethelm in die Kammer zurückkehrte.
„Hast du etwa gelauscht, du neugieriges Luder und bist jetzt neidisch auf die Grafentochter. Fünfzig Gedichte hat Espresso Longo für sie geschrieben ! Und wie viele Gedichte hat bisher ein Mann für dich geschrieben ?"
„Kein einziges."
„Na, siehst du !"
„Ich kenne auch nur einen Mann näher. Und dem fehlen die hierfür notwendigen geistigen Gaben."
Diethelm blickte sie böse an.
„Halte dich aus Männerangelegenheiten, von denen du ohnehin nichts verstehst, heraus", fuhr er sie an und fügte dann mit einem Seufzer hinzu:
„Der herrlichste Ort auf Erden ist die Kirche, da dort die Weiber zu schweigen haben."
Heike sah nun ein, daß es keinen Sinn hatte weiter mit ihm zu disputieren. Es drohte aber Gefahr, nicht nur ihm, sondern allen in der Burg. Sie mußte das verhindern.
Nachdem nun Diethelm die Kammer verlassen hatte, folgte sie ihm heimlich. Er betrat tatsächlich den Geheimgang. Sie wartete einen Augenblick, trat dann ebenfalls ein, schloß die Türe hinter sich. Sie schlich aber nur bis zu dem Seitengang, der zu ihrer Kammer führte, ging einige Schritte in ihn hinein, ließ sich dann nieder, lauschte. Diethelm hatte unterdessen die Pforte an der Außenmauer geöffnet und sogleich

schlüpften etwa ein Dutzend Gestalten herein.

„He, wer von Euch ist Espresso Longo, nur ihn kann ich einlassen ! Ihr anderen müßt wieder raus", rief er ihnen zu.

Statt einer Antwort erhielt er einen Schlag auf den Kopf. Er sackte zusammen. Die Männer huschten weiter. Heike schloß rasch die Pforte, zog dann Diethelm in den Seitengang und ein Stück die Treppe hoch. Bald hörte sie ein furchtbares Fluchen.

„Der Ausgang ist verschlossen", brüllte eine Stimme, „du hättest daran denken müssen und den Kerl nicht gleich niederschlagen dürfen. Hoffentlich ist er nicht tot."

In aller Eile zog sie Diethelm ein Stück weiter nach oben.

Bald hörte sie erneut ein Schimpfen.

„Der Kerl ist weg, die Tür ist zu. Wir sind gefangen."

„Hoffentlich kommen sie nicht gleich auf den Gedanken, daß es noch einen Seitengang geben könnte", dachte Heike und zog Diethelm so rasch sie konnte nach oben, erreichte schließlich ihre Kammer, legte den noch immer bewußtlosen Diethelm auf sein Bett.

„Die Kerle sollten zweifelsohne die Wachen überwältigen und das Burgtor öffnen. Der Geheimgang ist nun versperrt. Sie werden wohl kaum in der Dunkelheit den hinter einem Mauerstein versteckten Hebel zum Öffnen der Tür finden. Durch ihn kann niemand zum Tor gelangen und es öffnen", überlegte sie, „die Feinde müssen nun entweder ihren Plan aufgeben oder es müssen einige Männer über die schlecht bewachte Stelle in die Burg eindringen. Das ist zwar gefährlicher, aber sie haben keine Wahl."

Sie lief zur Burgmauer; unterwegs kamen ihr Bedenken.

„Vielleicht schicken sie auch einen Kundschafter, der Ingwert aufsucht. Der könnte die Tür öffnen."

Sie kehrte daher in den Gang zurück, schob den Stein beiseite, schnitt eine tiefe Kerbe in den Hebel, brach ihn dann ab. Anschließend ging sie zur Mauer, verbarg sich an einer Stelle, von der aus sie den schlecht bewachten Abschnitt überblicken konnte, wartete. Nach kurzer Zeit schwang sich eine Gestalt über die Zinne. Niemand folgte.

„Sie haben einen Kundschafter ausgesandt, er wird sicherlich Ingwert aufsuchen."

In der Tat war Krakelski unruhig geworden als zur vereinbarten Zeit das Tor nicht geöffnet wurde, aber Kampfeslärm war auch nicht zu hören. Irgend etwas war schiefgelaufen.

„Ingwert hätte das selbst erledigen müssen, eine solch schwierige Aufgabe nicht einem Tölpel überlassen dürfen", sagte er sich, „ich muß Gewißheit haben."

Er rief einen seiner tapfersten Krieger heran, wies ihn an über die schlecht bewachte Stelle in die Burg einzudringen.

Heike folgte dem Mann. Der kletterte in einen der Höfe hinab, stieß dann drei schrille Pfiffe aus. Wenige Augenblicke später erschien Ingwert.

„Sie werden zweifelsohne zur Geheimtür laufen um nachzuschauen. Wegen des abgebrochenen Hebels werden sie einige Mühe haben sie zu öffnen. Ich habe also ein bißchen Zeit um die Burgwachen zu alarmieren. Wenn möglich will ich aber nicht offen in Erscheinung treten, das könnte Mißtrauen erwecken."

Es kam ihr ein Gedanke.

„Ein Feuer vielleicht ?"

Sie rannte zur Küche. Sie war verlassen. Doch glimmte noch die Glut im Kamin. Sie entfachte das Feuer, warf alle Küchenabfälle hinein, die sie zusammenraffen konnte, zog sich dann an eine dunkle Stelle im Hof zurück, wartete. Aus der Küche drang mittlerweile dicker Qualm hervor.

Inzwischen hatte der Kundschafter Ingwert berichtet, daß Alkholski und Krakelski ungeduldig und ungehalten seien, da das Tor noch nicht geöffnet worden sei.

„Ich wundere mich auch", erklärte ihm Ingwert, „es gab auch keine Kämpfe. Ob der Tölpel versagt hat ? Laß uns nachsehen."

Unterdessen war Diethelm erwacht. Ein unangenehmer Geruch fuhr ihm in die Nase. Er lief zum Fenster, erblickte den Qualm, der aus der Küche emporstieg. Er stürzte aus der Kammer, rannte laut 'Feurio' schreiend die Treppe hinunter ins Freie in Richtung Wachstube. Der Burghauptmann kam ihm entgegen.

„Wo brennt es ?"

„Der Qualm kommt aus der Küche."

„Alle verfügbaren Männer folgen mir", brüllte der Burghauptmann in Richtung Wachstube.

Mittlerweile hatte es Ingwert geschafft die Geheimtür zu öffnen. Fluchend schlüpften die Kämpfer heraus.

„Endlich, wir hatten schon geglaubt in eine Falle geraten zu sein", rief ihm der Anführer zu.

„Nein, nein, es ist alles in Ordnung", versuchte Ingwert ihn zu beruhigen.

Aber ohne Erfolg, denn schon stürmten der Burghauptmann, die Wachen und Diethelm heran. Heike folgte ihnen.

„Ingwert muß sterben", sagte sie sich, „ansonsten verrät er Diethelm. Und dann Gnade ihm Gott. Und auch mir droht Gefahr."

Ein erbittertes Gefecht entbrannte. Heike drängte sich nach vorn, stellte Ingwert, tötete ihn nach kurzen Kampf. Die Angreifer unterlagen trotz tapferer Gegenwehr, lediglich der Kundschafter überlebte schwer verwundet.

„Wie kommt Ihr hierher?" fragte der Burghauptmann Heike.

„Ich saß im Hof, genoß den milden Abend. Was hätte ich denn sonst tun sollen. Zum Fest war ich ja nicht geladen", und fuhr dann schnell fort, „ich glaube, Ritter Übelacker ist verletzt. Ich werde ihn rasch in seine Kammer bringen und verbinden."

Der Burghauptmann kehrte mit dem Gefangenen und zwei seiner Männer in die Wachstube zurück. Die anderen schickte er in die Küche um das Feuer zu löschen. Er entschloß sich den Fürsten zu benachrichtigen, auch wenn er damit das Fest störte, schickte einen der Reisigen zu ihm.

Etwas ungehalten erschien Fürst Walter von Wazzenbusch einige Zeit später.

„Was sind das für Meldungen? Was ist geschehen?"

„Verrat! Feinde drangen durch einen Geheimgang in die Burg. Wie das geschah weiß ich nicht. Aber mir scheint, dieser Dichter und Sänger Ingwert von Lygoft hat sie hereingelassen. Nähere Auskunft werden wir wohl nicht erhalten. Nur einer überlebte den Kampf schwer verletzt. Er starb aber kurz nachdem wir ihn in die Wachstube brachten."

„Und wie wurde der Verrat entdeckt?" wollte der Fürst wissen.

„Ein glücklicher Zufall. In der Küche brach ein Feuer aus. Der Ritter Diethelm von Übelacker gewahrte es und schlug Alarm. Und auf dem Weg in die Küche stießen wir auf die Eindringlinge."

„Und wo befindet sich dieser Übelacker nun ?"

„Er wurde im Kampf verletzt. Seine Gefährtin brachte ihn in seine Kammer um ihn zu verbinden."

„Und was ist mit dem Feuer ? Wurde es gelöscht ?"

„Das war nicht notwendig, Fürst. Es brannten nur Küchenabfälle im Kamin. Und die erzeugten mächtigen Qualm."

Der Burghauptmann schwieg kurz.

„Ich vermute, die Eindringlinge sollten einem Feind, der vor der Burg liegt, das Tor öffnen."

„Wer sollte der Feind sein ?"

„Polygonen vielleicht. Ein Bote des Grafen Achenkrach meldete gestern, es habe eine Horde Polygonen die Grenze überschritten und er verfolge sie nun. Es kann sich um keine große Streitmacht handeln, denn sie wurden von unseren Wachen nicht entdeckt. Sie planten wohl einen Überfall auf unsere Burg; der ist aber nun mißlungen. Ich denke nicht, daß sie die Wazzenburg erstürmen werden. Dazu sind sie vermutlich viel zu schwach. Sie wollten vielmehr mit List eindringen. Dieses Vorhaben ist aber gescheitert. Ich glaube zwar nicht, daß noch Gefahr droht, habe aber vorsichtshalber die Wachen verstärkt, jeden verfügbaren Mann eingesetzt."

Fürst Walter nickte befriedigt.

„Dann droht wohl keine Gefahr, Burghauptmann. Ich werde das Fest also fortsetzen."

Kurz nach Mitternacht trafen sich die Grafen Alkholski und Krakelski.

„Du hast mich zu einer Beratung bestellt, Alkholski, was gibt es ?"

„Schlechte Nachrichten; eben traf ein Späher ein und berichtete Udo von Achenkrach ist mit einer größeren Streitmacht im Anmarsch. Er ist uns auf die Spur gekommen, verfolgt uns. Und wie steht es mit dem Angriff ?"

„Schlecht, niemand hat das Tor geöffnet. Ich denke unser Versuch über den Geheimgang in die Burg einzudringen ist gescheitert. Vermutlich wurden die Männer überrumpelt. Lygoft hat versagt. Und für einen

Sturmangriff haben wir zu wenige Männer."

„Ja, die Lage ist ernst. Morgen früh wird Achenkrach ankommen. Schon ihm allein sind wir unterlegen. Und wenn noch Burgbesatzung hinzu kommt ..."

„Dann bleibt also nur noch der Rückzug."

„Eine harte Nuß", seufzte Alkholski, „aber ein Mann muß wissen, wenn er verloren hat. Wir ziehen ab und zwar sofort."

Im Morgengrauen erreichte Udo von Achenkrach mit seinen Mannen die Burg. Sofort durchkämmten seine Soldaten die Umgebung. Sie trafen keine Polygonen mehr an. Udo suchte den Fürsten in dessen Kabinett auf.

„Verzeiht, wenn ich Euch in so früher Morgenstunde störe, doch mein Besuch duldet keinen Aufschub. Ich werde mich auch kurz fassen. Die Polygonengrafen Alkholski und Krakelski wollten Eure Burg im Handstreich nehmen, Eure Schätze rauben und Eure Gäste als Gefangene fortführen um Lösegelder zu erpressen. Ihr Anschlag ist mißlungen und sie haben sich zurückgezogen. Ich werde ihnen sofort folgen. Vielleicht kann ich das Gesindel noch einholen und vernichten bevor sie die Grenze erreichen."

Er verabschiedete sich.

„Wo warst du eigentlich als Gott den Verstand austeilte ?" fuhr Heike Diethelm an nächsten Morgen an, „wie konntest du nur auf diesen Heuchler Ingwert hereinfallen und dem Feind die Geheimpforte öffnen ? Du hättest uns beinahe alle dem Verderben preisgegeben."

„Ich konnte doch nicht wissen, daß die Grafentochter so viele Verehrer hat, die alle unbedingt zum Fest wollten. Selbst Ingwert wußte nur von Espresso Longo."

„Espresso Longo ! Den Namen hat er doch nur erfunden. Das waren ausgesuchte polygonische Krieger welche die Wache überwinden und dem Feind das Burgtor öffnen sollten. Ingwert war ein Spion."

„Das wußte ich doch nicht."

„Ja, du weißt nie etwas. Und du wirst auch in Zukunft nichts wissen und den Mund halten. Du hast gestern abend geschlafen und wurdest

durch den Qualm aus der Küche geweckt. Mehr sagst du nicht. Oder willst du etwa hängen ?"
Sie pausierte kurz.
„Und erwähne auch nicht deine Freundschaft mit Ingwert. Von ihm droht dir keine Gefahr mehr, er ist tot."
Sie gingen dann hinunter in die Küche um das magere Frühstück einzunehmen.

„Nun, wir sind einer großen Gefahr entronnen", sprach Fürst Walter zu seinem Sekretär Reinhard von Moorgau, „und unsere Rettung haben wir nur dem tapferen Ritter Diethelm von Übelacker zu verdanken, welcher die Eindringlinge rechtzeitig bemerkte und die Wachmannen alarmierte, wie mir der Burghauptmann meldete; er kämpfte auch tapfer, wurde leider schwer verwundet; ich hoffe er ist nicht verstorben. Warum wurde dieser edle Herr nicht zum Fest eingeladen ?"
Reinhard stutzte. Der Burghauptmann hatte ihm den Verlauf der Ereignisse völlig anders geschildert, aber er wagte es nicht seinem Herren zu widersprechen. Der Name Diethelm von Übelacker war ihm völlig unbekannt, warum hätte man ihn also einladen sollen ? Er antwortete daher ausweichend.
„Es war Gottes Fügung ihn nicht einzuladen. Hätte er am Fest teilgenommen, so hätte er den Feind nicht entdecken können und wir wären jetzt alle verloren."
„Ja", seufzte Fürst Walter, „Gottes Entschlüsse sind oft verwirrend, aber sie sind weise. Deshalb dürfen wir nicht an Gott zweifeln. Sucht nach dem Ritter. Lebt er noch, so bringt ihn zu mir; ist er tot, dann soll der Burgkaplan heute abend eine Seelenmesse für ihn lesen."
Heike und Diethelm saßen noch in der Küche als der Sekretär sie fand.
„Endlich habe ich Euch gefunden, edler Ritter von Übelacker; der Fürst bittet Euch zu sich. Er möchte Euch für die heldenhafte Rettung der Burg danken. Folgt mir bitte."
Heike blieb mit leicht säuerlicher Miene zurück.
„Hoffentlich geht das gut", dachte sie, begab sich in ihre Kammer, packte rasch ihre Habseligkeiten zusammen, lief dann in den Stall, sattelte ihr Pferd um notfalls rasch aus der Burg fliehen zu können.

„Seid mir willkommen, edler Ritter", sprach Fürst Walter feierlich als Diethelm das Kabinett betrat, „ich danke Euch für die heldenhafte Rettung unserer Burg. Ihr hättet als Lohn eine Grafschaft verdient. Leider muß ich die einzige freie Grafenstelle an Achim von Strohkopf vergeben. Er ist der Sohn meines Freundes Horst von Strohkopf. Das zählt für die Vergabe eines Amtes mehr als Heldenmut und Weisheit. Ich gedenke Euch allerdings fürstlich zu belohnen, werde daher heute abend ein großes Fest zu Euren Ehren geben."

„Nun", antwortete Diethelm, „ich danke Euch für Eure Großzügigkeit, Fürst. Und Ihr werdet sicher an mich denken, wenn wieder einmal ein Grafenamt zu besetzten ist. Um ehrlich zu sein, ich bin noch zu jung um mich niederzulassen, möchte in die Welt ziehen, noch mehr Heldentaten vollbringen. Denn noch rühmt man mich nur im Osten, aber auch die Völker des Südens, des Westens und des Nordens sollen meinen Namen preisen."

„Wohl gesprochen, Ritter."

Stolz berichtete Diethelm Heike von der Unterredung mit dem Fürsten.

„Ein großes Fest ihm zu Ehren", dachte sie, „vermutlich werden die Reste von gestern abend serviert. Nun ja, dann wäre die Ehrung der Tat angemessen."

Als sie am Abend den Saal betraten, Heike durfte auch mitkommen, schritt eine wohlbeleibte Dame mit rundem Gesicht, einer furchterregenden, großen Nase und abstehenden Ohren, welche auch das lange, blonde Haar nicht verbergen konnte auf Diethelm zu; ihr Gang glich dem Watscheln einer Ente.

„Mein Name ist Bettina von Muckefuck", sprach sie, „und es ist mir eine Ehre, daß Ihr beim heutigen Fest an meiner Seite sitzen werdet."

„Fünfzig Gedichte für dieses Weib ? Das müssen wohl Spottgedichte gewesen sein", dachte Heike.

Ihr wurde ein Platz an einem unteren Tisch zugewiesen.

Das Fest verlief besser als befürchtet. Diethelm hatte nur wenig Gelegenheit den Gästen von seinen ruhmvollen Taten zu berichten, denn der am frühen Nachmittag auf der Burg eingetroffene Gaukler Carolus Langkahn durfte seine Kunst zum Besten geben und die erheiterte die Anwesenden mehr als Diethelms Erzählungen.

39

Kurz nach Mitternacht zog sich Heike in ihre Kammer zurück. Diethelm kam nicht, sein Bett war auch am Morgen noch unbenutzt. Er kehrte erst am frühen Nachmittag zurück, schien völlig erschöpft, aber er lächelte.

„Ruhe dich heute aus. Morgen früh werde ich aufbrechen. Du kannst mitkommen, wenn du magst oder auch in die Dienste des Grafen von Muckefuck treten. Wie du willst ?"

„Ich komme natürlich mit. Noch habe ich keinen Drachen erlegt. Weißt du, ein Becher Drachenblut soll Schönheit bringen."

Heike grinste.

„Ich weiß. Und zwei Becher Drachenblut bringen einen wohlgeformten Leib."

Am nächsten Morgen zogen sie weiter.

Unter Räubern

Etwa eine Woche später erreichten sie kurz vor Sonnenuntergang einen Marktflecken, fanden ein Quartier im besten Gasthaus des Ortes, es war auch das einzige. Nach dem Abendessen ging Heike nach draußen um sich ein bißchen das Treiben im Dorf anzusehen. Diethelm blieb nicht lange allein. Bald gesellte sich ein älterer Mann zu ihm.

„Ich heiße Hans Lesseig, bin der Dorfschulze. Ihr seid sicher ein fahrender Ritter, weit in der Welt umhergereist. Ihr habt sicher viele Länder und Städte besucht und unzählige Abenteuer erlebt. Berichtet mir bitte davon. Ich zahle Euch auch einen Krug Bier."

Bei dem Wort Bier wurde Diethelm hellhörig. Das konnte er sich natürlich nicht entgehen lassen. Er begann zu reden. Die anderen Gäste horchten auf, rückten heran, lauschten gespannt.

„Solch einen tapferen Mann könnten wir hier gut gebrauchen. Die Zeiten sind schlecht. Im nahen Wald treibt eine Räuberbande ihr Unwesen. Immer mehr Kaufleute meiden die Straße, welche durch den Wald hierher führt, denn Christoph von Scheibenklaist, der Vogt des Grafen Ruprecht von Reifenstein, wird der Plage nicht Herr. Der Handel wird bald zum Erliegen kommen, das Dorf wird verarmen", erklärte Hans Lesseig als der Held zwischen zwei Schilderungen eine Pause einlegte.

„Macht euch da keine Sorgen ihr Herren", sprach nun Diethelm im Brustton der Überzeugung, „ich werde den Wald von dem Gelichter säubern."

„Ihr allein wollt diese Bande vernichten, Herr", gab der Schulze zu bedenken, „das ist unmöglich."

„Da habt Ihr völlig recht, Schulze; doch jede Räuberbande hat ein Räubernest. Und ich werde den Schlupfwinkel aufspüren und dann mit dem Vogt und seinen Männern zurückkehren und die Brut vernichten. Es wird nicht leicht sein und auch gefährlich, das Räubernest zu finden, der Vogt hat es ja nicht geschafft. Aber für einen Helden mit Mut, Witz und Denkvermögen der unzählige Abenteuer bestanden und sich in tausend Schlachten bewährt hat, wird dies eher eine Kleinigkeit sein."

Diese Rede gefiel, man reichte ihm einen neuen Krug Bier, bat ihn seinen Bericht über seine Erlebnisse in der weiten Welt fortzusetzen, was Diethelm mit Vergnügen tat. Da Reden durstig macht, folgte dem Krug Bier ein weiterer, diesem dann wieder einer und das setzte sich fort bis Diethelm schließlich völlig betrunken im Schankraum niedersank, wo ihn dann Heike schlafend fand als sie zurückkehrte. Auf ihren Befehl schafften ihn zwei Wirtsknechte in sein Bett.

Er war noch nicht klar im Kopf als sie am nächsten Morgen aufbrachen. Nach etwa einer Stunde erreichten sie den Wald. Gegen Mittag kam ihnen ein Trupp Reiter entgegen.

„Guten Tag, meine Herren", begrüßte sie Diethelm, „in diesem Wald soll eine gefährliche Räuberbande ihr Unwesen treiben. Ich, der tapfere Ritter Diethelm von Übelacker, habe gelobt dieses Räubernest auszuheben. Meine Herren, könnt ihr mir verraten, wo ich den Schlupfwinkel dieses Gesindels finden kann?"

Als Heike dies hörte lief ihr ein eiskalter Schauer über den Rücken.

„Kann ein Mann wirklich so dumm sein?" dachte sie.

„Eine guten Tag, mein Herr", antwortete einer von ihnen mir süßlicher Stimme, welche Heikes Mißtrauen eher vergrößerte, „wir sind ehrliche Bauern und Handwerker, sind auf dem Weg vom Markt in der Stadt zurück in unser Dorf. Ja, auch wir leiden unter den Räubern. Und einer unserer Dorfgenossen, Egbon der Jäger, der jeden Weg und Steg kannte, hat auch den Schlupfwinkel der Verbrecher ausfindig gemacht, wurde aber entdeckt und tödlich verwundet. Mit letzter Kraft schleppte sich ins Dorf, berichtete einiges, starb aber, bevor er den genauen Ort nennen konnte. Wir wissen also nur, in welcher Gegend das Lager sich befindet. Wir können Euch dorthin führen, aber suchen müßt Ihr es dann selbst."

„Habt ihr das nicht dem Vogt mitgeteilt?" wandte Heike nun ein.

„Doch, gnädige Frau. Wir sandten zwei Boten zu ihm. Er glaubte ihnen aber nicht, warf ihnen sogar vor, wir Bauernlümmel würden mit den Räubern unter einer Decke stecken und wollten ihn in eine Falle locken. Er ließ den beiden dann jeweils zehn Stockhiebe aufzählen."

Heike blickte skeptisch, sie glaubte dem Mann kein Wort.

„Vogt Christoph ist ein harter und mißtrauischer Mann", sprach nun Diethelm mit wichtiger Miene, „aber Vögte sind oft zwielichtige Gesellen, treiben Unwesen hinter dem Rücken ihrer Herren. Es könnte durchaus sein, daß er mit den Räubern gemeinsame Sache macht. Vielen Dank für die Warnung. Ich werde mich jedenfalls direkt an den Grafen wenden, wenn ich das Lager gefunden habe. Und ihr habt gute Augen, seid gewiß ehrliche Menschen. Wollt ihr mir helfen?"

„Selbstverständlich", lautete die Antwort.

Der Mann winkte zwei Burschen herbei, raunte ihnen leise etwas zu.

„Hellmuth und Thiemon werden Euch führen, sie kennen sich im Wald bestens aus. Habt also keine Sorge. Ihr müßt noch eine Weile in Eure Richtung weiterreiten und dann nach links abbiegen. Die beiden werden Euch den Weg weisen. Wir anderen müssen uns jetzt verabschieden. Wir wünschen Euch viel Glück für Euer Unternehmen. Lebt wohl."

Sie ritten weiter.

„Wer hätte geahnt mitten im Wald auf ehrliche Leute zu stoßen", meinte Diethelm nun mit einem Strahlen im Gesicht, „das Glück ist auf unserer Seite. Gott ist mit uns."

„Das wird sich zeigen", dachte Heike, „Gott ist niemals mit Idioten."

Es beruhigte sie keineswegs, daß nur zwei Kerle sie begleiteten, sicherlich sollten die beiden sie in eine Falle locken. Sie beobachtete daher die Umgebung scharf, blieb nachdenklich, schweigsam, während Diethelm bestrebt war ein Gespräch mit den Begleitern zu beginnen. Doch Hellmuth und Thiemon blieben schweigsam. So strichen mehrere Stunden dahin.

„Wann werden wir die Gegend erreichen, in welcher sich das Räuberlager befindet?" fragte Heike schließlich.

„Bald", lautete die lapidare Antwort.

Ein leichtes Knacken im Unterholz ließ Heike aufhorchen. Sie griff nach ihrem Schwert. Augenblicke später stürmten mehrere wilde Gesellen aus dem Gebüsch am Wegrand heraus. Zwei stürzten sich auf Heike. Sie hieb beide nieder, gab ihrem Pferd die Sporen, sprengte in den Wald hinein. Hellmuth folgte ihr. Sie wendete ihr Pferd, schlug ihm den Kopf ab. Nach einer Weile hielt sie ihr Roß an, lauschte. Alles blieb still. Die Räuber hatten wohl die Suche nach ihr aufgegeben. Vorsichtig ritt sie zum Ort des Überfalls zurück. Die Räuber waren tatsächlich weitergezogen. Kurzentschlossen folgte sie ihrer Spur. Der Weg führte aufwärts, der Wald war zunächst noch dicht, lichtete sich nach etwa einer Stunde etwas, ein Talkessel wurde sichtbar. Sie stieg vom Pferd, band es an einen Baum, ging zu Fuß weiter. Am Eingang standen zwei Männer Wache. Sie stieg in die Höhe bis sie schließlich einen Platz fand von dem aus sie den Talkessel überblicken konnte. Bald gewann sie die Überzeugung, daß es sich hier nicht um ihren Schlupfwinkel handelte, eher um einen Treffpunkt, da sich hier deutlich mehr Räuber versammelt hatten als sie auf der Straße angetroffen hatten. Vermutlich gedachten sie lediglich hier die Nacht über zu lagern. Die Räuber hatten einige Zelte aufgeschlagen, einige Feuer angezündet. Schließlich fiel ihr auf, daß sich noch andere Gefangene im Lager befanden; zwei vornehm gekleidete Frauen und vier Männer in Dienerkluft konnte sie ausmachen. Sie überlegte. Diethelm konnte sie wohl leicht befreien. Aber was geschah dann mit den anderen, die wohl entführt worden waren um Lösegeld zu erpressen. Würden sich die Räuber dann verfolgt sehen und die Gefangenen töten ? Und selbst wenn es ihr durch eine List gelingen sollte alle zu befreien, konnte sie dann mit den offensichtlich vornehmen Damen durch den Wald fliehen ohne den Räubern wieder in die Hände zu fallen ? Das schien ihr nicht möglich. Also zog sie sich mit dem Entschluß zurück, zur Burg des Grafen Reifenstein zu reiten um Hilfe zu holen.

Der Talkessel besaß einen zweiten Ausgang und sie ging davon aus, daß die Räuber am nächsten Tag durch diesen weiterziehen würden. Also hatte sie keine Bedenken, den Weg, den sie zurückritt, durch Kerben an Bäumen zu markieren. Doch sie kam nicht mehr weit, da es bald dunkelte. Sie zog sich in ein Gebüsch zurück, legte sich schlafen. Kurz nach Sonnenaufgang zog sie weiter, erreichte bald einen breiten Weg.

„Das muß die Straße sein, welche durch den Wald führt. Wir kamen aus Richtung Norden, dort gab es nur den Marktflecken, keine Burg. Also muß der Besitz des Grafen Reifenstein südlich des Waldes liegen."

Nach etwa einer halben Stunde näherte sie sich einer Lichtung, von der Stimmen erklangen. Sie stieg vom Pferd, schlich sich heran, erblickte mehrere Ritter in Begleitung vielleicht zwei Dutzend Bewaffneter. Sie faßte Mut.

„Guten Morgen, Ihr Herren ! Habe ich es mit tapferen Rittern zu tun, die gedenken einer Frau im Kampf gegen eine üble Räuberbande zur

Seite zu stehen ?"
Ein breitschultriger Mann trat auf sie zu.
„Weib, wer bist du ?" rief er ihr zu.
„Schimpft mich nicht Weib ! Sonst muß ich Euch fordern ! Ich bin Ritterin Heike ! Und wer seid Ihr ?"
Der Mann verzog das Gesicht, einer seiner Begleiter trat nun an ihn heran, flüsterte ihm etwas ins Ohr. Das Gesicht des Mannes hellte sich leicht auf.
„Verzeiht, ich wollte Euch nicht kränken. Mein Name ist Graf Bernhard von Schwartenstein. Was ist Euer Anliegen ?"
„Mein Begleiter, Ritter Diethelm von Übelacker, wurde von einer Räuberbande gefangen genommen."
Bernhard von Schwartenstein lächelte.
„Der Ritter hätte vorsichtiger sein sollen. Möge er sich selbst befreien."
„Diethelm von Übelacker ist ein Held; er wird sich gewiß bereits befreit haben. Daran zweifele ich nicht. Die Räuber haben aber noch zwei vornehme Damen und vier Diener in ihrer Gewalt. Die gilt es zu retten."
„Zwei Damen ? Wie ist deren Name ?"
„Die Namen weiß ich nicht. Ich sah sie nur von Weitem. Beide schienen hübsch und wohlgestaltet. Die eine war braunhaarig, trug ein blaues Kleid, die andere blond, trug ein graues Kleid. Mir dünkt, die Braune ist ein Edelfräulein, die Blonde ihre Zofe."
„Das sind sie gewiß !" stieß nun Bernhard hervor, „Fräulein Josefine von Reifenstein, meine Braut, und ihre Zofe Anna. Wir sind ausgezogen um sie zu befreien. Wo befinden sie sich ?"
„Die Räuber lagerten in der Nacht in einem Talkessel. Vermutlich sind sie mittlerweile weitergezogen. Ich kann Euch führen."
Nun mischte sich einer der Begleiter ein.
„Verzeiht mein Mißtrauen, Ritterin Heike, niemand kennt Euch. Welche Sicherheit gebt Ihr uns, daß Eure Worte wahr sind. Zürnt mir bitte nicht, aber ihr müßt uns Sicherheit geben, daß Ihr uns in keine Falle führt."
„Euer Mißtrauen erzürnt mich nicht. Ich weiß, daß Vogt Christoph seit langem vergeblich die Räuberbande jagt. Vermutlich haben sie überall ihre Spione. Ich mache Euch einen Vorschlag: ich werde Euch den Weg beschreiben, er ist an zahlreichen Stellen durch Zeichen an Bäu-

men markiert. Folgt ihm, sendet aber Späher voran, damit Ihr nicht in einen Hinterhalt geratet. Mich laßt hier zurück."
Ein weiterer Ritter trat heran.
„Verzeiht, Ritterin Heike. Ihr habt recht, Vorsicht ist geboten. Mein Name ist Richard von Ellenlang. Ich kenne den Talkessel, weiß einen anderen, auch kürzeren Weg dorthin."
Er wandte sich den anderen zu.
„Ich werde Euch führen, meine Herren und Ritterin Heike möge mitkommen."
Die Herren nickten.

Diethelm war zu überrascht gewesen um Widerstand zu leisten. Die Räuber banden ihn, zogen dann weiter. Die drei Toten ließen sie liegen. Gegen Abend erreichten sie einen Talkessel, in sich bereits eine größere Gruppe Räuber eingefunden hatte. Der Anführer entschied hier das Nachtlager zu errichten. Diethelm wurde vom Pferd genommen, ins Gras geworden. Zum Abendessen erhielt er ein Stück Brot und einen Becher Wasser, wozu man ihm kurzzeitig die Handfesseln löste.
Er beobachtete die Umgebung so gut es ging. Die Räuber führten offenbar noch mehr Gefangene mit sich, zwei vornehm gekleidete Damen und vier Männer.
Als es dunkelte wurde in der Nähe ein Feuer angezündet, an dem sich drei Kerle niederließen, der Anführer, der sich hochmütig als 'Herzog' bezeichnete und seine zwei Unterführer, die 'Grafen' genannt wurden.
„Das war ein guter Fang heute", der Räuberherzog lachte, „die Tochter des Grafen Reifenstein, die wird uns ein fettes Lösegeld bescheren."
„Und was machen wir mit den anderen?" fragte der eine Räubergraf.
„Für die Zofe und die Diener wird Graf Reifenstein wohl nichts zahlen, die lassen wir mit der Grafentochter zusammen frei. Wir haben schließlich keine Verwendung für sie."
Der zweite Räubergraf verzog das Gesicht.
„Das gilt vielleicht für die Diener, aber nicht für die Zofe. Ich wüßte da eine Verwendung, die uns sehr viel Spaß machen wird."
„Daran habe ich noch gar nicht gedacht", gab der Räuberherzog zur Antwort, „allerdings, ich muß aber vorher genau überprüfen, ob sich das auch lohnt. Es gibt schließlich keinen Grund ein unnützes Weib

mit herumzuschleppen."

Die Kerle aßen und tranken.

„Was machen wir eigentlich mit dem fahrenden Ritter ?" fragte nun der erste Graf.

„Ach, der große Held, der uns fangen wollte. Mit dem werden wir unseren Spaß haben", entgegnete der Herzog.

„Was hast du vor ?" meinte der zweite Graf.

„Ich weiß noch nicht. Das muß ich mir noch überlegen, es wird auf jeden Fall lustig werden. Aber erst einmal müssen wir uns um die Grafentochter kümmern. Das ist wichtiger. Spaß ist gut, aber Geld ist besser."

„Wir könnten ihn auf einem Schwein durch die Residenzstadt reiten lassen, ein Holzschwert in der Hand, ein Kochtopf als Helm, ein zerrissenes Fischernetz als Kettenhemd", schlug der erste Graf nun vor.

Sie unterhielten sich noch eine Weile über mögliche Scherze, die sie mit Diethelm treiben könnten, lachten dabei oft laut. Allmählich wurden sie müde und die beiden Räubergrafen sanken bald um und fielen in einen tiefen Schlaf. Der Räuberherzog erhob sich, ging schwankend in Richtung des Zeltes, in dem die beiden Damen gefesselt lagen, kehrte aber kurz darauf wieder fluchend zurück, sank neben seinen Spießgesellen nieder, begann bald laut zu schnarchen.

Die Sonne schien bereits warm als die Räuber erwachten. Sie frühstückten, rüsteten dann zum Aufbruch. Den beiden Burschen, die sich um Diethelm zu kümmern hatten, erschien es zu mühsam den gefesselten Gefangenen auf den Gaul zu heben, sie banden ihn daher los, ließen ihn sein Pferd besteigen, behielten ihn dabei aber scharf im Auge um sofort einzugreifen, falls er versuchen sollte Dummheiten zu begehen.

„Wir sind zum Abmarsch bereit", sagte nun der eine Räubergraf zum anderen, „wo ist der Herzog ?"

Der Angesprochene lachte.

„Der wollte noch rasch nachprüfen, ob es sich lohnt die Zofe zu unserem Vergnügen mitzunehmen."

„Ist das wirklich so dringend ?" knurrte der erste, „ich mache mir Sorgen wegen des Weibes, das entkommen ist. Sie ist ein Luder, glaube es mir. Sie ist uns bestimmt gefolgt, kennt den Ort und ist vielleicht bereits mit Schergen des Grafen Reifenstein hierher unterwegs."

Der andere wollte antworten, doch in diesem Augenblick ertönte hinter einem nahen Gebüsch ein wüstes Gemisch aus Schreien und Fluchen.

Der Räuberherzog hatte in der Tat die Zofe hinter ein Gebüsch gezerrt um sie zu mißbrauchen, oder wie er sich ausgedrückt hatte, herauszufinden, ob sie wirklich einem Mann das Vergnügen bereiten konnte, welcher er von einer Frau erwartete. Unglücklicherweise hatte man ihr die Hände vor dem Bauch zusammengebunden, was nach Ansicht des Herzogs bei seinem Vorhaben störte. Also löste er die Fesseln. Dann schob er ihren Rock nach oben, begann an seiner Hose herumzunesteln. „Ich werde mich noch ein bißchen mir dir vergnügen bevor wir aufbrechen", lachte er.

„Wenn du das tun willst, dann mußt du meine Fußfesseln lösen, damit ich meine Beine auseinanderbreiten kann. Sonst geht das nicht", entgegnete ihm die Zofe.

„Das weiß ich selbst", brummte er, „ich habe schließlich schon oft genug Frauen mißbraucht."

„Dann kennst du dich ja aus, tue also deine Arbeit."

Er begann nun an den Fußfesseln herumzufummeln, konnte den Knoten aber nicht lösen. So zog er schließlich seinen Dolch hervor und durchschnitt ihn. Dann richtete er sich wieder auf um seine Hose zu öffnen. Die Zofe zögerte nicht, nutzte die Gelegenheit, trat ihm mit aller Kraft in den Unterbauch, genau dorthin, wo es am meisten schmerzte. Der Räuber krümmte sich zusammen, brüllte laut auf, die Zofe ergriff das Messer rannte davon.

Von dem Geschrei aufgeschreckt, starrten die Räuber nun alle in Richtung Gebüsch, aus dem ihr Herzog fluchend hervortrat. Diethelm nutzte die Unaufmerksamkeit, gab seinem Pferd die Sporen. Bald erreichte er die Zofe, hob sie in den Sattel, sprengte davon. Die Wachen an dem Eingang, durch den sie am Vorabend in den Talkessel hereingekommen waren, hatten sich bereits zurückgezogen, sodaß Diethelm und die Zofe ihn ungehindert verlassen konnten. Einige Räuber gedachten ihnen zu folgen, doch der Herzog, der sich mittlerweile wieder etwas erholt hatte, hielt sie zurück.

„Es lohnt nicht sie zu verfolgen und wir müssen fort. Die Grafentochter

ist die wertvolle Beute, die Zofe bringt nichts ein. Und von dem tolpatschigen Ritter haben wir nichts zu befürchten."
Die Räuber zogen weiter.

Diethelm und die Zofe waren unterdessen in gutes Stück in den Wald hinein geritten. Als sie sicher waren, daß die Räuber sie nicht verfolgten, hielt Diethelm das Pferd an. Sie stiegen ab.
„Wer bist du eigentlich?" fragte er die Frau.
„Ich heiße Anna und bin die Zofe des Fräuleins Josefine von Reifenstein? Und wer seid Ihr?"
„Ich bin der tapfere Ritter Diethelm von Übelacker. Und wer ist das Fräulein von Reifenstein?"
„Sie ist die andere Gefangene. Die Räuber haben sie entführt um ein hohes Lösegeld zu fordern."
„Und warum haben sie dich entführt?"
„Sie haben unseren Reisewagen überfallen und uns alle mitgenommen, das Fräulein, mich und die Diener."
„So wollen sie auch für dich ein Lösegeld erpressen?"
„Nein, ich bin doch nichts wert. Für mich zahlt niemand etwas, für die Diener auch nicht."
Diethelm schüttelte den Kopf.
„Dann hätten sie euch ja auch gar nicht entführen müssen. Und nun schleppen sie euch nur als unnützen Ballast mit sich herum. Dummes Räuberpack."
„Wenn wir entkommen wären, dann hätten wir doch dem Vogt berichten können wo der Überfall stattgefunden hat und er hätte nur den Spuren der Räuber folgen müssen um sie zu fassen."
„Sie hätten euch ja auch umbringen können, das wäre sicherer gewesen."
Er dachte kurz nach.
„Auf jeden Fall hatte ich Pech."
„Weshalb, Herr?"
„Ich habe die Falsche gerettet. Der Graf hätte mich sicherlich reich belohnt, wenn ich ihm seine Tochter wieder gebracht hätte. Aber für dich erhalte ich nichts."
Anna verzog das Gesicht.

„Dann folgt doch den Räubern, befreit Fräulein Josefine."

Ein Kampf mit der gesamten Räuberbande erschien Diethelm nun doch zu bedenklich, zumal er auch keine Waffe besaß. Aber er wußte Rat.

„Das ist nicht möglich", meinte er, „und daran bist du schuld. Du hättest nicht davon laufen sollen. Und jetzt bist du mir bei der Verfolgung der Räuber hinderlich. Aber dich allein im Wald zurücklassen, das kann ich nicht. Das wäre auch gegen meine Christenpflicht. Ohne meinen Schutz und Beistand würdest du verschmachten oder von den wilden Tieren zerrissen."

„Verschmachten würde ich nicht so bald. Bäume und Sträucher tragen genügend Früchte und gegen die wilden Tiere kann ich mich wehren. Schließlich besitze ich den Dolch des Räuberherzogs."

„Aber du wirst nie aus dem Wald herausfinden. Oder kennst du dich hier aus ?"

„Nein. Und Ihr ?"

„Ich bin ein Ritter, finde überall den rechten Weg. Wir müssen aber vorsichtig sein. Auch wenn es nicht so scheint, daß sie uns folgen, die Räuber können uns dennoch einen Hinterhalt legen."

„Ich glaube eher, er kommt überall vom rechten Weg ab", dachte Anna, sagte aber nichts.

So trabten sie los, durch das Unterholz.

Nachdem die Ausrüstung zusammengepackt und die Pferde gesattelt waren brachen Heike, Graf Bernhard, Richard, die anderen Ritter und die Mannen auf. Sie erreichten den Talkessel bereits nach zwei Stunden. Sie folgten dann den Spuren der Räuber. Graf Bernhard versuchte die Männer zur Eile anzutreiben, doch Richard mahnte zu Bedachtsamkeit.

„Ich halte es zwar für wenig wahrscheinlich, daß uns die Räuber einen Hinterhalt legen werden, aber ausschließen läßt sich das nicht."

„Ja, wir sollten vorsichtig sein", mahnte Heike, „sie machen auch gar keine Anstalten ihre Spuren zu verwischen."

„Ihr habt zwar recht, aber das hat wenig zu bedeuten, vielleicht führt der Weg zum Räubernest irgendwann durch steiniges Gelände, wo sie keine Spuren hinterlassen", entgegnete Graf Bernhard.

Nach drei Stunden Ritt gebot Richard Halt.

„Ihr Weg führt zweifelsohne um das Wolfshaupt herum zum Bärenkopf. Vermutlich liegt ihr Schlupfwinkel auf der Höhe oder der anderen Seite des Bärenkopfes. Wie dem auch sei, es gibt nur einen für Pferde gangbaren Weg über den Berg. Ich kenne eine Abkürzung, der Pfad über das Wolfshaupt ist zwar steil und für die Pferde eine Qual, aber wir können den Fuß des Bärenkopfes eher erreichen und den Räubern eine Falle stellen."

Als sie an der von Richard bezeichneten Stelle anlangten, fanden sie noch keine Spuren der Räuber vor. Sie legten sich auf die Lauer. Die Räuber erschienen etwa zwei Stunden später. Der Angriff auf sie kam so überraschend, daß sie kaum an Gegenwehr dachten, großteils niedergemacht wurden, wenige wurden gefangen genommen. Keiner entkam. Die Gefangenen wurden unverletzt befreit. Diethelm und Anna waren nicht unter ihnen.

„Wichtig ist, daß Josefine gerettet ist", meinte Graf Bernhard, „die Zofe und der fremde Ritter sind nicht von Bedeutung. Vielleicht wurden sie unterwegs ermordet, vielleicht sind sie geflohen."

Die Ritter nahmen dies ohne große Anteilnahme zur Kenntnis. Lediglich Heike und Richard blickten unwirsch.

„Entschuldigt, meine Herren", einer der befreiten Diener trat vorsichtig heran, „die Zofe und der fremde Ritter sind zusammen geflohen."

„Dann werden sie wohl irgendwo im Wald herumirren", Graf Bernhard lächelte süffisant, „vielleicht irren sie ja auch nicht herum, sondern vergnügen sich. Die Zofe soll ja sehr hübsch sein."

Richard blickte ihn böse an.

„Nun ja, wie dem auch sei", fuhr Graf Bernhard fort, „die Räuberbande ist vernichtet, Fräulein Josefine wurde befreit und ich kann sie nun freien. Unsere Aufgabe ist erfüllt, kehren wir also zurück."

„Sollten wir nicht nach dem fremden Ritter suchen ? Er kennt sich im Wald nicht aus, hat sich bestimmt verirrt", wandte Richard ein.

Der Graf lächelte spöttisch.

„Ein Ritter, der sich im Wald verirrt, ist ein Tor, nicht würdig ein Ritter zu sein. Er ist für sich selbst verantwortlich. Mag er also verschmachten. Das ist nicht unsere Angelegenheit."

„Aber die Zofe !" wandte Richard ein.

„Eine Zofe ? Was sollen wir wegen ihr unsere Zeit verschwenden ? Sie

ist eine Magd aus dem niederen Volk. Sie ist der Mühe nicht wert."
Zorn stieg in Richard auf. Doch die ritterlichen Sitten geboten ihm zu schweigen. Den Grafen wegen verächtlicher Worte über eine Dirne aus dem Volk fordern? Der Graf hätte das abgelehnt und ihn darüberhinaus dem Spott der anderen Herren preisgegeben. Richard blieb daher ruhig.

„Nun Graf Bernhard", sprach er gelassen, „ich kam als Gast auf Burg Reifenstein, zufällig als die Entführung der Grafentochter bekannt wurde. Ich habe mich Euch freiwillig angeschlossen um Fräulein Josefine zu befreien und die Räuber zu bestrafen. Diese Aufgabe ist nun erfüllt, wie Ihr sagtet und ich habe damit mein Versprechen eingelöst. Ich bin nicht Euer Gefolgsmann, erlaube mir deshalb mich zu verabschieden und auf meine Burg zurückzukehren."

Der Graf ahnte, daß er wohl einen wunden Punkt getroffen, den Ritter gekränkt hatte. Dieser konnte allerdings vor den Herren die Angelegenheit nicht als Verletzung seiner Ehre darstellen. Es mußte sich also um die Zofe handeln. Er sah nun keinen Grund deswegen einen Streit vom Zaume zu brechen, zumal Richard auf mehreren Turnieren bewiesen hatte, daß er ihm als Schwertkämpfer überlegen war. Er entgegnete daher mit gespielter Gleichgültigkeit:

„Nun, wie Ihr wollt, Ritter Richard; ich hätte Euch gerne auf dem Fest, das ich zu geben gedenke, als Gast begrüßt. Sei es. Ihr seid ein freier Ritter, seid mir keine Rechenschaft schuldig, dürft tun, was Euch beliebt. Lebt also wohl. Gott sei mit Euch."

„Ich werde auch nicht mit Euch ziehen, Graf Bernhard", erklärte nun Heike, „ich muß meinen Gefährten wieder finden. Ob tot oder lebendig."

Die Truppe brach auf, Heike und Richard blieben zurück.

„Es ist kein Grund zur Eile. Der Wald ist nicht sehr ausgedehnt, wir können bis Einbruch der Dunkelheit ein Dorf erreichen. Ich möchte aber nicht zusammen mit dem Grafen reiten", begann Bernhard.

„Verzeiht, wenn ich das so offen anspreche", meinte Heike, „ihr schient erzürnt. Es ist also nicht die geringe Sorge des Grafen, daß die beiden im Wald verschmachten könnten, was Euch so in Wallung brachte?"

Richard lachte.

„Nein, das war es nicht. Wißt Ihr, es ist schwierig sich in diesem Wald zu verirren. Es führt eine breite Handelsstraße durch ihn, von dem zahlreiche Seitenwege abzweigen, die stets auf einer kleinen Lichtung enden, oft nur so groß, daß ein Pferdewagen wenden kann. Sie werden von den Holzhauern zum Abtransport der Stämme benutzt. Es gibt natürlich auch einige schmale Pfade wie den, auf dem ich die Truppe hierhergeführt habe, aber die benutzt kein Ortsunkundiger. Wer also durch Unterholz irrt, wird irgendwann auf einen dieser Holzwege stoßen, auf ihm entweder die Handelsstraße oder eine Lichtung erreichen. Im letzteren Fall wird er natürlich umkehren."

„Aber der Weg durch den Talkessel? Führt er nicht durch den Wald hindurch?" fragte nun Heike.

„Nein, er endet hier am Fuß des Gebirges. Von hier aus führt ein Saumpfad in die Berge, auf dem man allerdings nicht reiten kann, sondern das Pferd führen muß. Den werden sie sicherlich nicht eingeschlagen haben, zumal ich auch annehme, daß sie nach ihrer Flucht den Weg zurückgeritten sind, den sie gekommen waren."

„Und was hat Euch erzürnt?"

„Es war die herablassende Art, in der er über die Zofe Anna sprach. Wißt Ihr, sie ist meine heimliche Liebe. Ich durfte sie aber nicht heiraten solange mein Vater lebte, denn sie ist von niederer Geburt. Er hätte mich verstoßen. Nun, er starb vor drei Wochen. Jetzt bin ich frei, kann tun, was mir beliebt. Ich ritt also vor vier Tagen nach Burg Reifenstein um meine Braut zu holen, erfuhr dort von der Entführung. Die Nachricht hatte ein Bauer überbracht, der den Überfall zufällig aus der Ferne mitangesehen hatte. Und ich schloß mich Graf Bernhard an, der eine Truppe zur Befreiung von Fräulein Josefine zusammenstellte."

Sie brachen auf, erreichten nach einigen Stunden die Handelsstraße wandten sich nach Norden, erreichten gegen Abend das Dorf, von dem aus Heike und Diethelm in den Wald aufgebrochen waren. Niemand hatte dort die beiden Vermißten gesehen. Sie übernachteten im Gasthaus, durchquerten am nächsten Tag den Wald. Auch in dem Dorf auf der südlichen Seite waren die beiden nicht gesehen worden.

„Das ist bedenklich", bemerkte Heike, „dies kann nur bedeuten, daß ihnen ein Unglück zugestoßen ist."

„Ja, das vermute ich auch", pflichtete ihr Richard bei, „es bleibt also nichts anderes übrig als die Holzwege abzusuchen."

Er wiegte den Kopf.

„Wenn ihnen allerdings etwas im Unterholz zugestoßen ist, dann finden wir sie niemals."

Sie brachen am nächsten Morgen in aller Frühe auf. Nach etwa drei Stunden kam ihnen ein Reiter entgegen.

„Anna!" rief Richard erstaunt aus, „wo kommst du den her?"

„Ich suche Hilfe", lautete die Antwort, „Ritter Diethelm ist schwer erkrankt. Er fiebert."

„Was ist geschehen?"

Hastig berichtete Anna:

„Wir waren nach unserer Flucht eine weite Strecke durch das Unterholz geritten. In Ermangelung eines Schwertes besorgte sich Diethelm unterwegs einen Knüppel als Waffe. Als dann ein harmloses Reh unseren Weg kreuzte, hielt er es für ein gefährliches Untier und stürzte sich auf es. Es kam zu einem erbitterten Kampf. Das Reh floh schließlich. Diethelm hatte sich an der Schulter verletzt. Wir zogen weiter; gegen Abend begann er zu fiebern, behauptete im Wald wimmele es von Dämonen, Hexen, Kobolden und Zwergen, die uns vernichten wollten. Er ritt kreuz und quer durch den Wald, trotz der Dunkelheit, bis er irgendwann erschöpft vom Pferd sank. Am nächsten Morgen hatte sich der Fieberwahn noch verschlimmert. Er ritt weiterhin durch das Unterholz, mied Wege, da er glaubte, gerade dort würden die Unwesen aus der Hölle auf uns lauern. Ich erlebte zwei furchtbare Tage, denn er war jedem vernünftigen Wort unzugänglich. Heute morgen schließlich konnte er nicht mehr aufstehen. Und ich beschloß, alleine einen Weg aus dem Wald zu suchen und im nächsten Dorf Hilfe zu holen."

„Wie können wir ihn finden?" fragte Heike.

„Ich besitze einen Dolch und habe den Weg markiert."

Sie erreichten bald die Lichtung. Diethelm schlief. Sie banden ihn auf ein Pferd, gelangten nach einigen Stunden in das Dorf am südlichen Waldrand, mieteten sich in dem Gasthof ein. Der Wirt kannte eine Kräuterfrau, die sich auch auf Heilkunde verstand. Sie braute einen Trank für den Kranken und bereits am übernächsten Morgen konnte Diethelm wieder ein Pferd besteigen. Sie brachen auf, erreichten Burg Ellenlang am Nachmittag. Nach einigen Tagen Ruhe war der Held wieder völlig genesen, drängte darauf weiterzuziehen.

„Als Dank für eure Hilfe bei der Rettung meiner geliebten Braut, sollt Ihr zum Abschied ein Geschenk erhalten", sprach Richard als sie gemeinsam frühstückten

Er führte sie dann zur Waffenkammer.

„Sucht euch etwas aus."

Heike wählte einen Dolch mit verziertem Griff, Diethelms Blick fiel auf eine Lanze.

Die Lanze

Diethelm ließ es sich nicht nehmen als Zeichen seines Heldenmutes diese gewaltige Lanze, welche mehr als zwei Mannslängen maß, auszuwählen.

„Such dir doch etwas Sinnvolleres aus", mahnte ihn Heike, „das ist doch eine Waffe für ein Turnier. Sie ist groß und unhandlich, dir auf der Reise nur hinderlich."

„Wieso mir ? Ich bin der große Held. Du wirst sie tragen."

Heike fügte sich um vor den Augen des Ritters Richard Streit zu vermeiden. Doch als sie zwei Stunden unterwegs waren wurde ihr die Waffe zu schwer; sie stieg vom Pferd, lehnte sie an einen Baum.

„Nimm die Lanze selbst oder laß sie hier. Ich werde sie nicht weiterhin tragen. Ich bin schließlich nicht dein Schildknappe."

Diethelm murrte.

„Ich bin der heldenhaftere Ritter, du hast zu gehorchen ! Und außerdem steht bereits in der Bibel geschrieben, daß die Frau dem Manne untertan sei."

„Das hast du nicht richtig gelesen. Es heißt 'Und doch steht dein Begehren nach deinen Manne, er aber soll herrschen über dich'. Das ist etwas ganz anderes. Mein Begehren steht schon lange nicht mehr nach dir, das weißt du genau. Und wir sind nicht verheiratet, du bist also nicht mein Mann, hast daher gar kein Recht über mich zu herrschen. Außerdem gilt das nicht für Ritterinnen. Und ich habe dir ja auch gesagt, du sollst dir eine andere Waffe nehmen, die Lanze ist nur hinderlich."

„Nein", bekräftigte Diethelm, „wer große Heldentaten begehen will, der braucht eine Lanze. Schon der Heilige Georg hat den Drachen mit seiner Lanze erlegt. Du siehst, solch eine Waffe ist notwendig."

Heike verzog das Gesicht.

„Siegfried hat den Drachen mit dem Schwert getötet."

„Das ist doch nur eine Dichtung. Und der Dichter hat es sich doch nur deshalb so ausgedacht, weil Siegfried nicht mit einer Lanze umgehen konnte. Außerdem, Sankt Georg ist ein Heiliger, Siegfried nicht. Sankt Georg tötete den Drachen um eine Jungfrau zu retten, Siegfried schnöden Goldes wegen. Du siehst, es ist also rühmlicher und gottesgefälliger einen Drachen mit einer Lanze zu töten als mit einem Schwert."

„Jetzt fängt er schon wieder diesem Unsinn an", dachte Heike, entgegnete dann, „ich werde sowieso keine Heilige, da ich nicht einmal mehr Jungfrau bin. Ich brauche daher auch keine Lanze. Trage sie also selbst oder lasse sie zurück."

Diethelm murrte zwar, doch Heikes Entschlossenheit zeigte ihm, daß es keinen Sinn machte sich weiterhin mit ihr zu streiten. Er nahm die Lanze auf. Doch auch ihm wurde sie mir der Zeit zu schwer. Er überlegte, ob er sie nicht am Sattel und am Hals des Pferdes befestigen könne, so daß er sie nicht mehr in die Hand nehmen mußte. Er knüpfte einige Schlingen, doch das Ergebnis blieb unbefriedigend. Es schien dem Pferd unangenehm zu sein. Es scheute des öfteren und Diethelm hatte dann Mühe sich im Sattel zu halten.

Im nächsten Dorf erwarb Diethelm daher einen alten Klepper. Das Tier war geduldig, fast blind aber für den vorgesehenen Zweck als Lanzenträger noch brauchbar. Ein geschickter Sattler baute zwei Gestelle mittels derer er die Lanze in Höhe des Halses und der Hinterläufe am Pferd befestigen konnte.

Zufrieden setzten sie am nächsten Morgen ihre Reise fort.

Der Wolf

„So, du großer Held", bemerkte Heike nach einiger Zeit spitz, „jetzt bist du bereit einen Drachen zu töten und eine Jungfrau aus königlichem Geblüt zu retten. Aber warum muß es unbedingt eine Jungfrau sein ?"

„Dich werde ich nicht vor einem Drachen retten müssen", entgegnete er leicht zornig, „denn vor deinem Anblick flieht doch jedes Untier. Und außerdem solltest du wissen, Drachen fordern stets Jungfrauen, gebrauchte Weiber schmecken ihnen nicht."

„Dann besteht ja für mich in doppelter Hinsicht keine Gefahr und daher auch gar kein Grund eine Lanze mit mir herumzuschleppen. Aber ich würde an deiner Stelle nicht einen Drachen wegen einer Jungfrau töten, sondern um einen Schatz zu gewinnen. Damit könntest du dann durch Geschenke die Gunst so vieler Jungfrauen gewinnen wie du verkraften kannst."

Diethelm antwortete nicht, denn gerade in diesem Augenblick kreuzte ein großes graues Tier gemächlich ihren Weg.

„Oh, ein gewaltiger Wolf, ein Einzelgänger obendrein. Das sind die Gefährlichsten. Er wird meine Lanze zu spüren bekommen. Er nahm die Waffe in die Hand, stürmte dem Wolf hinterher. Der bemerkte den Feind, wich dem Lanzenstoß geschickt aus und so rammte Diethelm sie in einen Baum. Er verlor das Gleichgewicht, stürzte aus dem Sattel, blieb halb betäubt liegen. Das Raubtier hatte offensichtlich den Sturz des Feindes bemerkt, wandte sich um, rannte zähnefletschend auf Diethelm zu. Heike erkannte die Gefahr, sprengte heran, zog ihr Schwert aus der Scheide und stieß es dem Wolf in die Seite, gerade als er sich auf Diethelm stürzen wollte. Der Wolf fiel zu Boden. Diethelm, noch etwas benommen, hatte das nicht so richtig mitbekommen, sah nun den tödlich verwundeten, aber noch lebenden Wolf, der gerade versuchte sich mühsam aufzurichten. Er zog seinen Dolch und stieß ihn dem Tier in den Hals. Der Wolf zuckte noch einige Male, verschied dann. Stolz richtete sich Diethelm auf.

„Siehst du, ich habe das gewaltige Untier erlegt, mit meinen Dolch", rief er Heike zu.

„Na, dann war die Lanze ja gar nicht notwendig ?"
„Das habe ich auch erkannt als ich auf den Wolf zuritt. Deswegen habe ich die Lanze ja auch an diesem Baum abgelegt, bin aus dem Sattel gesprungen um ihn im Nahkampf mit dem Messer zu besiegen."
Heike verzog das Gesicht.
„Du hast recht. Eine Lanze ist wirklich keine Waffe gegen einen Wolf. Ein Drache ist viel größer und man kann ihn nicht so leicht verfehlen."
Verärgert setzte sich Heike ins Gras und schaute Diethelm zu wie er sich bemühte die Lanze aus dem Baum herauszuziehen. Es glückte ihm schließlich mit Hilfe seines Pferdes. Diese Szene heiterte sie wieder etwas auf.

Je länger die Reise dauerte, desto großspuriger wurden seine Reden, desto mehr brüstete er sich mit Heldentaten, die gar keine waren und die er auch nicht begangen hatte. Ständig mußte sie ihm aus der Patsche helfen, doch er dankte es ihr nicht, behandelte sie oft herablassend. Und jetzt träumte er auch noch von einer königlichen Jungfrau, die er retten wolle – und dann natürlich auch zur Frau nehmen. Nein, er war nicht mehr der liebe Diethelm, der Freund ihrer Kindheit und Jugend. Sie spürte das schon seit längerer Zeit, verweigerte sich ihm daher auch, begründete es mit der Ausrede, sie dürfe während der Fahrt durch die Welt nicht schwanger werden. Dabei hatte ihr eine Magd, welche in der Heilkunst und auch in anderen Künsten bewandert war, ein Mittel mit auf den Weg gegeben, welches genau dies verhinderte.

Gegen Abend erreichten sie eine verlassene Feldscheune. Ein Dorf war weit und breit nicht in Sicht. Da die Dämmerung bereits hereinbrach beschlossen sie hier zu übernachten. Spät am Abend kam Diethelm zu ihr gekrochen, meinte, aufgrund der heutigen Heldentat habe er doch eine Belohnung verdient, forderte sie auf ihm ihre Gunst zu gewähren. Doch Heike wies ihn schroff zurück.
„Versuche nicht mich mit Gewalt zu nehmen. Ich bin keine Walküre, keine Brunhild, die mit der Jungfernschaft auch ihre Kraft verlor. Nimm dich also in Acht."

Die Stimmung zwischen beiden war nun ernsthaft getrübt. Die nächsten Tage ritten sie meist schweigend nebeneinander her. Sie passierten kleine Dörfer, in denen das Leben friedlich zu verlaufen schien, richteten ihr Tagespensum so ein, daß sie in Gasthöfen übernachten konnten. Heike begann über die Reise nachzudenken. Sie waren nun schon drei Monate unterwegs, wirkliche Abenteuer hatten sie bisher noch nicht erlebt, von den Ereignissen der Wazzenburg und dem Kampf gegen die Räuberbande abgesehen, doch auch hier waren sie nur durch Diethelms Ungeschicklichkeit in die Sache verwickelt worden. Warum sollte sie also weiterhin wie eine Vagabundin unstet durch das Land ziehen ? Gut, Diethelm würde ohne sie sicherlich bald unter die Räder kommen, denn allein war er im Grunde hilflos. Doch war er nicht ein Mann ? Wozu brauchte er dann eine Kinderfrau ? Und so beschloß sie ihn zu verlassen sobald sich eine Gelegenheit bieten würde.

Die Rettung des Kaisers

Sie verließen den Gasthof, in dem sie genächtigt hatten, am frühen Vormittag, erreichten bald einen ausgedehnten Wald. Sie mochten wohl zwei Stunden geritten sein, als sie aus nicht allzu weiter Entfernung Waffengeklirr vernahmen.

„Schnell", rief Diethelm, „Räuber überfallen Reisende. Wir müssen zu Hilfe eilen."

„Nun ja", erwiderte Heike ruhig, „vielleicht überfallen auch Reisende harmlose Räuber, die lediglich mit ihrer Beute in ihr Versteck zurückkehren."

„Wie dem auch sei, wir müssen eingreifen."

Sie trieben ihre Pferde an, erreichten wenig später eine Lichtung, auf welcher in der Tat gekämpft wurde. Es sah aber nicht nach einem Überfall von Räubern auf Reisende aus, vielmehr schienen zwei Gruppen von Kriegsknechten gegeneinander zu fechten.

„Da befehden sich offenbar zwei Adelige", bemerkte Diethelm, „wem sollen wir da helfen? Ich denke, es gibt gar keinen Grund uns in ihre Streitigkeiten einzumischen."

„Das sehe ich nicht so", entgegnete Heike, „das ist doch hier ein schlechter Ort zur Austragung einer Fehde. Außerdem wären sie dann sicherlich mit all ihren Mannen gegeneinander gezogen. Doch was sehe ich hier? Da ist eine Gruppe von einem Dutzend Männer, zwei von ihnen sind besser gekleidet, vermutlich Adelige, ein älterer und ein jüngerer, vermutlich Vater und Sohn. Die andere Gruppe ist mehr als doppelt so stark, besteht offensichtlich nur aus Kriegsknechten und einem Hauptmann. Da ist kein Ritter darunter. Und die beiden Adeligen werden von einer Überzahl von Schergen bedrängt. Man will sie offenbar töten. Nein, das ist keine Fehde, sondern ein feiger, heimtückischer Überfall. Wir müssen den beiden zu Hilfe eilen. Du übernimmst den älteren Mann, ich den Jüngeren."

Diethelm gehorchte ohne Gegenrede. Er nahm seine Lanze in die Hand, sprengte auf einen der Männer zu, welche den älteren bedrängten. Dieser bemerkte den Angriff, wandte sich zu Diethelm hin, wich geschickt dem Lanzenstoß aus, hieb aber noch mit seinem Schwert kraftvoll auf die Waffe. Diethelm hielt sie krampfhaft fest, konnte aber nicht verhindern, daß sie sich nach unten richtete und er sie in den Boden rammte. Die Lanze war nun von vorzüglicher Art; sie brach nicht, bog sich vielmehr. Der abrupte Stoß in die Erde und das krampfhafte Festhalten der Waffe, verliehen nun Diethelm einen ungeheuren Schwung; er konnte sich nicht mehr im Sattel halten, flog vielmehr in hohem Bogen vom Pferd und landete auf einem Bewaffneten, der gerade zum tödlichen Stoß gegen den Älteren ausholte. Der Scherge stürzte von seinem Roß und beide landeten auf der Erde. Diethelm rappelte sich schnell auf, zog seinen Dolch, das Schwert hatte er verloren, und stieß ihn seinem noch etwas benommenen Gegner in die Brust. Der Kerl, der ihm ausgewichen war, hatte mittlerweile sein Pferd gewendet, sah, was unterdessen geschehen war, stürmte nun auf Diethelm los. Der hatte aber inzwischen seine Lanze wieder in die Hand genommen, hielt sie dem angreifenden Gegner entgegen, stieß sie dessen Roß in den Leib. Es brach zusammen, der Reiter stürzte und bevor er sich besinnen konnte hatte Diethelm auch ihm den Dolch in die Brust gestoßen. Der Ältere hatte unterdessen zwei Schergen aus dem Sattel gehauen. Die beiden noch lebenden Gegner verloren darauf hin den Mut, zumal sie auch sahen, wie es ihren Kameraden, welche den Jüngeren attackierten ergangen war und flohen.

Heike hatte nämlich ihr Schwert gezogen, war zu dem Jüngeren hingestürmt, der bereits vier Gegner erledigt hatte. Heike streckte zwei der noch fünf übrigen Angreifer nieder, bevor diese die unvermittelt auftauchende Furie überhaupt bemerkt hatten; einem dritten trennte sie nach kurzem Kampf den Kopf vom Leib. Der Jüngere hieb unterdessen die beiden restlichen Kerle vom Pferd. Dann wandte er sich dem Kampfplatz zu. Die beiden Überlebenden, welche den Älteren attackiert hatten, schickten sich gerade zur Flucht an. Als nun diejenigen, welche mit den Kriegsknechten der beiden vornehmen Herren fochten, dies sahen, stoben sie ebenfalls davon.

„Vielen Dank für Eure Hilfe, Fremde", der Jüngere lächelte Heike zu, „aber verzeiht, ich muß nach meinem Vater sehen."

Er stieg vom Pferd, lief zu dem Älteren hin, der ebenfalls abgesessen hatte. Auch die überlebenden Kriegsknechte, vier von ihnen hatten bei dem Kampf ihr Leben verloren, fanden sich bei ihm ein.

„Der junge Herr ist ein wahrer Held", rief nun einer begeistert, „er stürzte sich mit einem gewaltigen Sprung von seinem Roß auf den Gegner, der gerade zu einem tödlichen Schwerthieb gegen Euch ausholte, riß ihn vom Pferd, bevor er zustoßen konnte und tötete ihn. Das macht ihm so schnell keiner nach. Zeuge einer solchen Heldentat bin ich bisher noch nie geworden."

Der Ältere wandte sich nun Diethelm zu.

„Männer wie Euch brauchen Kaiser und Reich im Kampf gegen den schurkischen Adel und den Feinden aus Ost und West. Kniet vor mir nieder, ich werde Euch zum Ritter schlagen."

„Das ist nicht notwendig, Herr, ich bin bereits Ritter. Mein Name ist Diethelm von Übelacker."

„Ach, das macht nichts", antworte der Ältere, „nehmt den Schlag hin und Ihr dürft Euch von nun an 'Kaiserlicher Ritter' nennen."

Diethelm gehorchte. Er kniete nieder und der Mann schlug ihm dreimal mit dem Schwert auf die Schulter. Diethelm erhob sich dann.

Der Ältere wandte sich nun den Kriegsknechten zu.

„Bevor wir die Kampfstätte verlassen, sollen die Toten bestattet werden. Begrabt auch die Feinde. Wir wollen ihre Leiber nicht den Wölfen zum Fraß überlassen – falls es hier überhaupt welche gibt. Wir sind schließlich Christen, müssen im Tod Verzeihung üben. Ein großes Grab für alle genügt aber. Unterdessen werden wir rasten."

Er ließ sich im Gras nieder, winkte Diethelm zu sich, begann ein Gespräch.

Der Jüngere hatte sich unterdessen die toten Feinde betrachtet, kehrte dann zu Heike zurück, welche das Geschehen schweigend mit angesehen hatte. Beide setzten sich nun auch ins Gras.

„Wieso hat dieser Mann das Recht, Diethelm zum 'Kaiserlichen Ritter' zu schlagen ? Was ist das überhaupt für ein Titel ?" fragte nun Heike.

Der junge Mann lächelte.

„Das ist ganz einfach, dieser Mann ist der Kaiser, Otto der Halbweise."

„Wirklich interessant, auf welche Leute man so im Wald stößt. Und wer seid Ihr ? Sicherlich sein Sohn ?"

„Ja", lautete die Antwort, „ich bin Heinrich von Löwenzahn. Übrigens, vielen Dank für Eure Hilfe. Sieben habe ich einmal auf einen Streich gefällt, aber neun Gegner erschienen mir nun doch bedenklich."

„Nun, ich habe drei erledigt", Heike lächelte, „da blieben für Euch nur noch sechs übrig. Ihr mußtet nicht einmal an Eure größte Heldentat anknüpfen."

Heinrich lachte.

„Ihr seid nicht auf den Mund gefallen. Wer seid Ihr eigentlich."

„Oh, verzeiht, ich habe mich ja noch gar nicht vorgestellt. Ich bin die Ritterin Heike."

Heinrich schaute etwas betreten.

„Ritterin Heike ?"

Heike zuckte mit den Achseln.

„Dem Fürsten von Tollpatien unterlief ein Fehler, anstatt Diethelm Übelacker schlug er mich zum Ritter. Aber Euer Vater, der Kaiser, hat den Ritterschlag anerkannt."

„Ihr gefallt mir", meinte nun Heinrich, „Ihr seid Ritterin, tapfer, nicht auf den Mund gefallen, sicherlich klug. Ihr seid hübsch und wohlgestaltet. Ich möchte Euch zur Frau nehmen. Seid Ihr einverstanden ?"

„Das kommt sehr überraschend. Ihr kennt mich doch gar nicht."

„Das macht nichts. Ein schneller Entschluß ist von Nöten. Ich soll verheiratet werden. Und die Braut kenne ich auch nicht."

„Und Ihr wollt sie nicht ?"

„Ich wurde gar nicht gefragt. Ich habe auch nicht wirklich zugestimmt, mich nur bereit erklärt, daß ich sie heiraten werde, falls ich keine andere Frau finde bevor sie eintrifft."

„Na, schön. Ich werde es mir überlegen. Wie lange habe ich Zeit ? Ich muß Euch allerdings gleich sagen, ich bin weder von Adel noch bin ich Jungfrau."

„Ach das sind doch nur Kleinigkeiten, die auch gar keine Rolle mehr spielen wenn wir erst verheiratet sind. Und Zeit habt Ihr bis übermorgen. Wir sind nämlich auf dem Weg die mir aufgezwungene Braut abzuholen. Deswegen ist unsere Truppe auch so klein. Mein Vater wollte nicht mit dem gesamten Heer zur Grenze ziehen um sie zu empfangen."

„Das war aber sehr unvorsichtig von ihm, wie Ihr gesehen habt. Wer waren eigentlich die Männer, die Euch überfielen."

„Das waren zweifelsohne die Leute des Markgrafen Rudolfs des Habgierigen."

„Woher wißt Ihr das ?"

„Ich habe mir die Toten angeschaut. Ihr Anführer ist auch darunter. Es ist Markus von Söldern, der Burghauptmann des Markgrafen. Ich kenne ihn genau. Ihr müßt wissen, Rudolf der Habgierige möchte selbst gern Kaiser werden. Wir rechneten aber nicht mit einem Überfall, da seine Burg zwei Tagesreisen entfernt liegt. Außerdem hat mein Vater den Landfrieden verkündet."

„Und wer ist eigentlich die Braut, die abgeholt werden soll ?"

„Ach, sie ist die Tochter des Sultans von Zitronistan"

„Zitronistan ? Den Namen habe ich noch nie gehört. Wo liegt dieses Reich ?"

„Viele Tagesreisen entfernt, im Morgenland."

„Und wie kommt Euer Vater zu dieser Prinzessin ?"

„Das ist eine längere Geschichte. Ich werde sie Euch erzählen. Aber ich denke, jetzt ist hierfür keine Zeit. Unsere Männer kommen zurück. Sie haben ihre Arbeit erledigt und wir sollten nun aufbrechen."

„Ja, das erscheint vernünftig; es könnte sein, daß die Schergen Rudolfs mit Verstärkung zurückkommen."

„Ich glaube es nicht, aber sicher ist sicher. Und wenn wir uns beeilen, dann gelangen wir noch vor Einbruch der Dunkelheit zur Burg des Grafen Friedrich von Heldenberg. Der ist uns wohlgesonnen. Dort erhalten wir Quartier und Kriegsknechte zum Geleit für die Weiterreise."

Sie erreichten die Burg etwa eine Stunde vor Sonnenuntergang, wurden freundlich aufgenommen. Heike und Heinrich erhielten auf dessen dringende Bitte hin zwei nebeneinander liegende Räume, welche durch eine Tür miteinander verbunden waren.

Die Prinzessin von Zitronistan

Heike zögerte nicht Heinrich aufzusuchen.

„Also wenn ich dich schon heiraten soll, dann möchte ich vorher wissen, was es mit dieser Prinzessin auf sich hat und warum du sie nicht zur Frau nehmen willst."

Heinrich blickte sie erstaunt an.

„Ihr sagt einfach 'du' zu mir ?"

„Natürlich, wenn ich dich schon heiraten soll. In meinem Volk ist es nicht üblich, daß sich Eheleute mit 'Ihr' oder 'Euch' anreden."

„In adeligen Familien ist es aber Brauch ..."

„Ich bin aber nicht adelig", unterbrach ihn Heike.

„ ... auch keine Jungfrau mehr. Und außerdem habt Ihr Euch noch gar nicht entschieden."

„Das ist doch nebensächlich. Ich habe dich bisher für eine tapferen Mann mit Verstand gehalten und nicht für eine Höfling mit Dienergeist. Habe ich mich in dir getäuscht ? Dann werde ich dich nicht heiraten. Also, mach keine Umstände, sag einfach 'Heike' zu mir."

Heinrich atmete tief durch.

„Also gut, wenn es sein muß."

„Also, was ist nun mit der Prinzessin ?"

„Die Sache ist die", erklärte Heinrich, „vor eineinhalb Jahren befanden wir uns auf dem Kreuzzug im Heiligen Land. In der Schlacht bei Akkassalem fiel der älteste Sohn des Sultans von Zitronistan, der in den Reihen der Halelunaken kämpfte, in unsere Hände. Der Sultan bot dann eine seiner Töchter als Auslöse für seinen Sohn. Und mein Vater kam auf die Idee mich mit der Prinzessin zu verheiraten. Und ich stimmte unter der Bedingung, die ich dir bereits sagte, zu."

„War das nicht unvorsichtig ? Der Sultan wollte doch offensichtlich die Tochter loswerden. Vielleicht ist sie häßlich und unförmig und er fand keinen Mann für sie, es sei denn gegen eine hohe Mitgift."

„Nein, das denke ich nicht. Sie soll sehr schön und wohlgestaltet sein, das haben Eunuchen Kundschaftern erzählt, welche mein Vater ausgesandt hatte. Gesehen hat sie aber keiner von ihnen. Weißt du, im Morgenland dürfen Frauen nur verhüllt das Haus verlassen, damit sie nicht begehrliche Blicke der Männer auf sich ziehen. Nur im Harem ist es ihnen erlaubt unverschleiert gehen. Aber dort haben nur Eunuchen Zutritt."

Heinrich lachte.

„Die Verschleierung könnte auch einen anderen Grund haben. Manche sagen, die Sitte gehe auf den Sultan Salami zurück, der ursprünglich ein Kamelknecht des alten Sultans war. Als dieser starb mußte dessen Erstfrau innerhalb von drei Monaten wieder heiraten um nicht alle Titel und Würden zu verlieren; so bestimmten es die Sitten des Landes. Nun war die Sultanin aber überaus häßlich und keiner der Großen des Reiches war bereit sie zur Frau zu nehmen. Daher erkor sie sich in ihrer Not den Kamelknecht Salami zum Gatten. Ihm war es gleichgültig wie die Frau aussah, kam er doch durch die Heirat zu Reichtum und Würden. Allerdings mochte er auf Dauer ihr häßliches Gesicht nicht ertragen und so erließ er das Verschleierungsgebot, das natürlich dann für alle Frauen gelten mußte um die Sultanin nicht zu verärgern."

Heinrich schwieg kurz.

„Aber was machen wir mit der Prinzessin ? Sie wird doch nicht mehr als meine Braut gebraucht. Und mein Vater hat versprochen sie mit einem würdigen Mann zu verheiraten", fragte Heinrich.

„Das ist ganz einfach. Er kann sie ja Diethelm zur Frau geben."

„Und du glaubst, daß Diethelm einverstanden ist ?"

„Sieh doch nicht alles so kompliziert. Dein Vater hat ihn zum 'Kaiserlichen Ritter' ernannt. Und nun ist es seine Pflicht dem Reich zu dienen. Er möge ihm daher mitteilen, daß diese Vermählung im Reichsinteresse ist und er wird nicht widersprechen."

„Das ist ein guter Vorschlag. Dann gibt es nur noch eine Sache, aber ich denke das wird Diethelm nicht abschrecken."

„Und was ist das ?"

„Die Prinzessin glaubt an einen anderen Gott."

„Was ?" wunderte sich Heike, „es gibt noch einen anderen Gott ? Dann hat uns der Mönch Bibanter angelogen. Er behauptete nämlich, es gebe nur einen Gott."

Sie lachte.

„Er war ja überhaupt ein zwielichtiger Bursche. Und an sein Keuschheitsgelübde hat er sich auch nicht gehalten. Das habe ich selbst nachgeprüft. Aber keine Angst, ich bin zwar keine Jungfrau mehr, aber auch nicht schwanger. Du mußt also nicht fürchten, daß dein erster Sohn ein Bastard sein wird."

„Es könnte doch auch ein Mädchen sein."

„Schon, aber ich wollte dir damit nur sagen, daß selbst der schlimmste Fall nicht eintreten wird."

Ein Diener erschien.

„Der Graf erwartet Euch zum Abendessen."

Der Lakai führte sie in den Speiseraum, in dem bereits der Kaiser, Graf Friedrich und Diethelm versammelt waren."

„Nun, Majestät", begann Friedrich, „Ihr habt in Eurem Gefolge zwei edle Herrschaften, einen tapferen Ritter, wie mir scheint, und eine Frau, die aber eher einer Amazone ähnelt, mitgebracht. Sie sind mir als Gäste willkommen, aber erweist mir bitte die Ehre sie mir vorzustellen."

„Nun", entgegnete der Kaiser, „nichts ist mir lieber als dies. Der edle Herr ist der Kaiserliche Ritter Diethelm von Übelacker und die Frau", er verzog etwas das Gesicht, „nennt sich Ritterin Heike."

Friedrich verzog ebenfalls das Gesicht.

„Ein Kaiserlicher Ritter, diese Ehre wird nur sehr wenigen zuteil. Er muß Euch also große Dienste erwiesen haben. Und eine Ritterin ? Ich verstehe Eure Rede nicht so recht."

Der Kaiser blickte leicht grimmig.

„Ja, die Umstände waren schon ungewöhnlich."

Und er begann zu erzählen.

„Wißt Ihr, wer Euch da überfallen hat ?" fragte der Graf nachdem der Kaiser geendet hatte.

„Es waren zweifelsohne Männer des Markgrafen Rudolfs des Habgierigen."

Friedrich verzog bei Nennung des Namens zunächst das Gesicht. Dann lächelte er. Aber niemand der Anwesenden achtete darauf.

„Ist das sicher, Majestät ?"

„Es bestehen keine Zweifel", mischte sich Heinrich ein, „ihr Anführer war Markus von Söldern, der Burghauptmann des Markgrafen. Ich kenne ihn genau. Er befand sich unter den Toten."

„Dann wird er also der Reichsacht verfallen ?" fragte nun Friedrich.

„So ist es, Graf !" bekräftigte der Kaiser, „ich habe die Ächtungsurkunde bereits ausgestellt. Morgen wird ein Bote sie dem Reichserzkanzler überbringen. Dann wird sie im ganzen Reich verkündet."

„Und wann wird die Reichsacht verhängt ?"

„Mit meiner Unterschrift unter die Ächtungsurkunde !"

„Dann ist sie bereits verhängt ?"

„So ist es !"

Der Graf lächelte. Niemand nahm allerdings davon Notiz. Nach dem Abendessen, entschuldigte er sich. Er sagte, er habe noch wichtige Angelegenheiten zu erledigen. Bevor er den Saal verließ bemerkte er noch: „Meine Herren, ein Bote überbrachte am Vormittag die Nachricht, der Zug der Prinzessin habe sich verspätet, er werde erst übermorgen gegen Mittag an der Grenze eintreffen. Ihr habt also Zeit. Seid daher auch morgen meine Gäste, ihr müßtet sonst in der Grenzstation übernachten. Dort steht aber nur ein kleines Haus, das keinerlei Bequemlichkeit bietet."

Heinrich und Heike begaben sich zur Burgterrasse, wo sie zusammensaßen, jeder hatte einen großen Becher Wein vor sich.

„Also, ich muß eines klarstellen", begann Heike, „nachdem du mir einen Heiratsantrag gemacht hattest, sagte ich dir gleich, daß ich keine Jungfrau mehr bin. Du darfst aber daraus keine falschen Schlüsse ziehen und mich für eine Dirne halten. Weißt du, Jungfräulichkeit besitzt in unserem Volk keinen Stellenwert. Es gilt sogar als große Schmach, wenn eine Frau mit achtzehn Jahren noch Jungfrau ist, denn dies gilt als Zeichen dafür, daß kein Mann sie begehrt. Es ist ja auch so, daß sich in unserem Volk die Frauen ihren Gatten aussuchen, üblicherweise natürlich den Besten unter ihren Liebhabern nehmen."

Heinrich runzelte die Stirn.

„Der Mann hat kein Wahlrecht ?"

„Nein, das ist nicht üblich. Das ist auch vernünftig. Wenn schon eine Frau nicht als Jungfrau in die Ehe geht, dann soll der Mann wenigstens das Gefühl haben, die erste Wahl unter allen zu sein, die mit ihr bisher Umgang hatten, also der Beste unter allen Rivalen. Das stärkt doch das Selbstvertrauen, vertreibt allen Neid, alle Eifersucht. Andernfalls könnte es ihm ja Kummer oder sogar Herzeleid bereiten oder auch Zorn und

Wut in ihm entfachen, weil er sich betrogen fühlt, wenn er in der Hochzeitsnacht feststellen muß, ein bereits von anderen Männern gebrauchtes Weib erhalten zu haben."

Heinrich grinste.

„Ich verstehe, das ist eine Sache der Sichtweise. Das erinnert mich an die Geschichte eines Sultans, den ein Traum sehr erschreckte. Der Traumdeuter sagte ihm, der Traum bedeute Schreckliches: er werde alle seine Verwandten vor sich sterben sehen. Dem Sultan gefiel diese Deutung ganz und gar nicht, er ließ den Traumdeuter auspeitschen und aus der Stadt jagen. Dann ließ er eine Frau herbeirufen, die für ihre Weisheit bekannt war. Sie sprach, er habe Gnade vor Gott gefunden, werde ein langes und glückliches Leben führen, ein gesegnetes Alter erreichen und alle seine Verwandten überleben. Diese Deutung sagte zu und die Frau wurde reich belohnt. Ja, man muß eben alles in der richtigen Form darstellen."

Heike lachte.

„Aber sei beruhigt; das ist nicht alles. Ist die Wahl getroffen und die Heirat besiegelt, dann gehört die Frau dem Mann als Frau allein. Du verstehst, was ich meine? Sie ist ihm nicht untertan, ist ihm lediglich zu ehelicher Treue verpflichtet, er ihr gegenüber natürlich auch. Bei jedem Fehltritt wird ihr ein Finger abgeschnitten."

„Und was passiert, wenn sie keine Finger mehr hat?"

„Dann wird ihr der Kopf abgeschnitten."

Heinrich dachte eine Weile nach.

„Das ist aber eine schlechte Lösung; je weniger Finger sie hat, desto weniger kann sie arbeiten. Es wäre besser ihr jedesmal eine Fußzehe abzuschneiden; sie könnte dann noch immer laufen, wäre nur weniger läufig."

„Du kannst ja ein solches Gesetz erlassen wenn du Kaiser bist. Bisher hat sich aber noch kein Herrscher daran gestört."

Heinrich wiegte den Kopf.

„Ich vermute, mein Vater kennt diesen Brauch gar nicht. Und wie ist das eigentlich bei den Männern, die Ehebruch begehen, geregelt?"

Heike lachte.

„Ganz einfach: ihnen wird das Körperglied, das gefrevelt hat, abgeschnitten."

Heinrich lachte nun auch.

„Dann können sie nicht mehr freveln, sind aber für ihr Leben gezeichnet. Ist das nicht zu streng ?"

Heike schüttelte den Kopf.

„Oft leben sie dann nicht mehr lange, denn in unseren Volk ist die Heilkunst nur wenig entwickelt; sie verbluten meist."

Sie schwieg kurz.

„Wir sollten unsere Unterhaltung aber jetzt beenden, da noch eine dringende Angelegenheit zu erledigen ist."

„Eine dringende Angelegenheit ?" wunderte sich Heinrich, „was hat denn das schon wieder zu bedeuten ? Es ist doch bereits Nacht."

Heike grinste spitzbübisch.

„Es gibt Angelegenheiten, welche man am besten nachts erledigt. Am Tag kann man das natürlich auch tun. Aber warum sollten wir es auf morgen verschieben."

Heinrich begriff nicht so recht.

„Kommst du zu mir oder soll ich zu dir kommen ?" fragte Heike als sie ihre Gemächer erreichten.

Heinrich verstand jetzt worauf sie hinaus wollte.

„Ist es dir so dringend ?"

„Mir ? Du willst mich heiraten, hast mir bis übermorgen Zeit gegeben mich zu entscheiden. Und wie soll ich mich entscheiden können solange ich nicht weiß ob du zum Gatten taugst ? Du verstehst es mit dem Schwert umzugehen. Aber das allein genügt nicht."

Sie lächelte keck.

„Ich hoffe, du hast nicht zuviel Wein getrunken."

„Keine Sorge, es wird schon klappen."

Der weitere Verlauf der Ereignisse muß hier nicht im Detail geschildert werden.

Aber noch vor Mitternacht erklärte Heike Heinrich, daß er sich auch in diesen Übungen bestens bewährt habe, sie mit seinen Leistungen vollauf zufrieden sei und ihre Einwilligung zu einer Eheschließung gebe, falls er sein Angebot noch aufrecht erhalte."

Heinrich nickte.

„Sicher, es war ja kein Scherz."

Erschöpft schliefen beide ein.

„Wir können noch einige Zeit liegen bleiben", meinte Heinrich als sie am Morgen erwachten, „wir haben keine Eile, wir werden heute hierbleiben. Die Grenze erreichen wir in vier Stunden. Und die Prinzessin wird mit ihrem Gefolge erst morgen mittag dort eintreffen. Es ist also Zeit."

„Der Sultan hat also eine seiner Töchter gegen seinen Sohn gegeben", begann nun Heike, „dann hat er doch bestimmt die häßlichste und unförmigste ausgesucht. Ich kann nicht glauben, daß sie hübsch und wohlgestaltet ist. Die Eunuchen haben gelogen. Das halte ich für durchaus wahrscheinlich. In unserem Land heißt es, die Männer mit der geringsten Manneskraft seien die größten Lügner. Sicher wollte er sie loswerden ohne eine hohe Mitgift aufzubringen. Vielleicht sollte man sie doch nicht Diethelm geben. Er ist zwar recht täppisch, aber das hätte er dann doch nicht verdient."

„Wenigstens habe ich dir heute Nacht bewiesen, daß ich kein großer Lügner bin", Heinrich lachte, „ach, das wäre doch keine griechische Tragödie. Tagsüber kann sie ja ihren Schleier tragen und nachts sieht er ihr Gesicht ohnehin nicht. Und ein fülliger Leib hat auch etwas Gutes. Er hat dann nicht das Gefühl auf einer Bohnenstange zu liegen. Aber ich kann dich beruhigen. Die Eunuchen haben sicherlich nicht gelogen. Sie berichteten nämlich auch, er mußte die Prinzessin loswerden, gerade weil sie hübsch und wohlgestaltet ist."
Heike verzog das Gesicht.
„Das verstehe ich jetzt nicht."
„Also, so ein Sultan hat sehr viele Frauen, eine Hauptfrau und zahlreiche Nebenfrauen. Und die Hauptfrau oder auch Erstfrau ist die Sultanin und ihr erstgeborener Sohn ist der Erbe."
„Und was hat das jetzt mit der Prinzessin zu tun ?"
„Unterbrich mich doch nicht ständig, laß mich auch einmal ausreden, sonst heirate ich am Ende doch noch die Prinzessin. Ich will dir das doch erklären. Also, die Sache ist die, zumindest wurde uns das so berichtet. Die Prinzessin ist die Tochter der Sechstfrau. Und sie ist hübscher als die Töchter der Erstfrau, die alle häßlich sind, wie die Eunuchen berichteten."
Heike grinste.
„In unserem Volk heißt es, die Töchter ähneln oft dem Vater."

„Gut, daß ich ein Junge geworden bin", entgegnete Heinrich, „aber dann müßte die Prinzessin doch auch häßlich sein."

„Ja, schon, aber bei so vielen Frauen verliert ein Mann leicht den Überblick. Und manchmal klappt die Entmannung auch nicht so richtig. Und ein Eunuch ist dann nicht wirklich eunuch."

„Das lenkt aber jetzt vom Thema ab. Also, die Erstfrau war neidisch auf die hübsche Prinzessin, haßte sie. Und sie verlangte vom Sultan sie aus dem Palast zu entfernen. Andernfalls werde sie die schöne Jungfrau vergiften lassen. Da hatte der Sultan kein andere Wahl."

„Und das ist die Wahrheit ?"

„Wir werden es morgen sehen, wenn sie ankommt. Doch wenn sie hübsch und wohlgestaltet ist und vielleicht auch noch klug, dann hat sie als Mann etwas besseres verdient als Diethelm. Seinen Leib einem Tölpel hinzugeben, bedeutet doch, daß man sich selbst entehrt. Aber wir müssen unsere Unterhaltung jetzt beenden. Mein Vater erwartet mich. Er weiß noch nichts von unseren Hochzeitsplänen."

Heinrich suchte seinen Vater in dessen Gemach auf.

„Guten Morgen, Vater. Es wird Zeit, daß ich mit dir rede, es ist wichtig."

„Was ist wichtig ?" fragte der Kaiser.

„Du kennst meinen Standpunkt zu deinem Wunsch die Prinzessin von Zitronistan zu heiraten."

„Du hast doch zugesagt."

„Das ist nicht ganz richtig, Vater, es gab da eine Bedingung: ich sagte, ich werde sie heiraten, wenn ich nicht eine andere Frau finde bevor sie im Reich eintrifft."

„Und warum willst du jetzt mit mir reden. Wir empfangen sie morgen. Dann ist die Frist abgelaufen. Und du hast bisher noch nie eine andere Frau erwähnt."

„Das ist richtig, Vater. Aber die Verhältnisse können sich von Stunde zu Stunde, von Augenblick zu Augenblick ändern. Das hast du ja gestern bei dem Überfall der Schergen des Markgrafen gesehen. Wir schienen verloren, doch dann tauchte unerwartete Hilfe auf und wir siegten."

„Auf was willst du hinaus, Heinrich ? Rede nicht um den heißen Brei herum."

„Ich habe eine Frau gefunden, Vater. Die Hochzeit mit der Prinzessin kann daher nicht stattfinden."

„So ?" antwortete der Kaiser erstaunt, „und wer soll diese Frau sein ?"

„Es ist die Ritterin Heike."

„Ritterin Heike ? Eine Frau als Ritter ? So etwas gibt es nicht im Reich ! Sicher nur eine Hochstaplerin. Ich habe sie gestern abend dem Grafen auch nur deshalb so vorgestellt, weil es die Höflichkeit gebot. Und die willst du heiraten ? Mir scheint, du hast gestern abend zu tief in den Weinkrug geschaut."

„Nein Vater, ich habe nicht zuviel getrunken. Sie ist Ritterin und auch eine Frau. Letzteres habe ich heute nacht überprüft."

Der Kaiser runzelte die Stirn.

„Und wer hat sie zum Ritter geschlagen ?"

„Arnimius der Lasche, der Fürst von Tollpatien."

Der Kaiser blickte seinen Sohn scheel an.

„Dieser nichtsnutzige Aufrührer. Das hat er doch nur getan um mich zu ärgern. Den Ritterschlag kann ich nicht anerkennen."

„Du hast ihn bereits anerkannt, per Kaiserlichem Dekret."

Otto der Halbweise dachte nach.

„Jetzt erinnere ich mich an diese unselige Geschichte. Na schön, der Ritterschlag ist gültig. Aber sonst, ist sie von adeligem Geblüt ?"

„Nein, es gibt in ihrem Volk keinen Adel."

„Ist sie wenigstens noch Jungfrau ?"

„Nein, es gilt in ihrem Volk als Schmach jungfräulich in die Ehe zu gehen."

„Welchem Barbarenvolk gehört sie denn an ? Sie stammt wohl aus den wilden Steppen Asiens ? Da können wahrscheinlich sogar Männer untereinander heiraten."

„Davon weiß ich nichts. Sie gehört dem Volk der Luschen an. Das sind deine Untertanen. Und ihre Sitten und Gebräuche werden seit Generationen vom Kaiser anerkannt. Es ist also nichts Verwerfliches an ihr."

Der Kaiser brummte vor sich hin.

„Nein, nein, dieser Heirat kann ich nicht zustimmen."

„Ich habe dich nicht um deine Zustimmung gebeten, Vater. Ich wollte dir lediglich mein Vorhaben mitteilen. Ich bin Ritter und du hast nicht das Recht mir diesbezüglich Befehle zu erteilen. Ich darf heiraten, wen ich will."

„Gut, das ist nun einmal so, aber ich habe das Recht, dich zu enterben, wenn du dich nicht meinem Willen fügst."

„Tu das, Vater, wenn du glaubst, daß mein Bruder Sigward, den man auch den Einfältigen nennt, ein besserer Kaiser sein wird. Ich jedenfalls werde das Reich verlassen und in die Dienste des Mongolenherrschers Hurri Khan treten. Er sucht fähige und tapfere Männer. Im Reich werden sie ja wohl nicht gebraucht."

Der Kaiser schwieg kurz.

„Was du tust, das ist Erpressung. Aber was soll ich tun? Die Sorge um die Wohlfahrt des Reiches ist mein höchstes Anliegen. Deswegen bin ich ja auch Kaiser. Also geh und nimm deine Hure. Jeder ist seines Unglücks Schmied. Aber beklage dich hinterher nicht."

Er schwieg erneut kurz.

„Aber, mein Sohn", fuhr er dann fort, „was mache ich jetzt mit der Prinzessin? Ich habe ihrem Vater zugesichert sie einem edlen Mann zur Frau zu geben. Was soll ich tun um nun nicht als Lügner zu gelten?"

Zum Schein setzte Heinrich einen Gesichtsausdruck auf als denke er nach.

„Es heißt, sie ist hübsch und wohlgestaltet, besitzt auch eine höhere Bildung als in unserem Reich notwendig. Denke darüber nach, wer ihr würdig sein könnte und eine großzügige Belohnung verdient hat."

„Da kommt Diethelm von Übelacker in Frage. Aber wird er sie auch nehmen?" gab der Kaiser zu bedenken, „vielleicht hat er bereits eine andere Frau im Sinn."

„Selbst wenn, die Prinzessin ist ein guter Ersatz. Und sie bringt ihm auch eine Mitgift von sechzig Kamelen. Von einer anderen erhält er vermutlich nicht einmal einen Ochsen."

Der Kaiser stöhnte.

„Ich sehe, du hast alles bereits durchdacht."

„Ich habe gar nichts durchdacht. Du bist der Kaiser, Vater, du mußt die Entscheidungen treffen und bist auch für sie verantwortlich."

Heinrich verabschiedete sich von seinem Vater, ging in sein Gemach zurück.

Er fühlte sich nicht sehr wohl. Man muß das verstehen. Der Vater hatte damals vor mehr als einem Jahr den 'Wunsch' geäußert, daß er die Prinzessin heiraten solle. Für Heinrich klang das wie ein Befehl. Er sah darin eine Anordnung des Vaters, der er sich zu unterwerfen hatte. Und das mißfiel ihm, löste Ärger und Widerstand in ihm aus. Die Prinzessin spielte hierbei kein Rolle. Mochte sie schön und wohlgestaltet oder häßlich und unförmig sein, mochte sie klug und gebildet oder dumm und einfältig sein, das war ihm gleichgültig. Allein die Tatsache, daß der Vater ihn zur Ehe mit ihr drängen wollte löste in ihm Widerwillen und Abneigung gegen sie aus. Er fragte sich nun, ob er ihr nicht Unrecht tat. Vielleicht war sie ein wundervoller Mensch, werde durch eine Vermählung mit Diethelm unglücklich. Er fühlte sich daher ein bißchen schlecht. Aber waren sie nicht beide Opfer der Machenschaften ihrer Väter?

Der Heiratsplan

Der Kaiser sann hin und her. So richtig gefiel ihm die Vorstellung einer Vermählung der Prinzessin mit Diethelm nicht. Doch sie erschien ihm als Ausweg.
Am späten Nachmittag beorderte er ihn zu sich.

„Kaiserlicher Ritter von Übelacker", Otto der Halbweise setzte eine wichtige Miene auf, „Ihr könnt eine bedeutende Leistung für das Reich erbringen und zu seinem ewigen Ruhm beitragen, ja, Ihr seid als Kaiserlicher Ritter hierzu verpflichtet. Es bedarf nur einer kleinen Geste Eurerseits. Aber die Folgen werden Euch höchstes Vergnügen bereiten, dessen bin ich mir völlig sicher."
„Nun, was es auch ist, Majestät", antwortete Diethelm mit fester Stimme, „ich werde nach besten Kräften meine Pflicht erfüllen."
„Das sind die Worte eines edlen und heldenhaften Ritters. Aber ich muß Euch sagen, Ihr habt auch eine gewisse Verpflichtung meinen Wunsch zu erfüllen. Ihr habt meine Pläne durchkreuzt und mich in eine peinlich Lage gebracht."
Obwohl er gar nicht wußte auf was der Kaiser hinaus wollte, setzte er vorsorglich eine schuldbewußte Miene auf und sprach demütig um den Kaiser nicht zu verärgern:
„Ich habe sicherlich gefehlt, Majestät. Aber ich bin töricht und mir keiner Verfehlung bewußt. Trotzdem bedauere ich sie zutiefst."
„Wohl gesprochen Kaiserlicher Ritter von Übelacker. Es handelt sich um eine Frau, mit der Ihr die Ehe eingehen sollt."
„Verzeiht, Majestät, mit einer Frau die Ehe eingehen ? Aber ich habe doch keiner Frau die Ehe versprochen."
„Das ist gut, mein lieber Übelacker, ich darf Euch doch so nennen. Dann versündigt Ihr Euch auch nicht. Und natürlich sollt Ihr auch mit einer Frau die Ehe eingehen, nicht mit einem Mann, das wäre nach der Lehre der Heiligen Kirche ja auch eine Sünde."
Der Kaiser pausierte kurz.
„Es handelt sich um die Ehe mit der Prinzessin von Zitronistan. Ich habe Ihrem Vater, dem Sultan, versprochen, sie mit einem edlen Mann

zu verheiraten, hatte meinen Sohn als Gatten auserkoren. Doch das ist nun verpfuscht. Er besteht darauf diese Ritterdirne Heike zu ehelichen, eine Frau von zweifelhafter Abkunft, die nicht einmal mehr Jungfrau ist. Und daran seid Ihr schuld."

„Ich weiß, ich bekenne es ja auch. Ich habe mit ihr gefrevelt und ihr die Jungfernschaft geraubt."

„Ach, mein lieber Übelacker, das meine ich jetzt gar nicht. Ihr habt sie meinem Sohn zu Hilfe geschickt. Und nun hat er Gefallen an ihr gefunden, nicht nur als Kämpferin. Hättet Ihr das nicht selbst übernehmen können ? Und sie mir zu Hilfe schicken."

„Ich konnte doch nicht ahnen was das für Folgen hatte, Majestät. Könnt Ihr Euren Sohn nicht zwingen sich Eurem Willen zu beugen ?"

„Nein, zwingen kann ich ihn nicht. Aber ich habe ihm bereits gedroht ihn zu enterben. Und er hat mir erklärt, dann trete er eben in die Dienste des Mongolenherrschers Hurri Khan; und ich müßte dann meinen Zweitgeborenen, Sigward dem Einfältigen, zum Thronfolger ernennen. Das kann ich doch nicht tun, selbst Ihr habt noch mehr Verstand als er. Aber ich komme jetzt auf den Punkt: diese Ritterin Heike ist Eure Gefolgsfrau. Und nur durch Euer Handeln hat Heinrich sie kennengelernt. Ihr tragt also eine Mitschuld."

Diethelm senkte das Haupt.

„Ich werde meine Schuld tilgen, tun, was immer Ihr verlangt."

„Ich habe es Euch doch bereits gesagt. Ihr sollt die Prinzessin von Zitronistan heiraten. Mehr verlange ich doch gar nicht von Euch."

„Nun, Majestät, denkt an das Versprechen, das Ihr ihrem Vater gegeben habt, daß Ihr sie mit einem ehrenhaften Mann vermählen wollt."

„Nun, im ganzen Reich gibt es, von meinem Sohn abgesehen, keinen würdigeren Gatten für sie als Euch."

„Das dünkt mir wohl wahr, einen größeren Helden als mich wird man im Reich wohl kaum finden. Doch denkt daran, Majestät, sie ist eine Prinzessin, aus edlem Geblüt, die Wohlstand und Bequemlichkeit gewohnt ist. Und ich bin nur ein armer Ritter, besitze nicht einmal eine Burg. Soll ich mit ihr in einer Bauernkate hausen ? Sie wird fliehen, ihrem Vater berichten. Und der wird ein großes Heer aussenden um die Schmach zu tilgen, die seiner Tochter angetan wurde."

„Seid ohne Sorge, lieber Überacker, wie Ihr wißt, haben mich die Mannen Rudolfs des Habgierigen im Wald attackiert. Er ist nun der Reichsacht verfallen und die Markgrafschaft Söndermark wird ihm entzogen. Die Urkunde wurde bereits ausgestellt. Und Ihr erhaltet die Markgrafschaft zum Lehen. Und macht Euch auch ansonsten keine Sorgen. Die Frauen im Orient sind es gewohnt ihren Männern zu gehorchen."

Diethelm dachte zum Schein kurz nach.

„Gut, Majestät, ich werde mich Eurem Wunsch fügen. Die Markgrafschaft ist reich, wie ich hörte."

Der Kaiser schwieg einige Augenblicke.

„Eigentlich hätte ich von Euch noch eine Frage erwartet."

„Welche Frage, Majestät?"

„Ob die Prinzessin schön und auch wohlgestaltet ist."

„Ich hielt diese Frage für unschicklich, Majestät. Ich denke aber Ihr habt für Euren Sohn keine häßliche Frau erwählt."

„Wohl gesprochen, Kaiserlicher Ritter, ich sehe, ich habe in Euch den richtigen Mann gefunden. Ihr dürft Euch nun zurückziehen. Morgen werden wir zur Grenze reiten. Dort dürft Ihr Eure Braut in Empfang nehmen."

Die Ankunft der Prinzessin

Am nächsten Morgen brachen sie in Richtung Grenze auf, welche sie nach zwei Stunden erreichten. Sie ließen sich nieder, warteten. Kurz nach Mittag näherte sich eine große Karawane, eine prächtige Karosse begleitet von mehr als drei Dutzend Kriegern in glänzenden Rüstungen, gefolgt von einem Troß aus Dienern und einer großen Herde seltsamer Tiere.

„Wie soll meine Markgrafschaft all die Ankömmlinge ernähren?" fragte sich Diethelm bei deren Anblick.

Die fremdartigen Tiere hatten lange Beine, einen nahezu dreieckigen Körper, einen langen Hals.

„Das sind Kamele", lachte Heinrich, „sie sind die Mitgift des Sultans, sie werden bald Euch gehören."

Der Zug hielt an. Ein wohlbeleibter, nicht allzu großer Mann kletterte vom Wagen herab, verneigte sich demütig, begann zu sprechen.

„Seid gegrüßt, Ihr Herren. Mein Name ist Brunum, ich bin der Leibeunuch der edlen Dame. Ich spreche Eure Sprache und es wird mir eine große Ehre sein, eure Befehle entgegen zu nehmen und sie zu befolgen."

Der Kaiser gab mittels einer Handbewegung Heinrich zu verstehen, daß er an seiner Stelle antworten möge.

„Sei mir gegrüßt, Brunum. Ich freue mich darüber, daß ihr wohlbehalten die lange und gefährliche Reise von Zitronistan in unser Reich gemeistert habt. Bittet nun die Prinzessin den Wagen zu verlassen, damit wir sie begrüßen können."

Brunum öffnete die Wagentür, raunte der Prinzessin etwas zu. Sie trat heraus.

„Darf ich Euch die edle Dame Hagar Maria vorstellen, Majestät", sprach der Leibeunuch feierlich.

„Sie möge Ihren Schleier abnehmen. Es ist in unserem Reich üblich, sein Gesicht zu zeigen; wer es verbirgt, trägt böse Absichten", entgegnete Heinrich.

Brunum raunte der Frau etwas zu. Sie nahm den Schleier ab. Sie war tatsächlich außerordentlich hübsch. Diethelm war zufrieden. Am meisten wunderte er sich über ihre blonden Locken. Er hatte bisher geglaubt, Frauen aus dem Morgenland hätten schwarze Haare.

„Seid gegrüßt, edle Hagar Maria, ich heiße Euch in unserem Reich willkommen. Ich heiße Heinrich von Löwenzahn, bin der Sohn des Kaisers Otto des Halbweisen, welcher zu meiner Linken steht. Dieser edle Herr", er deutete auf Diethelm, „ist der Kaiserliche Ritter Diethelm von Übelacker, ein furchtsamer", er räusperte sich, „verzeiht, ich wollte sagen, ein furchtloser Held. Und die Dame dort drüben ist die Ritterin Heike, die tapferste und klügste Frau in unserem Reich."

Hagar Maria lächelte.

„Ich danke Euch von ganzem Herzen für den freundlichen Willkommensgruß."

„Nun, edle Frau, Ihr sollt nicht länger an diesem ungastlichen Ort verweilen. Wir werden uns zur Burg Heldenberg begeben, wo Ihr Euch ein paar Tage von den Strapazen der Reise erholen sollt."

Sie bestieg den Wagen. Man brach auf.

Die Rückkehr zur Burg Heldenberg verlief ohne Zwischenfälle, von einer kleinen Begebenheit abgesehen. Etwa auf halbem Wege schlängelte sich plötzlich eine Natter vor dem Wagen der Prinzessin über den Weg. Offensichtlich erschrocken über das herannahende Gefährt blähte sie sich auf, richtete den Oberkörper in die Höhe und stieß Zischlaute aus. Die Pferde erschraken, scheuten, und der Kutscher hatte alle Mühe sie zu beruhigen. Als Diethelm das bemerkte, sprengte er herbei, sprang aus dem Sattel, zog sein Schwert und hieb der Schlange den Kopf ab.

„Das Untier ist erschlagen. Ihr könnt nun ohne Gefahr weiterfahren", verkündete er stolz der Prinzessin als diese die Wagentür öffnete und herausschaute um zu erfahren, was geschehen war.

Der Burghauptmann empfing sie.

„Ich bedauere, Majestät, Graf Friedrich mußte kurz nach Eurer Abfahrt in dringenden Geschäften aufbrechen. Seine Rückkehr ist offen. Er wird möglicherweise einige Tage wegbleiben. Wendet Euch derweil an mich, falls Ihr Wünsche habt."

„Das war nicht recht von ihm", brummte der Kaiser ungehalten, „hätte er seine Geschäfte nicht verschieben können ? Welcher Art sind sie denn überhaupt ?"

„Darüber kann ich Euch keine Auskunft geben, da ich sie nicht kenne. Der Graf sagte jedenfalls, sie seien von großer Wichtigkeit für das Reich, duldeten keinen Aufschub."

Das stimmte den Kaiser nicht freundlicher.

„Große Wichtigkeit für das Reich ? Seit wann befinden darüber Grafen in Grenzmarken ? Was sind das nur für Zustände ?"

„Zürne nicht Vater", mischte sich nun Heinrich ein, „aber du hast seit drei Jahren keinen Reichstag mehr abgehalten. Vielleicht liegt vieles im Argen. Denke an die Ränke des Fürsten von Tollpatien und an den Überfall der Schergen Rudolfs des Habgierigen, der uns vollkommen überraschte."

„So wie ich Friedrich kenne ist er sicherlich gegen Rudolf ausgezogen", dachte Heinrich.

Das verschwieg er allerdings gegenüber dem Vater.

Hagar Maria, ihrer Zofe Safran und Brunum wurden nun ihre Gemächer zugewiesen. Auch die Krieger erhielten Quartier in der Burg, während die Diener ihre Zelte draußen vor den Mauern aufschlagen mußten.

Als es dunkelte versammelte man sich im Speisesaal zum Abendessen.

„Edle Frau", begann der Burghauptmann, „Ihr werdet sicherlich hier nicht die Bequemlichkeit vorfinden, welche Ihr aus Eurer Heimat gewohnt seid. Wir leben eben in einem wilden Land, in welches die Zivilisation noch nicht Einzug gehalten hat."

Der Kaiser blickte den Burghauptmann böse an. Der ließ sich aber nicht beirren, fuhr fort.

„Nennt mir also Eure Wünsche, ich werde sie nach besten Kräften zu erfüllen suchen."

Hagar Maria lächelte.

„Vielen Dank, Burghauptmann", antwortete sie, der Leibeunuch übersetzte, „es war mir durchaus bekannt, wohin mich mein Vater schickte und ich habe die Reise nicht mit allzu vielen Erwartungen angetreten. Aber wie bereits die Alten sagten, etwas Besseres als den Tod findet man überall."

Ein kurzes Schweigen folgte.

„Nun", begann der Kaiser, „wenn Ihr Euch erholt habt, so in etwa sieben Tagen, werden wir zur Kaiserburg weiterreiten, wo auch die Vermählung stattfinden wird."

„Ich weiß, Ihr habt einen Gemahl für mich erwählt", erwiderte Hagar Maria, „wann wird er mir vorgestellt? Doch etwa nicht erst am Tag der Vermählung?"

„Nein, das ist nicht Sitte in meinem Reich", sprach der Kaiser, „ich habe nach langem Sinnen den edlen Herren, den Kaiserlichen Ritter Diethelm von Übelacker für Euch erwählt."

Er blickte zu Diethelm hin.

„Erhebt Euch, Kaiserlicher Ritter."

Diethelm gehorchte. Er verneigte sich.

„Empfangt ihn also zu einer Audienz in den nächsten Tagen, damit Ihr Euch kennenlernt."

Hagar Maria blickte den Auserwählten an, verzog leicht das Gesicht, murmelte dem Leibeunuchen ein paar Worte zu, die er aber nicht übersetzen durfte.

Nachdem die Abendtafel aufgehoben war und man sich erhob, trat Hagar Maria zu Heike heran.

„Es ist noch zu früh um sich zur Ruhe zu begeben. Und der Abend ist lau. Ich habe bei meinem Erkundungsgang am Nachmittag eine Terrasse entdeckt, wo wir uns niederlassen und miteinander plaudern können. Treffen wir uns in einer halben Stunde. Und bringt bitte einen Krug Wein und zwei Becher mit."

Zu Heikes Überraschung hatte sie in der Sprache des Reiches geredet.

83

Hagar Maria und Heike

Die beiden Frauen trafen sich zur vereinbarten Zeit auf der Terrasse. Heike schenkte ein.

„Ihr wundert Euch darüber, daß ich Wein trinke und Eure Sprache spreche. Ihr müßt wissen, ich bin keine wirkliche Muselmanin, meine Mutter war eine fränkische Sklavin."

„Aha, daher die blonden Haare."

Hagar Maria lachte.

„Ja, das mütterliche Erbteil. Von ihr habe ich auch Eure Sprache gelernt, die der Sprache der Franken sehr ähnlich ist."

Sie stutzte kurz.

„Und mit Brunum habe ich sie auch stets gesprochen. Ich habe ihn allerdings gebeten, es hier erst einmal zu verschweigen."

„Und woher kennt Brunum unsere Sprache?"

„Er war ein fälischer Mönch, der auf der Pilgerfahrt nach Jerusalem von Soldaten meines Vaters gefangen genommen wurde. Er ließ ihn dann zum Eunuchen machen. Brunum war nicht traurig darüber, er sagte, er hätte ohnehin ein Keuschheitsgelübde abgelegt, änderte lediglich seinen Namen Bruno in Brunum."

Sie lachte.

„Es heißt aber auch, sein Schöpfer habe ihn nicht mit allem ausgestattet, was einen richtigen Mann ausmacht. Daher grämte es ihn auch nicht, daß er Fähigkeiten verlor, die er gar nicht besaß."

Heike blickte sie erstaunt an.

„Nun ja", fuhr Hagar Maria fort, „in den Harems spielen sich viele Dinge ab, die den Männern verborgen bleiben."

Sie pausierte kurz.

„Sollten wir nicht 'du' zueinander sagen?"

Heike lächelte.

„Ja, gerne."

„Du darfst mich auch Maria nennen."

„Und wie kommst du zu diesem Namen?"

„Mein Vater schätzte meine Mutter mehr als seine Erstfrau. 'Lieber ein fränkisches Weib als ein zänkisches Weib', pflegte er zu sagen. Und er gewährte ihr auch vieles, hatte auch nichts dagegen, daß sie mir Maria als Zweitnamen gab. Jesus, der Sohn Marias, gilt ja auch den Muselmanen als Prophet. Sie halten es nur für eine Blasphemie ihn als Sohn Gottes zu bezeichnen, denn Gott wurde nicht gezeugt und zeugt auch nicht. Und den Namen Hagar mag ich nicht; so hieß die verstoßene Magd Abrahams, ich möchte aber keine Verstoßene sein, obwohl ich es im Grunde bin."

„Ich weiß, der Kaiser hat durch Kundschafter von deinem Schicksal erfahren. Die Erstfrau wollte dich ermorden lassen."

„Aber er hat wohl nicht alles erfahren, denn mein Vater ist gar kein Sultan, nur ein Emir und ich bin daher auch keine Prinzessin. Er ist ein Gefolgsmann, ein Heerführer des Sultans Saladkriem. Er war oft abwesend und war er einmal zuhause, so mußte er sich um seine siebzehn mißratenen Söhne kümmern und auch noch das Gezänk seiner Erstfrau anhören, die ihm vorwarf, er sei Schuld, daß ihre drei Töchter alle häßlich sind. Aber darüber sollten wir ein andermal ausführlich reden. Du mußt mir auch erzählen, wer du bist und warum dich der Kaisersohn als die tapferste und klügste Frau im Reich bezeichnete. Aber ich habe dich eigentlich um ein Gespräch gebeten um zu erfahren, was für einen Kerl der Kaiser für mich als Gatten erwählt hat. Wer ist dieser Diethelm von Übelacker ? Ist er wirklich so ein großer Held ? Meiner Beobachtung nach hat er einen recht einfältigen Blick. Und wie kommt er auf ihn ? Ich glaubte, der Kaiser wolle mich seinem Sohn vermählen."

„Ja, das war sein Plan. Aber ich habe ihn durchkreuzt."

„Wie das ?"

„Heinrich hat sich in mich verliebt. Und nun will er dich nicht mehr heiraten. Er hätte es ohnehin nur unwillig getan. Nimmst du mir das übel ?"

„Nein, keineswegs, ich möchte ihn ohnehin nicht heiraten", sagte Hagar Maria bestimmt.

„Warum nicht ? Er ist doch ein stattlicher, tapferer Mann; klug und gebildet obendrein."

„Darum geht es gar nicht. Vermutlich ist dir die Geschichte unbekannt. Heinrich besiegte während der Schlacht bei Akkassalem im Zweikampf meinen Bruder und nahm ihn gefangen. Mein Vater hat mich dann dem Kaiser als Auslöse für ihn angeboten. Und wenn ich Heinrich heirate, dann werde ich stets das Gefühl haben, nur eine Beute zu sein. Und das bereitet mir Leid."

„Ich verstehe, selbst wenn er dich liebte, könnte er niemals dein Herz gewinnen."

Hagar Maria zuckte mir den Achseln.

„Das kann man nicht mit Bestimmtheit sagen. Es wäre aber sicherlich besser gewesen, wenn man uns die Entscheidung überlassen hätte."

„Ja, das ist aber weder in unserem Volk noch bei den Muselmanen Brauch."

„Lassen wir das nun", meinte Hagar Maria, „ich habe dich ja eigentlich um ein Gespräch gebeten um zu erfahren, wer dieser Diethelm ist. Schon sein Name klingt merkwürdig – Übelacker !"

„Der Kaiserliche Ritter Diethelm von Übelacker ist der Sohn eines kleinen Rittergutbesitzers in einer abgelegenen Provinz. Er ist in die Welt ausgezogen um Abenteuer zu erleben. Sein großer Traum ist es, einen ungeheuren Drachen zu besiegen und damit eine Jungfrau zu retten, die ihn dann heiratet."

„Wird er nun nicht enttäuscht sein, wenn der Kaiser mich ihm schenkt ohne vorher einen Drachen getötet zu haben ?"

„Er wird das nicht so sehen, er vermischt gern Träume und Wirklichkeit. Denke an den Kampf mit der Natter. Er wird sie in seiner Phantasie zu einem riesigen Lindwurm aufbauschen. Deswegen begleite ich ihn ja auch, um ihn zu mahnen und zu schützen."

„Du, eine Frau ?"

„Ja, er hat es nötig. Er ist ein kleiner Tölpel, mußt du wissen."

„Ein Tölpel ? Ja er sieht auch so aus."

„Aber völlig dumm ist er nicht. Ein trunksüchtiger Mönch hat ihn unterrichtet, so gut es ging. Er kann lesen und schreiben und beherrscht sogar ein wenig die lateinische Sprache."

Hagar Maria lachte.

„Vermutlich lernte er das Verb 'bibere' in allen Zeitformen zu konjugieren ?"

„Ja, das stimmt. Aber wie kommst du darauf ?"

„Bei Brunum war das auch so. Für ihn war der Mangel an Wein im Harem schlimmer als sein Mangel an Männlichkeit. Aber beim Wein konnten ihm die Frauen helfen."

„Aber wieso wurde Diethelm zum Kaiserlichen Ritter ernannt, wenn er derart einfältig ist ?"

„Ja, er verbrachte eine Heldentat wider Willen. Während des Überfalls sprengte er dem Kaiser zu Hilfe. Er rammte seine Lanze in den Boden, flog durch den Schwung im hohen Bogen aus dem Sattel und landete auf einem Angreifer, der gerade zum tödlichen Stoß gegen den Kaiser ausholte. Die Kriegsknechte glaubten, er habe sich durch einen kühnen Sprung aus dem Sattel auf den Feind gestürzt und den Kaiser gerettet. Und so wurde aus dem Unfall eine Heldentat."

Hagar Maria lachte erneut, Heike auch.

„Ja, und so ähnlich sind alle seine Heldentaten abgelaufen."

„Und diesen Mann soll ich heiraten ?"

„Er hält sich eben für einen großen Helden, prahlt gern mit Taten, die er nicht begangen hat, zumindest nicht so wie er sie schildert. Nimm es hin, begleite ihn aber nicht auf seinen Abenteuern, dann brauchst du dich auch nicht über seine großspurigen Erzählungen ärgern, kannst darüber lachen. Ansonsten ist er ja ein ganz passabler Kerl, der sich leiten läßt, wenn du es klug anstellst. Und er wird seine ehelichen Pflichten dir gegenüber stets mit Wonne erfüllen. Gönne ihm eine Mätresse, wenn er dich überfordert."

Hagar Maria verzog das Gesicht bei den letzten Worten.

„Eheliche Pflicht mit Wonne erfüllen ? Wenn er sonst keine Verwendung für mich hat, brauche ich ihn auch nicht als Ehemann", dachte sie, sagte aber dann.

„Danke für den Ratschlag."

„Und denke an noch eines", ergänzte Heike, „gib dich ihm gegenüber aber nicht unterwürfig, sage nicht zu ihm 'mein Gebieter' oder 'mein Herr', sage einfach 'mein Gemahl'."

Sie verabschiedeten sich nun. Hagar Maria war verärgert. Was Heike da erzählt hatte, klang nicht gut. Und das sollte der würdige Ehemann sein, den man ihr versprochen hatte ?

Sie dachte nach. Heike war seine Gefährtin auf seiner Fahrt ins Abenteuer gewesen. Warum sprach sie nun so abfällig und abwertend über ihn ? Es mußte wohl etwas vorgefallen sein, was sie erzürnt hatte. Und nun rückte sie ihn vielleicht aus Bosheit in schlechtes Licht. Vielleicht war er ganz anders als ihn Heike geschildert hatte ? Vielleicht war er doch ein Held, wenn auch nicht der große, den er gern sein wollte. Das mußte sie unbedingt in Erfahrung bringen, bevor sie irgendeine Entscheidung traf.

Sie beschloß daher, den Worten des Kaisers zu folgen und Diethelm zu einer Audienz einzuladen.

Der Streit

Am dritten Tag nach ihrer Ankunft suchte Diethelm Hagar Maria auf.
„Salam aleikum, Prinzessin, Blume des Orients, Rose von Jericho, Perle Ägyptens, Sonne Persiens, der Kaiser, Gott möge ihm ein langes Leben gewähren, hat Euch zu meiner Gemahlin erwählt. Das macht mich glücklich, läßt mich in den Siebten Himmel auffahren. Es betrübt mich aber zutiefst, daß ich nicht weiß, ob ich Euer würdig bin. Ich werde aber alles tun, was in meinen Kräften steht, damit Ihr mich als würdigen Gatten anerkennt."
Hagar Maria verzog das Gesicht.
„Das wird dir mit Sicherheit niemals gelingen, du Schwafler", dachte sie, sagte dann etwas mürrisch.
„Und wer bist du, du Licht des Neumondes ? Ein Mann von Stand und Bildung nennt einer edlen Frau als erstes seinen Namen. Also nochmals, wer bist du und was willst du von mir ?"
„Ihr sprecht unsere Sprache", entfuhr es Diethelm erstaunt, „und meinen Namen ? Habt Ihr meinen Namen schon wieder vergessen ?"
„Das hast du doch gewußt, du Heuchler, sonst hättest du mich doch nicht in deiner Sprache angeredet."
„Ich ging davon aus, daß Euer Diener es übersetzen würde."
„Er ist nicht mein Diener, sondern der Leibeunuch, das ist die richtige Anrede. Siehst du ihn hier irgendwo ? Glaubst du etwa, ich hätte ihn unter meinem Kleid versteckt ? Hältst du mich für eine Hure ? Ich sage dir aber, ich hätte ihn auspeitschen lassen, wenn er mich mit solch süßem Geschwätz überschüttet hätte. Und außerdem: die Rose von Jericho ist keine besonders schöne Pflanze, sie sieht verschrumpelt, verdorrt aus. Hältst du mich für verschrumpelt und verdorrt ?"
„Oh, nein, um Himmels Willen, ihr seid die schönste Frau, die mir je begegnete, der Stern von Afrika."
„Stern von Afrika ? Zitronistan liegt nicht in Afrika ! Was weißt du denn ? Wo hast du dich bisher herumgetrieben ?"
Hagar Maria lachte.
„Du träumst davon einen Drachen zu töten um eine Jungfrau zu retten und um sie dann zu heiraten. Nun sind deine Träume geplatzt. Du mußt

den Drachen heiraten, dich opfern für Kaiser und Reich. Du armer Tropf."

„Sagt das nicht, Prinzessin, Ihr seid kein Drache, Ihr wollt mich mit Euren harten Worten nur prüfen."

Sie lachte lauter, wurde aber dann förmlich in ihrer Ausdrucksweise.

„Ihr wollt also den Drachen erschlagen und die Jungfrau in mir befreien. Sagt, wie wollt Ihr das anstellen? Erzählt? Ich kenne zwar Euren Namen, aber nicht Eure Taten."

Diethelm sah darin die Aufforderung seine Heldentaten in den schillernsten Farbe zu schildern. Und er hob an zu sprechen. Seine Rede triefte vor Selbstlob. Hagar Maria kannte die meisten Abenteuer aus den Erzählungen Heikes, stellte daher oft Zwischenfragen, welche er nicht befriedigend beantworten konnte. So unterbrach sie ihn als er seinen kühnen Sprung zur Rettung des Kaisers schilderte.

„Also, ich verstehe Euren Entschluß zu diesem Sprung nicht. Ihr konntet doch aus dem Sattel heraus nicht weiter als zwei Schritte springen und außerdem war dieser Sprung aus dem vollen Lauf des Pferdes heraus doch eine sehr unsichere Sache. Wie leicht konntet Ihr Euer Ziel verfehlen. Andererseits, Ihr mußtet Euch doch zum Sprung dem Feind soweit nähern, daß Ihr ihn auch mit dem Schwert aus dem Sattel hättet hauen können."

„Ja, aber ich hielt doch die Lanze in der Hand. Wie hätte ich da auch noch ein Schwert führen können?"

„Ich bin zwar nur eine Frau, die vom Kämpfen nicht viel versteht, aber Eure Lanze war Euch in dieser Schlacht eher hinderlich. Der Kaiser wurde von zahlreichen Männer bedrängt und Ihr reitet ihm mit der Lanze zu Hilfe. Selbst wenn Ihr damit einen Gegner trefft, dann müßt Ihr Euer Pferd anhalten, wenden, neuen Anlauf nehmen. Das kostet Zeit, die Ihr nicht hattet, denn der Kaiser war in höchster Not, da zählt jeder Augenblick. In solchen Lagen greift ein wirklicher Krieger mit dem Schwert oder dem Säbel in der Hand an. So handeln zumindest die Männer meiner Garde. Wißt Ihr was? Ihr seid kein großer Krieger, nicht einmal ein guter."

Diethelm antwortete nicht, schwieg betreten. Doch schon bald setzte er die Schilderung seiner Heldentaten fort. Ihren Unmut erregte er dabei, als er berichtete, er habe auf der Fahrt zur Burg Heldenberg einen ge-

fährlichen Lindwurm besiegt, welcher den Reisewagen bedrohte.
„Ihr müßt das geträumt haben", unterbrach sie ihn, „ich habe keinen Lindwurm gesehen, nur eine Natter."
Als er schließlich geendet hatte, schwieg Hagar Maria zunächst, zog ein bedenkliches Gesicht, dachte nach. Dann lächelte sie.
„Ihr solltet unbedingt nach Damaskus oder Bagdad gehen und dort auf den Marktplätzen Eure Heldentaten erzählen. Die Menschen werden in Scharen herbeieilen und Euch zuhören, denn sie lieben Märchen. Und sie werden Euch für Eure Geschichten auch reich belohnen. Ich bin sicher, nach einem Jahr könnt Ihr Euch dann von Dienern in einer Sänfte zum Marktplatz tragen lassen. Ihr werdet ein großes, mit allen Bequemlichkeiten ausgestattetes Haus besitzen und die hübschesten Sklavinnen des Orients Euer Eigen nennen. Sie werden Euch die Nächte versüßen", sie konnte ein Grinsen nicht unterdrücken, „die Tage müßt Ihr ja auf dem Marktplatz verbringen und mit Euren Geschichten Geld verdienen. Was wollt Ihr also in diesem Land mit mir Euer Leben auf einen primitiven Burg verschwenden, ständig bedroht von Bären, Wölfen, Ebern und wilden Stieren, wenn Euch anderswo ein Leben in Reichtum und Luxus erwartet ?"
„Aber Ihr könntet doch mit mir kommen ?"
Hagar Maria setzte eine bedenkliche Miene auf.
„Selbst wenn ich Euch liebte. Aber als Tochter des Emirs von Zitronistan kann ich doch keinen Märchenerzähler heiraten. Mein Vater würde das nicht gutheißen und die Leute würden mit Fingern auf mich zeigen und mich verspotten. Wollt Ihr mir diese Unehre antun ? Wäre das ein Zeichen Eurer Liebe ? Nein, nein, es kann nicht sein, es ist unmöglich. Geht Eures Weges und geht ihn schnell !"
Diethelms Gesicht verfinstere sich.
„Ihr treibt Euren Scherz mit mir ? Niemand achtet einen Märchenerzähler, ich werde das Gespött des Volkes sein, das sagtet Ihr doch."
„Nein, nein, Ihr seht das falsch. Ihr kennt eben die Sitten des Morgenlandes nicht. Sie nennen das 'Geringschätzung', aber in Wirklichkeit ist es Neid. Die Fürsten und die Krieger können Waffen führen, kämpfen, Schlachten schlagen, aber sie besitzen wenig Bildung, wenig Verstand, keine Phantasie. Sie sind daher voller Neid gegen die Klugen und Weisen. Aber was soll Euch das scheren ? Sie werden Euch trotzdem zu Ih-

ren Festen einladen, Euch schmeicheln, auch wenn es nur Heuchelei ist, um ihre Gäste zu belust...", sie unterbrach sich, „um ihre Gäste zu erbauen und zu unterhalten. Und sie werden Euch reich belohnen. Und das Volk liebt Euch ohnehin."

„Sagtet Ihr nicht, sie würden mit dem Finger auf uns zeigen und uns verspotten ?"

„Ihr habt nicht richtig zugehört, Ritter Diethelm, nicht auf Euch wird das Volk mit dem Finger zeigen und verspotten, sondern die Schmähung gilt mir und insbesondere meinem Vater, weil seine Tochter einen Mann aus einem Stand geheiratet hat, den er gering schätzt. Euch dagegen wird das Volk verehren. Aber wir haben jetzt genug geschwatzt. Geht also."

Diethelm blickte sie unschlüssig an. Sie bekräftigte ihre vorherige Rede.

„Ich sagte doch, geht, geht schnell. Was zögert Ihr noch ?"

Niedergeschlagen kehrte Diethelm in sein Gemach zurück. Noch nie im Leben war ihm solch eine Schmach zugefügt worden. Und das auch noch von einem Weib ! Seine Heldentaten hatte sie als Märchen dargestellt, ihn aufgefordert, weit weg zu gehen und im Morgenlande seine ruhmreichen Taten auf Marktplätzen zur Volksbelustigung zu erzählen. Welche eine Schande für einen tapferen Ritter ! Nein, dieses Weib war zweifelsohne ein Drache, der im Innern keine Jungfrau barg. Nein, niemals werde er sie heiraten ! Und er werde dies dem Kaiser klipp und klar mitteilen. Er sann nun hin und her, wie er das am besten anstellen könne, schließlich entschloß er sich geradewegs zum Kaiser zu marschieren und eine Audienz verlangen. Doch dazu sollte es nicht kommen. Denn gerade als er aufbrechen wollte, erschien ein Diener, der ihn aufforderte mitzukommen, denn der Kaiser erwartete ihn.

Hagar Maria hatte sich nach dem Wutausbruch, den das süßliche Gerede Diethelms zu Beginn seines Besuches in ihr hervorrief, keineswegs beruhigt. Lediglich beherrschte bald der Verstand das Gefühl und das befähigte sie zu der oben geschilderten spotthaften Rede. Nach Diethelms Abgang flammte der Grimm in ihr wieder auf und sie beschloß umgehend zum Kaiser zu gehen. Sie drang in sein Kabinett ein, ließ sich nicht von den Lakaien zurückhalten.

„Ich werde diesen Schwachkopf Diethelm von Übelacker niemals zum Ehemann nehmen. Wie kommt Ihr eigentlich dazu solch eine Lusche für mich als Gemahl auszuwählen ? Ihr habt meinem Vater versprochen mir einen tapferen und würdigen Ehemann zuzuführen. Ihr habt ihn belogen und mich betrogen. Habt Ihr keine besseren Männer im Reich ? Welches heruntergekommene Reich regiert Ihr überhaupt, in dem solche Tolpatsche als Helden gelten ? Sind alle Eure tapferen Männer im Kampf gegen die heroischen Soldaten meines Vaters auf den Kreuzzug gefallen und nur die Schwächlinge übrig geblieben ?"

„Gemach, Prinzessin, habt Geduld, niemand zwingt Euch ...", versuchte der Kaiser zu beschwichtigen.

„Mich zwingen ?" unterbrach sie ihn erregt, „Ihr glaubt doch wohl nicht, daß Ihr mich zwingen könnt. Meine Krieger werden mich schützen. Sie sind mehr wert als tausend von Euren jämmerlichen Streitern."

„So laßt mich doch ausreden", entgegnete der Kaiser, „wenn Euch der Kaiserliche Ritter Diethelm von Übelacker nicht zusagt, dann müßt Ihr ihn nicht heiraten. Das verspreche ich bei allem, was mir heilig ist. Ihr werdet einen würdigen Gemahl erhalten."

Er schwieg ein Weile, dachte nach.

„Ich werde ein großes Turnier ausrichten, zu dem ich alle tapferen Recken einlade. Da könnt Ihr eine Auswahl treffen. Kommt erst einmal mit in die Kaiserburg."

„Nein, ich verlange, daß das Turnier hier ausgetragen wird. Mitten im Reich bin ich Eure Gefangene. Von hier aus kann ich mit meinen Männern in zwei Stunden die Grenze erreichen und mich in den Schutz des König Isthaltso von Matschkoranien begeben."

Der Kaiser bebte vor Zorn. Sollte er sich von dieser Frau auch noch erpressen lassen ? Doch er befand sich in der Klemme. Graf Friedrich war in Geschäften unterwegs, nur wenige Bewaffnete waren zurückgeblieben und auf die konnte er nicht unbedingt rechnen, denn der Burghauptmann schien ihm nicht vertrauenswürdig. Seine eigenen Männer waren den Kriegern aus Zitronistan schon an Anzahl unterlegen. Nein, er konnte nicht verhindern, daß sie sich dem Schutz des Königs der Matschkoraner unterstellte, falls sie es tatsächlich beabsichtigte.

„Gut, ich werde mich Eurem Willen beugen, ich schwöre es."

Hagar Maria dachte kurz nach. Sie mißtraute dem Kaiser.
„Wie kann ich Euren Worten Glauben schenken ? Nein, ich werde nicht bleiben. Morgen früh reise ich zu König Isthaltso. Zum Turnier werde ich zurückkehren. Das verspreche ich. Ich werde nur sechs Krieger zu meinem Schutz mitnehmen. Die übrigen, die Dienerschaft und die Kamele werde ich als Pfand zurücklassen. Ich werde nun gehen."
Sie suchte Heike auf, berichtete ihr das Vorgefallene.
„Ich habe Angst, beschütze mich. Du kannst im Gemach des Leibeunuchen schlafen. Ich brauche ihn nicht mehr."
„Gut, ich stehe dir bei."

Außer sich vor Zorn blieb der Kaiser zurück. Er mußte seine Wut abreagieren, suchte ein Opfer. Ihm fiel Diethelm ein, bestellte ihn umgehend zu sich.
„Wie konntest du dich eigentlich nur so tölpelhaft benehmen, Übelacker. Du warst doch nicht auf dem Schlachtfeld, sondern standest einer Frau gegenüber. Du hast alles verdorben, meinem Ansehen geschadet. Geh mir aus den Augen. Die Markgrafschaft erhältst du jedenfalls nicht."
Er ließ Diethelm keine Zeit sich zu verteidigen, wies ihn schroff aus dem Kabinett.

Der Graf von Heldenberg

Am nächsten Morgen brach eine kleine Truppe auf: Hagar Maria, ihre Zofe Safran, ihr Leibeunuch Brunum, der Kutscher und sechs Krieger als Geleitschutz. Nach etwa zwei Stunden stießen sie auf eine größere Gruppe Soldaten. Sie beachteten sie nicht weiter, wollten ihres Weges ziehen, doch versperrten einige Bewaffnete die Straße.

Zwei finster blickende Gestalten näherten sich.

„Wer seid ihr ? Wo wollt ihr hin ?" rief ihnen der eine zu.

Brunum kletterte vom Wagen herab, verneigte sich demütig.

„Guten Tag, meine Herren, wir sind friedliche Reisende auf dem Weg nach Matschkoranien."

„Und wo kommt ihr her ?"

„Von Burg Heldenberg."

„So seid ihr Freunde des Grafen ?"

Brunum wußte nicht so recht, was er antworten sollte. Sie hatten sich ja nur als Gäste in Begleitung des Kaisers auf der Burg befunden. Dem Grafen waren sie noch nicht begegnet. Aus der unfreundlichen Stimme des Finsteren schloß er allerdings, daß es wohl nicht ratsam sei, sich als Freund des Grafen auszugeben. Er dachte nach.

„Du schweigst !" fuhr ihn der Mann an, „das bedeutet, ihr seid Freunde des Grafen."

Er lachte höhnisch.

„Ich bin Hagen der Hinterhältige und der Held neben mit ist Gunther der Gräßliche, mein Vetter. Wir sind dem Grafen nicht wohlgesonnen. Wir werden Euch mitnehmen, als Gäste."

Die letzten Worte klangen zynisch, er grinste auch dabei.

„Sag euren Reitern sie sollen ihre Waffen abgeben !"

Brunum rief den Männern einige Worte zu, doch die zogen ihre Säbel. Ein wilder Kampf entbrannte. Die Krieger aus dem Morgenland wehrten sich tapfer, doch bald erlagen sie der Übermacht. Brunum nutzte das Kampfgetümmel zur Flucht. Er fand ein lediges Pferd. Er war allerdings kein geübter Reiter, klammerte sich krampfhaft am Hals des Rosses fest, mehr liegend als im Sattel sitzend, während das Tier nach eigenem Belieben querfeldein trabte.

Hagen und Gunther traten zum Reisewagen hin, öffneten die Tür. Sie lachten.

„Zwei Schmuckstücke ! Die werden uns die kommende Nacht versüßen", grinste Gunther.

„Gedulde dich, wir haben jetzt wichtigeres zu tun. Wir müssen weiter", ermahnte ihn Hagen.

Die Truppe brach auf.

Schallendes Gelächter brach aus als Graf Friedrich und seine Ritter den dicken Kerl erblickten, der sich mühsam auf dem Pferderücken hielt, während das Tier offenbar führerlos dahintrabte. Friedrich wies einen seiner Männer an, den Mann herbei zu holen.

„Wer bist du ?" fragte er ihn.

„Ich bin Brunum, der Leibeunuch der Prinzessin von Zitronistan. Wir waren auf dem Weg zum König von Matschkoranien als wir überfallen wurden, weil wir für Freunde des Grafen von Heldenberg gehalten wurden. Ich floh, ich bin kein Kämpfer."

„Was redetet der für einen Unsinn ?" dachte Friedrich, „oder etwa doch nicht ? Vielleicht wollte die Prinzessin Heinrich nicht heiraten und ist geflohen. Aber was könnte das für eine Truppe sein ? Wollte sie der Kaiser zurückholen ?"

„Wer waren die Soldaten, die euch überfallen haben ?" fragte er nun Brunum.

„Das weiß ich doch nicht. Ihre Anführer nannten sich Hagen der Hinterhältige und Gunther der Gräßliche."

Das Gesicht des Grafen verfinsterte sich.

„Auf ihr Männer", rief er seinen Leuten zu, „wir haben keine Zeit zu verlieren."

Er sprengte los, seine Mannen folgten ihm. Brunum blieb zurück.

Etwa zwei Stunden später erblickte Hagen der Hinterhältige die herannahende Streitmacht.

„Bringt den Wagen mit den Weibern und das Gepäck hinauf zum Waldrand", rief er einigen Soldaten zu, „die anderen folgen mir in den Kampf."

Der Weg zum Wald führte leicht bergauf. Kurz vor Erreichen des

Waldrandes geriet der Wagen durch die Unachtsamkeit des Kutschers auf der einen Seite in eine kleine Senke, kippte um. Die beiden Frauen wurden herausgeschleudert. Safran rappelte sich auf, verschwand im Wald, bevor die Wächter so recht begriffen was geschehen war. Auch Hagar Maria richtete sich auf, spürte allerdings einen stechenden Schmerz am rechten Fuß. An eine Flucht war nicht zu denken. Sie setzte sich nieder, beobachte das Kampfgeschehen, das sich unten an der Straße abspielte. Die Angreifer, obwohl in der Minderzahl, bedrängten ihre Entführer hart. Ihr fiel bald ein Recke auf, welcher die Truppe anzuführen schien. Er kämpfte in vorderster Reihe, wütete unter den Feinden, hieb einen nach dem anderen aus dem Sattel. Bald sahen Hagen und Gunther ein, daß ihre Sache verloren war, sie nicht mehr lange den Angriffen von Friedrichs Männern standhalten konnten. Sie entschlossen sich zur Flucht, ritten zum Waldrand hin.
„Das Weib nehme ich mit", rief Gunther, riß Hagar Maria hoch, hob sie vor sich aufs Pferd.

Friedrich hatte die Flucht der beiden bemerkt, wies rasch den neben ihm kämpfenden Ritter Balduin von Wolfsmilch an die Truppe im weiteren Kampf zu führen, sprengte den beiden nach. Die Wachen am Waldrand, die sich ihm in den Weg stellten, hieb er nieder. Gunther merkte rasch, daß Friedrich ihn einholte. Er zügelte sein Pferd, wandte sich um, rief, mit dem linken Arm Hagar Maria umklammernd, in der rechten Hand einen Dolch schwingend, Friedrich zu:
„Halt ! Zurück ! Oder ich töte das Weib !"
„Du Feigling ! Du benutzt eine Frau als Schutzschild. Schande über dich, du Elender !" schleuderte ihm Friedrich entgegen, „zieh dein Schwert und kämpfe wie ein Mann !"
Gunther lachte höhnisch.
„Ich befehle hier ! Zurück oder ich töte sie."
Friedrich zögerte, steckte sein Schwert in die Scheide.
Hagar Maria hatte die Szene gespannt beobachtet und bemerkt, daß Gunthers volle Aufmerksamkeit dem fremden Recken galt. Sie nutzte dessen Unaufmerksamkeit ihr gegenüber aus, biß ihm in den Arm. Gunther schrie kurz auf, er ließ sie los, sie stürzte zu Boden. Gunther zog sein Schwert um sie zu erschlagen, doch tödlich getroffen stürzte er

vom Pferd. Friedrich hatte blitzschnell reagiert, seinen Dolch so kräftig auf Gunther geworfen, daß er dessen Panzerhemd durchbohrte und ihm ins Herz fuhr. Hagen hatte sein Pferd ebenfalls gezügelt, gewendet um seinem Vetter zu Hilfe zu eilen.

„Du wolltest kämpfen ? Ich werde dich zerhacken ! Aber vorher werde ich noch die Dirne zur Hölle schicken."

Er ritt auf Hagar Maria zu. Doch Friedrich war schneller. Er schob sich zwischen Hagen und sie.

„Bevor du sie zur Hölle schickst, mußt du erst mich besiegen."

Ein furchtbarer Kampf entbrannte, doch schließlich hieb Friedrich Hagen aus dem Sattel.

Friedrich stieg vom Pferd. Er entnahm der Satteltasche einen Strick. Gunther war tot, Hagen lebte noch; er fesselte ihn. Dann beugte er sich zu Hagar Maria nieder. Sie weinte. Sanft strich er ihr übers Haar.

„Ihr braucht keine Angst mehr zu haben. Der Sieg ist unser."

Sie versuchte aufzustehen, knickte aber gleich wieder ein.

„Ihr seid verletzt ? Kommt mit auf meine Burg, dort könnt Ihr Euch erholen."

„Wer seid ihr ?" fragte sie ihren Retter.

„Mein Name ist Friedrich von Heldenberg."

„Burg Heldenberg also ? Nein dorthin gehe ich nicht zurück."

„Warum ? Hat man Euch dort schlecht behandelt ? Die Worte eures Leibeunuchen klangen so als seid Ihr von dort geflohen."

„Nein, nicht wirklich ..."

Sie brach in Tränen aus, redete nicht weiter. Friedrich streichelte ihren Kopf.

„Ihr braucht keine Angst zu haben. Ich werde Euch schützen. Dafür bürge ich mit meinem Leben."

Hagar Maria lächelte.

„Ihr habt bereits Euer Leben für mich eingesetzt. Ihr seid ein Held."

Friedrich lachte.

„Helden ! Das sind Gestalten aus alten Sagen oder Prahlhanse, die am Kaminfeuer die Zuhörer mit Geschichten geißeln und sich dabei mit Taten brüsten, die sie nie begangen haben."

Er hob sie auf, setzte sie auf sein Pferd. Dann legte er den Toten und den Gefangenen quer über das zweite Pferd, bestieg das dritte, trabte langsam in Richtung Waldrand.

Dort hatten sich bereits einige Ritter eingefunden.

„Die Feinde sind geschlagen", meldete Ritter Balduin, „und wie ich sehe, hast du die beiden Anführer gefangen. Aber wer ist die Frau?"

„Der Reihe nach", entgegnete Friedrich, „Gunther ist tot, Hagen ist verletzt und gebunden. Er wird aber wohl nicht sterben. Und die Frau ist die Herrin des Eunuchen, der uns den Überfall gemeldet hat."

„Wo ist Brunum?" mischte sich nun Hagar Maria ins Gespräch.

„Ich weiß es nicht", antwortete Balduin, „vermutlich zurückgeblieben."

„Ich werde ein paar Männer ausschicken um ihn zu suchen", warf nun Friedrich ein.

„Und wo ist Safran? Sie floh in den Wald."

„Sie ist sicher nicht tief in Wald eingedrungen und hat sich verborgen. Sie wird wohl herauskommen, wenn sie sieht, daß wir gesiegt haben. Ich werde zwei Männer zurücklassen, die sie auf die Burg begleiten."

„Das glaube ich nicht, sie kennt doch nicht den Unterschied zwischen Euren Männern und den Entführern. Sie wird sich nicht aus dem Wald heraustrauen."

Friedrich überlegte kurz.

„Nicht weit entfernt liegt ein Dorf. Es sollen einige Bauernmägde in den Wald gehen und sie suchen."

Er betrachtet nun den Wagen. Zwei Räder waren gebrochen. Er wandte sich Hagar Maria zu.

„Ihr könnt nicht weiter nach Matschkoranien. Eure Bewaffneten sind getötet, Euer Leibeunuch und Eure Zofe sind verschwunden, Euer Wagen ist beschädigt. Ihr müßt mit auf Burg Heldenberg. Ihr könnt doch reiten? Habt keine Angst. Ich werde Euch schützen."

Hagar Maria kämpfte mit sich selbst. Der Mann faszinierte sie. Sie empfand eine spontane Liebe zu ihm. Warum hatte der Kaiser nicht ihn als Gatten für sie auserkoren? Hatte er bereits eine Frau? Nein, das konnte nicht sein. Seine Gemahlin hätte sie sicherlich als Burgherrin empfangen, mit ihnen gespeist. Sie wünschte ihn näher kennenzulernen.

„Nein, ich habe keine Angst", antworte sie daher, „ich komme mit."

Friedrich lächelte erleichtert. Er kannte die Frau erst einige Augenblikke, doch schon spürte er eine große Liebe zu ihr, ja, er empfand bereits den Wunsch ihr immer nahe zu sein, sie zu heiraten.

Diethelm von Übelacker war an diesem Morgen übellaunig zu einem Ausritt aufgebrochen. Die Worte des Kaiser empörten ihn. Er fühlte sich hintergangen, betrogen, von aller Welt verlassen. Heike hatte sich diesem Kaisersohn zugewandt. Sie würde wohl kaum mit ihm weiterziehen. Die Prinzessin war ihm als ideale Ehegattin angeboten worden, sie erwies sich dann als wilder Drache. Und die Markgrafschaft war auch verloren. Er wäre gerne sofort aufgebrochen, hielt es aber für unhöflich die Burg zu verlassen ohne sich von dem Grafen zu verabschieden, dessen Gastfreundschaft er genossen hatte. Also beschloß er noch bis zu dessen Rückkehr zu bleiben und dann alleine weiterzuziehen.

„Irgendwann werde ich einen Drachen töten und eine Jungfrau retten, die mich für alle Zeiten lieben wird."

Nachsinnend ritt er dahin, ohne auf den Weg zu achten. Irgendwann vernahm er Kampfgetümmel in der Ferne. Das erschien ihm bedenklich und so schwenkte er nach der Seite, einem Wald zu. Er mochte wohl ein paar hundert Schritte in ihn eingedrungen sein, als er plötzlich Hilferufe hörte. Er nahm allen Mut zusammen, ritt in die Richtung aus der die Stimme ertönte.

Safran hatte sich in den Wald geflüchtet. Doch sie war nicht die Einzige. Dem Junker Christoph Milchbarth, der als Wächter des Gepäcks am Waldrand lagerte, schien die Lage brenzlig zu werden als die beiden Anführer in seine Richtung flüchteten. Er war kein Held, liebte es mehr die Frauen zu bedienen als sich in Waffen zu üben. Zofen, aber auch einige Edelfrauen schätzten dies, erwiesen ihm ihre Gunst.

„Nun, wenn so viele Recken fallen", dachte er als er das Gemetzel sah, „dann werden viele Witwen zurückbleiben, die getröstet werden müssen. Und das bedarf einen Mann, der sich auf dieses Geschäft versteht. Ich darf also mein Leben nicht sinnlos opfern."

Kurz entschlossen rannte er in den Wald hinein. Und bald stieß er auf Safrans Fährte, folgte ihr, holte die Zofe schließlich ein. Die erschrak.

„Holdes Fräulein, habt keine Angst. Ich sehe, Ihr seid unglücklich. Ihr braucht Trost. Ich bin ein Meister dieser Kunst. Ich werde ihn Euch schenken. Kommt her zu mir."

Safran, welche der Sprache des Reiches zwar einigemaßen mächtig war, verstand trotzdem nicht so recht, was der Mann ihr da erzählte, argwöhnte, daß er sie mißbrauchen wolle. Sie wich zurück. Doch Christoph Milchbarth ergriff sie, umfaßte ihren Leib, begann ihren Busen zu streicheln. Sie wehrte sich, schrie um Hilfe. Es half nicht. Er warf sie zu Boden, legte sich auf sie, schob ihr Kleid hoch. Aber noch während er sein Hose öffnete erschien Diethelm am Ort des Geschehens. Er sprang vom Pferd, stürmte mit erhobenem Schwert auf den Unhold zu. Dann stolperte er über eine Wurzel, fiel der Länge nach hin. Das Schwert hielt er fest in der Hand und es bohrte sich in das Hinterteil Christophs. Der brüllte kurz vor Schmerz auf, drehte sich dann um, sprang auf, zog seinen Dolch, wollte sich auf Diethelm stürzen. Doch war ihm die Hose heruntergerutscht. Das behinderte ihn jetzt. Er verlor das Gleichgewicht, fiel hin. Diethelm hatte sich inzwischen wieder aufgerafft, trennte dem nun vor ihm liegenden Gegner den Kopf vom Leib. Diethelm schritt nun zu Safran hin, die noch immer schrie aber sonst regungslos auf der Erde lag. Er zog das Kleid wieder über ihren Körper, kniete dann an ihrem Kopf nieder, streichelte sie.

„Beruhigt Euch, die Gefahr ist vorüber, der Unhold ist erschlagen."

„Wirklich?" fragte sie erstaunt.

„Sicher!" antwortete Diethelm stolz, „ich muß es wissen. Ich habe ihn schließlich getötet, unter Einsatz meines Lebens."

Safran blickte ihn groß an.

„Ihr habt mich vor der Schändung bewahrt, Ritter Diethelm. Wie kann ich Euch nur danken?"

„Ihr braucht Euch nicht zu bedanken, Jungfer Safran. Es ist die Pflicht eines Kaiserlichen Ritters Frauen, Kindern und Witwen beizustehen. Ich habe nur getan, was mir meine Ehre gebietet."

„Ich bin aber keine Witwe."

„Wie könnt Ihr auch als Jungfer Witwe sein. Aber Ihr seid eine Frau."

Sie stand auf, fiel ihm um den Hals, küßte ihn.

„Ihr seid ein wahrer Held. Wie kommt Ihr eigentlich hierher?"

„Ich befand mich auf einem Morgenritt, ohne Ziel. Da hörte ich Euren Hilfeschrei. Und wie kommt Ihr hierher? Wollte Eure Herrin nicht zum König von Matschkoranien reisen?"

Safran erzählte was geschehen war.

„Wenn ich es mir so recht überlege", schloß sie, „so war es Gottes Wille, daß alles so geschehen ist, wie es geschah. Er wollte uns zusammenführen. Oder seht Ihr das anders ?"

Diethelm blickte Safran an. Sie war zweifelsohne hübsch und wohlgestaltet. Sie wirkte sanft und liebevoll und sie war ganz offensichtlich die erste Frau, die seinen wahren Wert erkannte.

„Nein", antwortete er deshalb, „er möchte zusammenfügen, was zusammen gehört. Und wir sollten ihn nicht daran hindern."

Sie lächelte.

„Ihr habt wohlgesprochen, Ritter Diethelm. Nein, ich werde ihn nicht daran hindern."

Sie küßte ihn erneut.

„Wir sollten auf Burg Heldenberg zurückkehren. Mittag ist bereits vorüber."

Er bestieg sein Pferd, hob Safran zu sich hoch. Dann brachen sie auf.

„Meine Herrin hat Euch übel mitgespielt. Verzeiht ihr in meinem Namen", sprach sie unterwegs.

Diethelm lächelte.

„Da muß man nicht viel verzeihen. Der Kaiser ist schuld. Er mißachtete den Willen Gottes und nutzte im Namen des Teufels Eure Herrin als sein Werkzeug. Aber der Teufel hat das Spiel verloren ..."

Er brach ab, da sich den beiden ein seltsames Schauspiel bot. Ein scheinbar reiterloses Pferd trabte die Straße entlang. Erst auf den zweiten Blick gewahrten sie den dicken Mann, der eher im Sattel lag als saß und sich krampfhaft am Pferdehals festklammerte.

„Das ist doch Brunum der Leibeunuch", rief Safran erstaunt aus, „wo kommst du denn her, Brunum ?"

Doch der stöhnte nur.

„Es hat keinen Zweck ihn zu fragen", lachte Diethelm, „kehren wir auf die Burg zurück. Er mag sich dort ein wenig erholen und dann seine Abenteuer berichten."

Am Nachmittag meldete der Türmer das Näherrücken einer großen Reiterschar.

„Fremde ?" fragte der Kaiser als ihm der Burghauptmann berichtete.

„Nein, es sind die Truppen des Grafen", antwortete dieser, „und Friedrich reitet voran. Wir haben also gesiegt."

„Gesiegt ? Was ist geschehen ?"

„Er wird Euch selbst berichten."

Der Kaiser, Heike, Heinrich und der Burghauptmann schritten vor das Tor um die Ankömmlinge zu begrüßen. Voller Erstaunen erblickten sie neben dem Grafen Hagar Maria und hinter ihnen zwei gebunden Männer, von Rittern flankiert.

„Rudolf der Habgierige und sein Vetter Hagen der Hinterhältige !" entfuhr es dem Kaiser, „was hat das zu bedeuten, Graf Friedrich ?"

„Ich habe die Reichsacht an dem Markgrafen vollzogen", erwiderte der.

„Ohne meine Erlaubnis ? Dazu hattet Ihr kein Recht."

„Ihr irrt, Majestät. Die Reichsacht war ausgesprochen. Das habt Ihr mir beim Abendessen versichert. Es hieß auch in dem Dokument 'mit sofortiger Wirkung' und es trug Eure Unterschrift und Euer Siegel. Ich habe es gelesen bevor der Bote zum Reichserzkanzler aufbrach. Und nach den Reichsgesetzen hat jeder Ritter das Recht, einem Geächteten ohne Begründung und Fristsetzung die Fehde zu erklären. Ihr habt also kein Recht mich zu tadeln."

Der Kaiser brummte etwas in seinen Bart, ging dann.

Friedrich stieg vom Pferd. Heinrich ging auf ihn zu.

„Sei gegrüßt, Friedrich; aber Unrecht hast du schon getan. Du hättest mich einweihen sollen."

„Verzeih, Heinrich, daß ich dich übergangen habe. Aber es gab schwerwiegende Gründe. Ich werde dir alles ausführlich erzählen. Aber vorher muß ich noch einige dringende Angelegenheiten regeln. Treffen wir uns in einer Stunde auf der Burgterrasse ?"

„Ja, das geht in Ordnung."

Friedrich gab dem Burghauptmann und Ritter Balduin einige Befehle. Rudolf wurde ins Verlies gebracht; für Hagen, den man ins Krankenzimmer legte, wurde ein Wundarzt gerufen. Schließlich wandte er sich an Heike.

„Und Ihr, Ritterin Heike, mögt mir eine Bitte erfüllen. Kümmert Euch um die Prinzessin."

Dann begab er sich in sein Gemach.

Auf Burg Heldenberg

Zur vereinbarten Zeit kamen Friedrich und Heinrich zusammen. Nachdem der Graf einen großen Schluck Wein zu sich genommen hatte, begann er.

„Du bist mein Freund, wirst mir daher sicherlich auch nicht zürnen. Aber du kannst doch nicht die Augen vor den Tatsachen verschließen. Es gärt im Reich. Kaum war der Aufstand Arnimius des Laschen, des Fürsten von Tollpatien, im Westen des Reiches niedergeschlagen, da entstand im Südosten in der Söndermark ein neuer Unruheherd, Rudolf der Habgierige plante einen Umsturz. Du weißt sicher, er ist mit dem König der Matschkoraner verschwägert, unterhält eine enge Freundschaft mit dem König der Ruten. Außerdem pflegt er beste Beziehungen zu den Päpstlern. Ich erhielt davon Kenntnis, konnte aber nichts unternehmen, da ich keine Beweise in der Hand hatte. Er konnte sich allerdings nicht gedulden, erfuhr, daß ihr nur in Begleitung einer kleinen Eskorte zur Grenze unterwegs seid um die Prinzessin abzuholen, beschloß daher euch zu überfallen und zu töten. Es sollte keiner überleben, so daß die Tat Räubern oder sarmatischen Strolchen, die gelegentlich das Land an der Grenze heimsuchen zur Last gelegt werden konnte. So hätte er jeden Verdacht von sich weisen können, zumal sich der Überfall auch eine Tagesreise von der Grenze der Söndermark entfernt ereignete. Doch durch Heikes und Diethelms Eingreifen schlug der Plan nicht nur fehl, es wurde auch bekannt, wer ihn ausgeheckt hatte. Rudolf mußte sich nun darüber im Klaren sein, daß die Reichsacht gegen ihn verhängt werden würde. Er mußte also handeln. Die Verhängung der Reichsacht andererseits gab mir das Recht gegen ihn vorzugehen. Das mußte aber rasch und unter größter Geheimhaltung geschehen. Ich konnte in kürzester Zeit nur wenige Ritter und Kriegsknechte aufbieten und angesichts dieser Unterlegenheit mußte der Angriff auf die Burg völlig überraschend erfolgen. Da meine Treue zum Kaiser gemeinhin bekannt ist, rechnete ich damit, daß Rudolf unter meinen Dienern bereits Spione angeworben hatte, ich mußte gerade auch dir gegenüber strengstes Stillschweigen bewahren, da wir heimlich belauscht werden konnten."

Friedrich lachte.

„Und außerdem hattest du wichtigere Angelegenheiten zu erledigen, mußtest deine Braut an der Grenze empfangen. Das kam meinen Plänen übrigens zu paß. Ich ging davon aus, daß Rudolf glaubte, da ihr Gäste auf der Burg wart, ich würde nichts ohne eure Erlaubnis und, vor allem ohne deine Mitwirkung gegen ihn unternehmen. Euer Zug zur Grenze täuschte ihn. Er fühlte sich sicher. Das hat er mir nach seiner Gefangennahme gestanden.“

Heinrich dachte kurz nach.

„Ich muß zugeben, Eile war geboten, Hagen der Hinterhältige und Gunther der Gräßliche eilten ihm ja bereits zu Hilfe. Aber ich bezweifele, daß mein Vater, der Kaiser, auch so denkt. Er sieht seine Autorität untergraben, da du hinter seinem Rücken gehandelt hast.“

„Ist das noch wichtig, die Würfel sind ohnehin gefallen? Ich muß allerdings in Kauf nehmen, daß er mir jetzt zürnt. Aber er wird nichts gegen mich unternehmen, da ich kein Reichsgesetz verletzt habe.“

Er nahm einen großen Schluck Wein.

„Und deine Braut habe ich dir auch zurückgebracht. Warum ist sie eigentlich abgereist?“

Heinrich setzte eine finstere Miene auf.

„Sie ist nicht meine Braut. Ich werde die Ritterin Heike heiraten.“

Friedrich grinste.

„Eine würdige Belohnung für die Rettung des Reiches.“

„Du täuschst dich, mein Freund. Es ist keine politische Ehe. Wir lieben uns.“

Friedrich grinste.

„Aus Liebe heiraten Kaiser meist nur Huren“, dachte er, sagte aber nichts.

Er schwieg kurz.

„Und welchen Lohn erhält Diethelm von Übelacker?“

„Er sollte die Prinzessin heiraten. Aber sie machte da nicht mit, mochte ihn nicht. Deshalb reiste sie ja auch ab. Sie fürchtete, der Kaiser könne sie zwingen Diethelm zu heiraten.“

Friedrich grinste noch mehr.

„Nun, dann ist sie ja unversprochen. Dann kann ja ich um ihre Hand anhalten.“

„Ja, das kannst du, aber nicht bei ihr, sondern beim Kaiser. Schließlich ist sie seine Kriegsbeute."

„Eine Frau als Kriegsbeute? Er sollte sich schämen", sagte Friedrich zu sich selbst.

Sie beendeten die Unterhaltung, da es Zeit für das Abendessen wurde.

Kurz vor Sonnenuntergang näherte sich ein seltsamer Trupp der Burg: ein stolzer Ritter, eine Frau und eine eher auf dem Pferderücken liegende als im Sattel sitzende Gestalt. Es waren Diethelm, Safran und Brunum. Hagar Maria eilte höchst erfreut rasch herbei als sie Kunde von der Ankunft der drei erhielt.

„Habt Dank, tapferer Ritter", rief sie Diethelm zu, der noch im Sattel saß, „habt Dank für die Rettung meiner treuesten Diener. Verzeiht mir meine im Zorn gesprochenen bösen Worte von neulich. Ihr seid wirklich ein wahrer Held und ich werde Euch jeden Wunsch erfüllen, der erfüllbar ist."

Diethelm schaute Hagar Maria freundlich lächelnd an. Sie mißverstand das, sagte mit ernster Miene.

„Nein, Kaiserlicher Ritter, eine Ehe mit Euch ist ein unerfüllbarer Wunsch."

„Und eine Heirat mit Eurer Zofe Safran?" erwiderte Diethelm.

Hagar Maria dachte kurz nach, meinte dann leicht ironisch:

„Die Erfüllung dieses Wunsches wird ein großes Opfer für mich sein. Ich werde es aber auf mich nehmen."

Diethelm strahlte.

„Habt Dank, gnädige Frau."

Er sprang vom Pferd, das er einem Stallknecht überließ, rannte Safran hinterher, die bereits mit Brunum auf dem Weg zu ihrem Quartier war.

„Willst du meine Frau werden, Safran?" rief er ihr ohne zu zögern zu.

Sie blickte ihn irritiert an.

„Deine Herrin hat bereits ihre Zustimmung gegeben."

Sie lächelte.

„Meine Herrin hat Euch Unrecht getan als sie Euch beschimpfte. Ihr seid ein wirklicher Held. Und nun versucht sie ihren Fehler wieder gut zu machen. Verzeiht ihr und nehmt Ihr Angebot an mich zur Frau zu nehmen. Ich werde mich ihrem Befehl mir Freuden beugen, denn Ihr seid ein würdiger Gemahl für mich, würdiger als ich es verdient habe. Aber, bin auch ich Euch als Gattin würdig?"

Diethelm blickte sie irritiert an.

„Das sind morgenländische Bräuche, welche ich nicht verstehe", dachte er, „aber sei es, sie ist bereit mich zu heiraten. Das alleine ist wichtig."

„Das macht mich zum glücklichsten Manne", fuhr er nun fort, „aber ich bin nur ein armer Ritter. Ich werde ausziehen, mit dem Schwert gegen Drachen kämpfen um Schätze zu gewinnen wie einst Siegfried, um dir ein Leben als Edelfrau zu ermöglichen."

Brunum lächelte.

„Den größten Schatz habt Ihr bereits gewonnen – Safrans Herz."

Am darauffolgenden Abend bat Friedrich Hagar Maria nach dem Essen zu einem Gespräch auf die Terrasse.

„Ich hoffe, Ihr seid mir nicht böse, daß ich Euch habe warten lassen, Euch erst jetzt empfange. Ich glaubte aber nach den Anstrengungen der letzten Tage Euch Zeit zur Ruhe gewähren müssen."

„Das ist sehr rücksichtsvoll, Graf. Dafür danke ich Euch von Herzen. Aber warum wollt Ihr mich sprechen?"

„Ich habe von Eurem bisherigen Schicksal erfahren und sorge mich nun um Eure Zukunft."

„Wie kommt das, Graf? Ich bin eine Fremde. Ihr seid mir gegenüber doch zu nichts verpflichtet."

„Ihr seid Gast auf meiner Burg, steht daher unter meinem Schutz. Den zu gewähren fällt mir allerdings schwer, da der Kaiser Euer Herr ist und über Euch bestimmen darf."

„Über mich bestimmen? Ich bin doch nicht seine Sklavin. Und er hatte auch nichts dagegen, daß ich mich unter den Schutz des Königs der Matschkoraner begeben wollte."

„Er hatte Euer Wort, daß Ihr zum Turnier zurückkehren würdet."

„Er hat mir auch versprochen, daß ich mir unter den Kämpfern einen Gatten auswählen darf."

Friedrich lachte.

„Das war eine Tücke. Ihr kennt die Gepflogenheiten in diesem Lande nicht. Ihr müßtet unbedingt den Sieger wählen."

„Das war nicht die Bedingung."

Friedrich schüttelte den Kopf.

„Es ist im Reich nicht üblich, daß eine Frau sich einen Mann erwählt. Und nur für den Sieger wäre es eine Ehre von Euch erwählt zu werden. Aber dann wäret Ihr in den Augen aller nur der Siegespreis."

„Und wenn ich einen anderen wähle?"

„Einen, der aus dem Sattel gehoben wurde? Dann werden alle anderen denken, Ihr wählt einen Schwächling, weil Ihr glaubt ihn beherrschen zu können. Wenn er mit Euch die Ehe eingeht, dann wird er zum Gespött aller Ritter. Nein, ein Mann von Ehre wird das ablehnen. Nur ein Nichtswürdiger wird einer Vermählung zustimmen. Und all dies soll vor meiner Burg, in meiner Grafschaft geschehen. Dem werde ich niemals zustimmen. Ich habe dies dem Kaiser bereits mitgeteilt, mit anderen Worten natürlich. Ich habe angeführt. meine Burg sei kein würdiger Ort für solch ein Ereignis. Er will das Turnier nun vor der Kaiserburg abhalten. Aber ich schwöre Euch, ich habe Euch nicht verraten. Bis zum Beginn des Turniers werdet Ihr hier auf der Burg als Gast bleiben können."

Er schwieg kurz.

„Ich werde Euch auch nicht daran hindern zu fliehen. Aber wohin wollt Ihr ziehen? Ihr werdet auf Dauer auch nicht am Königshof in Matschkoranien bleiben können ohne die Kurtisane des Königs oder des Prinzen zu werden. Und Euer Vater wird Euch nicht aufnehmen. Er hat Euch im Tausch gegen seinen Sohn weggegeben. Er steht nun bei dem Kaiser im Wort."

Hagar Maria traten die Tränen in die Augen.

„Die Lage ist also hoffnungslos? Was soll ich tun? Ist es nicht am besten, wenn ich mich selbst entleibe?"

„Um Himmels Willen, versündigt Euch nicht. Ich wollte Euch nicht erschrecken, sondern nur vor Augen halten, was Euch erwartet. Ihr habt die Wahl, Euch Eurem Schicksal zu ergeben oder das Reich zu verlassen. Aber seid gewiß, ich ziehe mir Euch wenn Ihr geht und werde Euch beschützen."

„Ihr wollt Eure Grafschaft verlassen, alles aufgeben? Ihr wißt doch gar nicht, ob ich das wert bin. Eines Tages werdet Ihr es sicher bereuen."

Friedrich lächelte.

„Man muß sein Schicksal auf sich nehmen. Ihr seid ein Mensch, ein

Geschöpf Gottes und es verletzt meine Ehre zuzusehen wie Ihr wie ein Gegenstand verschachert werdet. Und meine Ehre ist mir wichtiger als alles Gut und selbst als mein Leben. Vor einigen Tagen zog ich mit schwachen Kräften gegen Markgraf Rudolf den Habgierigen aus. Und ich unternahm es trotz der Gefahr den Tod zu finden. Aber ich konnte nicht tatenlos zusehen wie Aufrührer sich anschickten den Kaiser zu verderben. Und nun muß ich mich eben gegen den Kaiser stellen. Aber wenn Ihr auf seine Bedingungen eingeht, dann werde ich das respektieren. Gebt mir also Antwort."

Hagar Maria seufzte.

„Ich danke Euch für Euer ehrbares Verhalten. Aber es stürzt alles auf mich ein. Ich muß mich besinnen. Gebt mir Bedenkzeit."

„Natürlich, es besteht kein Grund zur Hast. Ihr solltet keine unüberlegten Entschlüsse fassen. Wie lange braucht Ihr um Euch zu entscheiden ?"

Hagar Maria besann sich kurz.

„Ich denke zwei Tage werden genügen. Wäre das in Ordnung ?"

„Ja, das ist recht."

Sie verabschiedeten sich. Hagar Maria verbrachte eine schlaflose Nacht. Was blieb ihr ? Ein Leben an der Seite eines ungeliebten Mannes, der sie nur als Beute betrachtete ? Oder ein Leben als Flüchtling, ein ungewisses Schicksal ? Denn was konnte ein einzelner Mann in der Fremde ausrichten ? Er war bereit sich für sie zu opfern. Aber was hatte ein solches Opfer für einen Sinn ? Warum bot er es ihr denn an ? Ehre ? „Ich bin eine Frau, welche die Ehrbegriffe der Männer nicht versteht", sagte sie sich, „oder ging es ihm gar nicht um die Ehre ? Vielleicht sagte er zwar 'Ehre', meinte in Wirklichkeit aber 'Liebe' ?"

Je länger sie darüber nachdachte, desto sicherer wurde sie sich dessen. Sie spürte immer mehr, daß auch sie ihn liebte. Ja, er war der Mann, den sie sich zum Gatten wünschte.

Sie wartete die Frist gar nicht ab, suchte ihn am nächsten Nachmittag auf.

„Verzeiht, daß ich Euch überfalle. Ich habe eine Entscheidung getroffen. Ich bitte Euch mich zur Gemahlin zu nehmen. Wenn Ihr zusagt, dann werde ich zum Kaiser gehen. Er hat mir ja die freie Wahl gelassen, wird sicher seine Zustimmung geben. Und das Turnier braucht er dann nicht anzuhalten."

Friedrich lächelte.

„Du sprichst mir aus dem Herzen."

Er umarmte sie.

„Ich liebe dich. Noch nie traf ich einen wundervollereren Menschen."

Er zuckte mit den Achseln.

„Und falls er wider Erwarten doch ablehnen sollte, dann heiraten wir trotzdem."

„Gegen seinen Willen?"

„Ein Priester wird sich finden. Und wenn er die Eheschließung vornimmt, dann ist sie gültig, dann kann auch der Kaiser sie nicht für ungültig erklären."

„So ist alles in bester Ordnung?"

„Nicht ganz. Er kann darauf pochen, daß er über dich gebietet, anführen, ich hätte dich ihm geraubt und mich vor dem Reichstag anklagen. Aber dann müßte er alle seine Händel offenlegen und begründen, warum du ihm gehörst. In unserem Reich gibt es allerdings keine Sklaverei und es erscheint mir daher nicht wahrscheinlich, daß die Fürsten ihm recht geben."

„Dann besteht also keine Gefahr."

„Doch schon, die Herren sind bestechlich und er könnte durch großzügige Versprechungen sie auf seine Seite ziehen. Dann werde ich meine Grafschaft verlieren, werde verbannt, muß das Reich verlassen. Wirst du mit mir gehen?"

Hagar Maria umarmte und küßte ihn.

„Selbstverständlich, ich folge dir bis ans Ende der Welt."

Friedrich lachte.

„Soweit müssen wir nicht ziehen, der Kaiser von Konstantinopel sucht tüchtige Männer."

Am nächsten Morgen bat Hagar Maria den Kaiser um eine Audienz.

„Majestät, Ihr braucht das Turnier nicht abzuhalten. Ich habe einen Gatten erwählt."

„Nehmt Ihr nun doch Diethelm?"

Sie lachte.

„Nein, nein, das verhüte Gott, es ist Graf Friedrich."

„Graf Friedrich, hat er bereits zugesagt ?"

„Nein, Majestät", log sie, „ich wollte erst Eure Zustimmung einholen, bevor ich ihn frage."

Der Kaiser sann nach.

„Welche Zeiten, welche Sitten, eine Frau sucht sich einen Mann aus und ausgerechnet den Grafen von Heldenberg", dachte er, „das kann ich nicht glauben. Er ist nicht der Mann, der sich einfach von einer Frau als Gatten erwählen läßt. Sie lügt, er hat sie vorgeschickt. Aber was soll ich tun ? Er hat ohne meine Zustimmung Rudolf den Habgierigen befehdet und er wird auch ohne meine Zustimmung diese Frau ehelichen."

„Nun gut, heiratet ihn, wenn er Euch nimmt", brummte er, „es ist mir mittlerweile gleichgültig, wer Euch zum Eheweib erhält."

Er entließ die.

„Wenigstens werde ich diese Last los", sprach er zu sich selbst als er allein war, „und das Turnier brauche ich nun nicht ausrichten. Es hätte ohnehin nur unnötige Kosten verursacht und mir zudem Ärger bereitet. Wie hätte ich denn begründen sollen, daß nur unversprochene Ritter teilnehmen dürfen ?"

Die Belohnung

Drei Tage später bestellte der Kaiser Hagar Maria, Heike, Safran, Heinrich, Friedrich und Diethelm zu einer Audienz ein. Er wirkte müde, unkonzentriert, schien sich auch am Wein versündigt zu haben.

„Beraten möchte ich mich nicht mit euch. Es hätte ohnehin keinen Zweck, ihr macht ja doch, was ihr wollt. Ich werde euch daher meine Entschlüsse mitteilen."

Er wandte sich an Diethelm.

„Ihr habt mir beim Überfall der Schurken des Marktgrafen Rudolfs des Habgierigen", Heike und Heinrich schauten sich fragend an als sie das Wort 'Marktgraf' hörten, „das Leben gerettet und zweifelsohne eine würdige Belohnung verdient. Im Nordosten des Reiches, an der Grenze zum Land der Bruzzler, einem wilden, unzivilisierten Volk, liegt die Grafschaft Stupidierien. Die Grafschaft ist gegenwärtig verwaist, da der bisherige Graf vor drei Wochen samt seinen Mannen von dem Bruzzlerherzog Currie erschlagen wurde. Die Grafschaft braucht nun einen starken Herrscher, einen Helden und im Vergleich zu Euch ist Herzog Currie nur ein Würstchen. Ansonsten, die Grafschaft ist nicht sonderlich reich, aber für Euch wird es reichen wenn ihr nicht zu viele Kinder zeugt."

Diethelm schaute betreten. Eine solche Belohnung hatte er jetzt nicht erwartet.

Da der Kaiser nun pausierte, leicht erschöpft durch die Rede, ergriff Hagar Maria das Wort.

„Ihr werdet tapfere Streiter brauchen. Ich überlasse Euch daher meine Garde. Es sind die verwegensten Männer aus dem wilden Krudistan. Einer von Ihnen wiegt sicher zehn Bruzzler auf. Und als Hochzeitsgeschenk erhaltet Ihr die Kamele und die Diener."

Der Kaiser erhob sich wieder.

„Und nun zu Euch, Graf Heldenberg. Ihr habt dem Reich einen großen Dienst erwiesen, die Verschwörung Rudolfs und seiner Vettern Hagen und Gunther aufgedeckt und niedergeschlagen. Als Belohnung erhaltet Ihr nun die Prinzessin von Zitronistan zur Gemahlin."

Friedrich schaute den Kaiser scheel an.

„Wir hätten ohnehin geheiratet, wo ist denn da die Belohnung?" dachte er.

Doch der Respekt gegenüber dem Herrscher gebot ihm zu schweigen.

Der Kaiser fuhr fort.

„Nun, ich habe mich entschlossen, Eurer Gemahlin und Euch ein großzügiges Hochzeitsgeschenk zu geben. Ihr erhaltet Rudolfs Marktgrafschaft, sowie die Ländereien Hagens und Gunthers."

Er pausierte erneut, nahm einen großen Schluck Wein, schaute dann Hagar Maria an.

„Ich habe mich lange besonnen, ob ich Eure Eheschließung erlauben sollte. Schließlich versprach ich Eurem Vater, dem Sultan, auch wenn er nur ein Emil ist, wie ich mittlerweile erfahren habe, einen hochwohlgeborenen, würdigen und ehrenhaften Gemahl für Euch."

Er blickte zu Friedrich hin.

„Doch Ihr seid nur ein Graf."

Der verzog das Gesicht, sagte aber nichts. Dafür ergriff Hagar Maria erneut das Wort.

„Majestät", sprach sie, „mag er auch nur ein Graf sein, so liebe ich ihn doch. Und Ihr müßt wissen, Liebe überwindet alle Schranken zwischen den Ständen."

Der Kaiser schüttelte den Kopf.

„Nein, nein, Liebe macht nicht aus einer Lüge die Wahrheit. Ich habe daher beschlossen", er wandte sich wieder Friedrich zu, „Euch in den Herzogsstand zu erheben."

Der Kaiser nahm erneut einen großen Schluck Wein.

„Und nun zu dir, mein Sohn."

Er schaute Heinrich an.

„Die Ereignisse der letzten Tage zeigten mir, daß ich alt werde. Die Regierungsgeschäfte gleiten mir aus der Hand und ich beginne den Überblick zu verlieren. Das Reich braucht aber einen starken Führer", er stockte kurz, „einen starken Kaiser. Ich werde daher einen Reichstag einberufen, auf dem ich meine Abdankung verkünden und den Fürsten empfehlen werde, dich zu Kaiser auszurufen. Das müssen sie gemäß dem Reichsgesetz ohnehin tun."

Er nahm erneut einen großen Schluck Wein.

„Auch der Ehe mit der Ritterin Heike stimme ich trotz starker Bedenken zu. Eine Kaiserin aus dem Volk der Luschen. Ob das gut geht? Einen ähnlichen Fall hatten wir vor zweihundert Jahren unter dem Kaiser Frankenstein, einem Usurpator, der als Hausmeister der Sozionen die Kaiserwürde an sich gerissen hatte. Seine Gattin Alegna entstammte dem Volk der Ukkerer. Und damals hätten die Ekanakans beinahe das Reich überrannt."

„Das wird wird Sicherheit nicht geschehen", bekräftigte Heike, „zumal der große Held, Reichsritter Diethelm von Übelacker die Ostgrenze schützen wird."

Diethelm strahlte als er dies vernahm und Safran blickte ihn mit größter Bewunderung an. Der etwas spöttische Unterton in Heikes Worten war den beiden entgangen.

Der Kaiser schien nun sichtlich erschöpft, erklärte Audienz für beendet.

„Nun", meinte Heike lächelnd zu Heinrich als sie zu ihren Gemächern liefen, „jetzt müssen wir auch den Ehebund schließen. Der Kaiser hat seine Einwilligung gegeben und wenn alle heiraten, dann können wir doch nicht zusammen in Sünde leben. Du bist der zukünftige Kaiser, mußt deinen Untertanen ein Vorbild sein."

Am darauffolgenden Sonntag wurden drei Hochzeiten abgehalten. Die Feierlichkeiten hielten sich allerdings in engen Grenzen.

Zwei Tage später erfolgte der Abschied. Der Kaiser, Heike und Heinrich ritten zur Kaiserburg. Diethelm, Safran und Gefolge brachen nach Stupidierien auf. Brunum schloß sich ihnen an, zum einen da er als Leibeunuch nicht mehr gebraucht wurde, zum anderen weil ihm Diethelm das Amt des Gräflichen Ministers und Beraters angeboten hatte.

Diethelms Miene verdüsterte sich im Laufe der Reise immer mehr.

„Was habt Ihr, Herr?" fragte ihn Brunum als sie abends lagerten, „bereut Ihr bereits die Hochzeit mit Eurer Frau? Verbietet sie Euch den Wein?"

„Nein, das ist es nicht. Ich fürchte jedoch, daß sie bald Witwe sein wird."

„Witwe? Ihr denkt ans Sterben? Leidet Ihr an einer schlimmen Krankheit?"

„Nein, das ist es nicht. Der Kaiser hat mich zum Dank für seine Rettung mit dem Tode belohnt."

Brunum blickte ihn fragend an.

„Mit dem Tode belohnt ? Will er Euch einen Mörder schicken ?"

„Einen Mörder ? Vermutlich Tausende ! Hast du nicht gehört, was er sagte ? Die Bruzzler haben den Grafen und seine Männer erschlagen. Werde ich überhaupt noch Soldaten haben ? Die Nachrichten klingen schlecht. Ich reite am besten zur Burg meines Vaters."

In der Tat war ihnen am Nachmittag ein Trupp Reiter entgegen gekommen, der Ritter Hasenlauf und einige Kriegsknechte.

„Wir haben bereits die Nachricht erhalten, daß Ihr unser neuer Graf sein werdet, Kaiserlicher Ritter von Übelacker", begann Ritter Hasenlauf, „wir sind gekommen um Euch zu begrüßen und Euch zu Eurer Burg zu geleiten."

„Meine Burg ? Steht die denn noch ?" fragte Diethelm, „wurde sie nicht bereits von den Bruzzlern gebrandschatzt ?"

„Nein, Herr, sie ist noch unversehrt und wird auch noch von einigen Dutzend Männern gehalten. Ihr müßt wissen, nach der für uns unglücklichen Schlacht von Dargnilast, zog sich Herzog Currie mit seinen Truppen nach Bruzzelien zurück."

„Wieso dies ? Nutzte er seinen Sieg nicht aus ?"

„Nein, Herr. Wie uns Spione berichteten, erhielt er von seiner Gemahlin die Nachricht, sie erwarte in Kürze ihre fruchtbaren Tage. Und so führte er sein Heer nach Hause zurück um einen Sohn zu zeugen. Er ist noch kinderlos, müßt Ihr wissen. Er braucht einen Erben, muß einen Sohn vorweisen, sonst sinkt sein Ansehen bei seinem Volk."

„Aber er wird doch zurückkommen ?"

„Sicher, doch erst wenn seine Gattin guter Hoffnung ist. Das Heer sammelt sich aber bereits."

„Wie stark ist es ?"

„Viel mehr als ein Dutzend Krieger."

Diethelm zog die Stirn kraus.

„Das ist aber eine sehr ungenaue Angabe."

„Ich weiß, aber unsere Späher können nicht weiter zählen. Sie sind nämlich Stupiden."

„Du siehst, Brunum", fuhr nun Diethelm fort, „ist erst seine Frau guter

Hoffnung, dann werden wir ohne Hoffnung sein."

„Seht doch nicht schwarz, Herr", wandte Brunum ein, „seht Euch besser die schwarzen Kerle an."

Diethelm lachte.

„Die Diener ? Die eine Gesichtsfarbe haben wie Köhlergehilfen ?"

„Nicht nur ihre Gesichter sind schwarz, sondern ihr gesamter Körper."

„Und wozu ist das gut ?"

„Ich weiß es nicht. Es sind numerische Sklaven. Alle Numerier haben eine schwarze Haut, so wie Ihr eine weiße Haut habt. Und wißt Ihr, wozu das gut ist ?"

„Nein, das weiß ich nicht. Vielleicht ist es auch nicht gut eine weiße Haut zu haben, denn der Mönch, der mich unterrichtete, trug immer eine schwarze Kutte."

„Darüber müssen wir jetzt nicht philosophieren. Es geht um wichtigere Dinge. Also haltet sie nicht für verzärtelte Knaben, so wie es Eure Diener sind. Im Gegenteil, das sind harte, tapfere Burschen, die in ihrer Heimat Löwen, Nashörner und Elefanten jagten. Gewaltige Tiere, die man hierzulande gar nicht kennt. Die können kämpfen. Der Emir konnte Numerien erst nach einem langen und blutigen Krieg unterwerfen. Sie sind vielleicht im Waffengebrauch etwas aus der Übung, aber das läßt sich leicht richten. Laßt sie täglich zwei Stunden üben. Und dann habt Ihr ja auch noch die Kruden. Jeder von ihnen wiegt zehn Bruzzler auf wie Hagar Maria sagte."

„Aber hilft das gegen Tausende von Bruzzlern ?"

„Verzagt nicht, Herr. Ich bin zuversichtlich. Und sie können auch auf den Kamelen reiten. Ihr braucht nicht einmal Pferde für sie zu besorgen. Ich sage Euch, versprecht Ihnen die Freiheit und sie werden unter den Feinden wüten wie einst Kannibal bei Haneu unter den Samunklern."

„Ich kenne weder Kannibal, Haneu noch die Samunkler."

„Das müßt Ihr auch nicht, Herr. Verlaßt Euch auf mich. Ihr habt mich nicht umsonst zu Eurem Gräflichen Minister und Berater ernannt."

Er schwieg kurz.

„Seid ohne Sorge, ich werde es richten. Und nun, begebt Euch zu Eurem Weib und erfüllt Eure nächtliche Pflicht, sie sehnt sich bereits danach."

Diethelm war sichtlich beeindruckt als er die Übungen der Numerier beobachtete. In Ermangelung von Schwertern hatten sie sich aus dünnen Baumstämmen Lanzen gefertigt, die weitaus gewaltiger waren als seine eigene. Ein Schauer lief ihm über den Rücken, wenn er sie auf ihren Kamelen dahinstürmen sah. Er glaubte dann, die Hölle habe ihre Pforten geöffnet. Das hob seine Stimmung.

Sieben Tage später erreichte er die Stupidenburg, seine Residenz. Gefährliche Nachrichten erwarteten ihn. Herzog Currie war mit seinen Truppen aufgebrochen, näherte sich bereits der Reichsgrenze. Schweren Herzens ließ er sein geliebtes Weib unter der Obhut des Eunuchen zurück und zog dem Feind entgegen. Auf dem Pastafeld in der Tomatenmark trafen die Heere aufeinander.

Blankes Entsetzen packte die Bruzzler als die schwarzen Kerle, die Numerier hatten wegen der Hitze des Tages ihr Obergewand abgelegt, auf diesen unbekannten, wie Ungeheuer aussehenden Tieren auf sie zu stürmten. Ihre Pferde scheuten, die Schlachtordnung geriet durcheinander, sie flohen. Numerier, Kruden und die stupidischen Soldaten jagten dem Feind nach und machten jeden nieder, den sie erwischten. Diethelm faßte Mut, sprengte nach vorn und führte seinen Mannen an. Schließlich erreichten sie einen Wald. Die Kamele weigerten sich dieses ihnen ungewohnte Terrain zu betreten und so drang Diethelm alleine in ihn ein. Bald stellte sich ihm ein Reiter entgegen, Herzog Currie.

„Die Schlacht ist zwar verloren, aber du wirst deinen Sieg nicht auskosten können ! Fahr zur Hölle !"

Mit gezücktem Schwert stürmte er Diethelm entgegen. In seiner Kampfeswut hatte der Bruzzler allerdings einen tief hängenden, starken Ast übersehen gegen den er nun mit voller Wucht mit dem Kopf stieß. Benommen taumelte er, konnte sich aber gerade noch im Sattel halten. Diethelm erkannte seinen Vorteil, sprengte ihm entgegen und stieß ihm sein Schwert in den Leib.

Der Sieg war vollkommen. Die Bruzzler bedrohten nie mehr Stupidierien und das Reich. Friede herrschte nun.

Als gefeierter Held kehrte Diethelm auf die Stupidenburg zurück. Safran empfing ihn mit tausend Küssen.

Klug beraten durch Brunum regierte er die Grafschaft zum Segen der Menschen, Wohlstand zog ein, er war bald beim Volk beliebt und lebte viele Jahre glücklich mit seiner Gemahlin. Eingedenk der Mahnung des Kaisers beließen sie es bei vier Kindern, zwei Söhnen und zwei Töchtern; bei allen überwog allerdings das mütterliche Erbteil.

Die Kamelreiter hatten ihn derart beeindruckt, daß er nicht nur das Kamel zum Wappentier Stupidieriens erkor, sondern auch das Städtchen Camelort gründete, wo die Numerier eine Kamelzucht aufbauten.

Und als Lohn für ihre Tapferkeit erhielten sie die bruzzlischen Jungfrauen zu Gemahlinnen, welche der neue Herzog Hotdog zur Sühne sandte.

Die Fürstin von Raukurien

Die Kriegsbeute

König Heinrich von Cheruskien versammelte seine Heerführer.

„Wir haben gestern einen großartigen Sieg errungen, meine Herren", verkündete er stolz, „die Beute ist gewaltig. Wir können nun mit der Verteilung beginnen."

Sie begaben sich zum Rande des Feldlagers. Die Männer erblickten zahlreiche Wagenladungen voll bepackt mit Gütern, eine riesige Viehherde, mehrere hundert Männer und eine größere Gruppe von Frauen.

„Am besten fangen wir mit den Weibern an", meinte der König jovial, „das ist doch der angenehmste Teil."

Da trat eine der Frauen hervor.

„Ihr habt nicht das Recht uns wie Vieh zu verschachern, Majestät."

„Wer hat dir eigentlich erlaubt zu sprechen?" fuhr Heinrich sie unwirsch an.

„Achtet auf Eure Worte, Majestät!" entgegnete sie stolz, „selbst der König hat nicht das Recht mich wie eine Bauerndirne zu behandeln. Ich bin Anna von Heimdall, die Tochter des Markgrafen von Litunien."

„Das kann jede sagen", antwortete der König spöttisch.

„Ich kann es beweisen."

Sie zog ihr Kleid soweit über die Schulter, bis eine Tätowierung sichtbar wurde. Der König stutzte, schickte den Reichsgrafen Peter von Rheinmark zu ihr. Der betrachtete sich die Zeichnung.

„Es ist das Wappen der Familie von Heimdall, ohne Zweifel, ich kenne es genau. Die Tochter des Markgrafen wurde vor etwa drei Jahren geraubt. Ich weiß es von ihrem Bruder Lothar von Heimdall."

Der König zuckte zusammen. Der Markgraf war ein mächtiger Mann, besaß viele Freunde im Reich. Einen Zwist mit ihm konnte er sich nicht leisten.

„Ich wurde gezwungen hier am Hofe des Fürsten von Raukurien zu leben, ebenso wie meine Gefährtinnen. Sie sind allesamt Frauen von hoher Geburt, wurden wie ich verschleppt. Ich verlange, daß sie zusammen mit mir in meine Heimat zurückgebracht werden."

Der König blickte Arno von Posram, den Befehlshaber der markgräflichen Truppen an. Dieser zuckte mit den Achseln.

„Ich kenne das Fräulein nicht, ich bin erst vor zwei Jahren in die Dienste des Markgrafen getreten, habe das Kommando nur deshalb erhalten, weil Lothar von Heimdall, der Sohn des Markgrafen noch nicht von seinem Zug in das Heilige Land zurückgekehrt ist. Ich glaube allerdings den Worten des Reichsgrafen und werde deshalb die Befehle des Fräuleins befolgen."

Der König befand sich nun in einer etwas prekären Lage. Sein überhebliches Auftreten gegenüber der Tochter eines mächtigen Reichsfürsten hatte das Mißfallen eines Großteils seiner Heerführer erregt. Und nun stand er ihrer Forderung gegenüber. Gab er nach, so sank sein Ansehen. Aber völlig abschlagen konnte er sie auch nicht. Er setzte eine freundliche Miene auf.

„Wie viele Gefährtinnen habt Ihr denn ?"

„Zehn", lautete die Antwort.

„Zehn sind allerdings zu viel. Meine Heerführer haben auch gewisse Rechte. Aber fünf kann ich gewähren. Sucht sie Euch aus."

Anna blickte die Frauen entsetzt an. Nur fünf ! Wen sollte sie aussuchen ? Wen sollte sie einem grausamen Schicksal ausliefern ? Denn sie erblickte Kainar, den Herzog der Kainaren. Er war ein finsterer, gewalttätig dreinblickender Mann, in Fell gekleidet. Er war böse und grausam wie alle seines Volkes. Eine Frau, die ihm und seinen Männern in die Hände fiel war verloren. Sie würden sie zu Tode mißbrauchen. Unschlüssig blickte sie umher.

„Du brauchst niemanden auszusuchen. Wir werden losen. Gott wird entscheiden", meldete sich eine Frau aus der Gruppe.

„Danke für deine Worte, Veronica. Bitter bleibt es trotzdem."

Das Los entschied, die Glücklichen traten hervor. Veronica war nicht darunter. Anna blickte sie unentwegt an, während sie und die anderen die Reihen der Gefangenen verließen. Peter bemerkte das Entsetzen, das in ihren Augen lag.

„Nachdem diese Angelegenheit geklärt ist, können wir nun mit der Verteilung beginnen", verkündete der König.

Peter trat sofort hervor, deutete auf Veronica.

„Ich nehme zunächst diese."

„Halt!" schrie da Kainar in die Runde, „mit welchem Recht verlangst du eigentlich als erster zu wählen? Ich habe den Fürsten besiegt, mir steht also die erste Wahl zu."

„Nein", schleuderte ihm Peter entgegen, „ich habe mit meinen Männern das Tor der Festung erstürmt. Mir steht die erste Wahl zu."

Eine ungeheure Spannung lag nun in der Luft. Der König kannte beide. Keiner wird nachgeben. Eher werden sie ihre Truppen gegen einander hetzen. Er wägte ab. Die Männer des Reichsgrafen standen treu hinter ihm. Anna von Heimdall wollte unbedingt vermeiden, daß dieses Weib in die Hände Kainars geriet. Dann war da noch Armin von Wernfels, der Vetter des Reichsgrafen, mit seinen gepidischen Truppen. Der stand zweifelsohne auf dessen Seite. Und die Gegner. Die Kainaren konnten mit Sicherheit auf die Unterstützung des Markgrafen Dietmar von Melckenburg zählen, einem erklärten Feind des Markgrafen von Litunien. Er wollte schon immer dessen Gebiet unter seine Kontrolle bringen. Und die anderen waren unsichere Kandidaten. Er durfte es zu keinem offenen Konflikt kommen lassen, es konnte ihm den Thron kosten, wenn die Partei, die er favorisierte, unterlag. Also durfte er die Frau keinem von beiden zusprechen, einem anderen geben konnte er sie aber auch nicht. Eine schwierige Situation also. Doch der König war klug. Er setzte eine würdige Miene auf.

„Es ist Herren nicht würdig, daß sie um eine Frau von zweifelhafter Herkunft streiten. Und es ist des Königs nicht würdig in einem solchen Fall den Streit zu schlichten. Aber bitte, meine Herren, wenn Euch Euer Leben so wenig wert ist, dann kämpft um sie."

„Ich bin bereit", erklärte Peter.

„Ich auch", stieß Kainar wütend hervor.

Das Schwert in der Hand betraten beide den rasch abgesteckten Kampfplatz. Aus Kainars Augen sprühte der Haß. Die Kainaren waren ein wildes, barbarisches Volk, das an der Küste des Ostmeeres siedelte. Sie lebten in verstreut liegenden kleinen Dörfern, Städte kannten sie nicht. Sie glaubten weder an Gott noch an Wotan. Erst vor vier Jahren war es dem Cheruskerkönig gelungen sie zu unterwerfen. Kainar erinnerte sich mit äußerstem Unmut an Peter. Er war jener Ritter, der damals mit seinen Kriegsleuten die Wälle ihrer Festung überwand und so den Sieg der Cherusker ermöglichte. Kainar hatte ihn mit einen Schwertstreich schwer verletzt, bevor er sich ergeben mußte. Nun bot sich die Gelegenheit den verhaßten Gegner zu töten. Unter furchtbarem Gebrüll drang er ungestüm auf Peter ein, der sich anfangs den Angriffen kaum erwehren konnte. Doch er merkte bald, daß der Zorn den Gegner blind machte; schließlich gab dieser sich für einen Augenblick eine Blöße und Peter stieß ihm das Schwert in den Leib. Tödlich getroffen sank Kainar nieder.

„Die Frau gehört dem Reichsgrafen von Rheinmark", verkündete der König, „fahren wir mit der Verteilung der Beute fort."

Anna, welche den Kampf mit Bangen beobachtet hatte, schien nun erleichtert, warf Peter einen Blick zu, welcher unendliche Dankbarkeit ausdrückte. Veronica trat zu ihm hin, kniete nieder, küßte seine Füße, weinte.

„Herr, ich danke Euch von ganzem Herzen."

„Es ist gut", meinte dieser bloß.

Die Verteilung der Beute zog sich bis zum Abend hin. Peter fielen die ängstlichen Blicke auf, welche Anna und Veronica austauschten und dabei immer wieder zu einer blonden Frau hinschauten, welche zur Beute der Kainaren gehörte.

„Wer ist diese Frau?" fragte er Veronica.

„Sie heißt Carina, sie ist eine gute Freundin. Rettet sie auch. Ich bitte Euch darum."

Peter überlegte. Die Kainaren hatten sie rechtmäßig erworben. Er konnte nun weder dagegen Einspruch erheben, noch Gaidar, der nach Kainars Tod die Führung übernommen hatte, zum Zweikampf fordern. Er winkte einen seiner Hauptleute herbei, sprach leise mit ihm. Der begab sich zu Gaidar, kehrte nach längerem Wortwechsel zurück, flüsterte Peter etwas zu. Der nickte. Der Hauptmann verschwand, kehrte kurze Zeit später, begleitet von vier Kriegsknechten, mit zwanzig Gefangenen aus

Peters Beuteanteil und einem Dutzend Pferde zurück. Sie liefen langsam in Richtung der Kainaren. Dort erhoben sich nun mehrere Krieger und Carina, schritten den Leuten des Reichsgrafen entgegen. Der Hauptmann übergab die Gefangenen und die Pferde, erhielt im Gegenzug die Frau.

Armin von Wernfels stieß Peter leicht in die Seite.

„Zwanzig Mann und zwölf Pferde für eine Frau. Ein hoher Preis, Vetter."

„Es gibt Tage, an denen solche Preise gezahlt werden müssen", antwortete der.

Peter erteilte nun seinen Hauptleuten den Befehl, den Beuteanteil in sein Lager zu schaffen, wandte sich dann Veronica zu. Er betrachtete sie nun genauer. Bisher hatte er sie nur flüchtig anschauen können. Sie war recht groß, schlank, hatte braunes, langes Haar, blaue Augen, eine recht kleine Nase, einen wohlgeformten Mund, schmale Lippen. Ihre Backenknochen standen etwas hervor. Unterhalb ihres Kinns entdeckte er eine kleine Narbe.

„Ihr braucht keine Angst vor mir zu haben. Ich werde Euch kein Leid antun."

Peter stutzte.

„Versteht Ihr überhaupt unsere Sprache ?"

Veronica lächelte, nickte.

„Ja, Herr, ich habe Euch doch schon zweimal geantwortet; ich habe sie von Anna gelernt."

„Gut, so kommt mit zu meinem Zelt."

Veronica zögerte.

„Was habt Ihr ?"

„Ich habe eine Bitte, Herr."

„Und die wäre ?"

„Behandelt Carina bitte nicht wie eine Dienstmagd. Sie ist die Tochter eines Fürsten."

„Etwa die Tochter des Fürsten von Raukurien ?"

„Nein, Herr, die Tochter eines sarmatischen Fürsten."

Peter verstand nicht so recht, was damit gemeint war, sagte bloß.

„Sie wird ihrem Stand entsprechend behandelt. Das verspreche ich."

„Vielen Dank, Herr."

Einige Zeit später erschien Anna, begleitet von drei Kriegsknechten.
„Vielen Dank, Reichsgraf, daß Ihr Veronica unter Einsatz Eures Lebens
gerettet und auch Carina ausgelöst habt. Ich wäre bis zum Tode unglücklich gewesen, wenn sie in die Hände der Kainaren geraten wären.
Das werde ich Euch nie vergessen. Ihr seid ein Held, ein wahrer Ritter.
Die Männer und die Pferde, die Ihr für Carina weggegeben habt, werde
ich Euch ersetzen, doch Euren Einsatz für Veronica kann ich mit nichts
vergelten. Ihr müßt wissen, Veronica ist meine beste Freundin. Mir
wäre das Herz gebrochen."
Peter lächelte.
„Ich habe es Eurem Blick entnommen. Es war für mich auch eine Frage
der Ehre. Euer Bruder rettete mir damals in der Schlacht das Leben,
nachdem Kaimar mich niedergestoßen hatte. Es war daher für mich un-
umgänglich, nun seiner Schwester beizustehen."
Er überlegte kurz.
„Ich erhebe keinen Anspruch auf Veronica. Sie mag mit Euch ziehen,
wenn Ihr es wünscht, ebenso auch Carina."
„Verzeiht, Reichsgraf. Vielleicht habt Ihr das mißverstanden, aber sie
sind nicht meine Dienerinnen. Sie mögen selbst entscheiden."
Peter rief beide herbei, erklärte ihnen den Sachverhalt.
„Dürfen wir uns noch mit Anna beraten, bevor wir uns entscheiden?"
„Selbstverständlich, ich denke aber, ich lasse Euch am besten alleine."
Er entfernte sich.
„Hast du mein Geheimnis verraten?" fragte Carina jetzt Veronica,
„zwanzig Mann und zwölf Pferde sind ein hoher Preis."
„Nein, ich habe ihm lediglich gesagt, du seist eine sarmatische Fürsten-
tochter und er solle dich nicht wie eine Dienstmagd behandeln. Das war
doch in Ordnung so? Und das sagte ich auch erst, nachdem du frei
warst."
„Das ist gut. Niemand soll es erfahren. Ich möchte nicht mehr zurück
zu meinem Vater."
„Kommt ihr mit mir?" warf nun Anna ein.
„Es wäre das beste für uns, wenn wir zusammen blieben", antwortete
Veronica.

„Gehe mit ihr, du bist frei, aber ich werde mit dem Reichsgrafen ziehen. Ich möchte möglichst weit weg von hier und sein Land soll weit im Westen liegen", sagte Carina.

„Dann werde ich auch mit dir gehen. Ich lasse dich nicht allein. Bist du mir deswegen böse, Anna ?"

„Nein, Carina soll nicht einsam in einem fremden Land leben. Begleite sie."

Nach etwa einer halben Stunde kehrte Peter zurück.

„Ihr habt Euch entschieden ?"

„Ja", antwortete Anna, „Carina und Veronica werden mit Euch nach Rheinmark ziehen."

„Gut", erwiderte Peter.

Es war mittlerweile dunkel geworden.

„Es wird bald Nacht, ich muß zu meinen Leuten zurück", sagte nun Anna.

Sie umarmte die beiden, küßte sie zum Abschied. Dann rief sie ihre Kriegsknechte herbei und entfernte sich.

Peter rief einen Knappen herbei, gab ihm Befehle.

„Ihr werdet sicher hungrig sein."

„Ja, wir haben seit heute morgen nichts mehr gegessen", meinte Veronica.

Der Knappe erschien mit vier Kriegsknechten, sie brachten einen Tisch, drei Schemel und ein Tablett mit Speisen und Wein. Peter bat die Frauen sich zu setzen.

„Ich denke, ich muß mich endlich vorstellen. Ich bin Reichsgraf Peter von Rheinmark. Mein Land liegt im Westen des Reiches. Wir werden fast zwei Wochen unterwegs sein."

„Und ich heiße Veronica, meine Freundin Carina. Sie spricht aber Eure Sprache nur wenig. Ich stamme aus Rutherien, einem Herzogtum, das dem Sarmatischen Kaiser untertan ist. Mein Vater besaß einen großen Landbesitz und viele Knechte. Eines Tages überfiel uns eine Bande pruzzanischer Räuber. Sie brannten unser Haus nieder, töteten meinen Vater und meine beiden Brüder, verschleppten dann die Überlebenden. Ich wurde schließlich an den Fürsten von Raukurien verkauft. Das ist jetzt vier Jahre her."

„Und Carina ? Ihr sagtet, sie sei die Tochter eines sarmatischen Fürsten.

Wie kam sie an den Hof des Fürsten von Raukurien ?"

„Sie war schon dort, als ich ankam."

Peter schloß aus diesen Worten, daß Veronica ihm dies aus irgend einem Grunde nicht mitteilen wollte, möglicherweise es auch nicht durfte. Vielleicht hatte es Carina verboten, vielleicht auch Anna von Heimdall. Er drang daher nicht weiter in sie ein, meinte nun.

„Es wird Zeit zum Schlafengehen."

Er nahm beide mit ins Zelt, wies ihnen einen Platz an, reichte ihnen Decken. Dann legten sie sich nieder, schliefen bald ein.

Am nächsten Tag herrschte Aufbruchstimmung im Lager. Peter war damit beschäftigt den Rückmarsch seiner Truppen vorzubereiten, kümmerte sich daher nicht um die beiden Frauen. Am Abend gab der König ein Abschiedsfestmahl für die noch anwesenden Heerführer, an dem Anna von Heimdall als einzige Frau teilnahm. Peter erreichte, daß ihm der Platz rechts neben ihr zugewiesen wurde. Den Platz links neben ihr nahm Arno von Posram ein.

„Verzeiht, Markgräfin", sprach Peter sie an, „aber mir scheint, daß Eure Freundin Carina ein Geheimnis in sich trägt. Sie ist von hoher Geburt, dessen bin ich mir sicher, aber sie will ihre Herkunft nicht preisgeben."

Anna lächelte.

„Ihr seid neugierig, Reichsgraf."

„Wie man es nimmt, aber ich bin auch vorsichtig. Falls Carina wirklich ein hochgestelltes Fräulein ist, könnte man mir Schwierigkeiten bereiten. Man könnte mir unterstellen, daß ich sie in meine Gewalt gebracht habe und nun als Geisel halte."

„Bekümmert Euch nicht, zahlreiche hochgestellte Herren werden bezeugen, daß Ihr sie aus der Gewalt Gaidars freigekauft habt."

„Sie werden bezeugen, daß ich sie für zwanzig Männer und ein Dutzend Pferde ausgelöst habe. Ein hoher Preis für eine Frau aus niederem Stand, ein viel zu hoher Preis. Man wird denken, daß ich unbedingt um ihre Herkunft wußte."

Anna dachte kurz nach.

„Macht Euch deswegen keine Sorgen, Reichsgraf. Ich werde Euch ein Begleitschreiben geben, in dem versichert wird, daß sie unter meinem Schutz steht und sie mit ihrer Einwilligung in Eure Obhut gegeben wur-

de. Genügt das um Euch zu beruhigen ?"
Peter zögerte mit der Antwort, Anna lächelte.
„Um Eure Bedenken völlig zu zerstreuen werde ich den König bitten, mein Schreiben zu beglaubigen."
„Das wäre angemessen."
Erst spät am Abend löste sich die Gesellschaft auf. Die beiden Frauen schliefen bereits als Peter ins Zelt zurückkehrte.
Früh am nächsten Morgen brach das Heer des Reichsgrafen auf. Peter überließ die Führung Adolf von Mayarn. Er selbst blieb mit wenigen Bewaffneten zurück, da er noch auf das Schreiben der Markgräfin warten mußte, das ihm gegen Mittag ein Herold überbrachte. Dann folgte er mit seinen Mannen dem Heer, welches er gegen Abend erreichte. Es lagerte bereits.
Er begab sich zu Carina und Veronica, speiste mit ihnen.
Er suchte in den folgenden Tagen während sie weiter nach Westen zogen ständig ihre Gesellschaft. Die Führung des Heeres überließ er weitgehend dem bewährten Ritter von Mayarn.

Es entwickelte sich rasch ein zwangloser, vertrauter Umgang mit Veronica. Carina dagegen wirkte verschlossen, das Verhältnis zu ihr blieb distanziert. Das mochte wohl auch ihren mangelnden Sprachkenntnissen zuzuschreiben sein, vielleicht spürte sie aber auch, daß zwischen Peter und Veronica eine innige Liebe aufkeimte, welche sie allerdings nach außen hin verborgen hielten.
„Es besteht kein Grund mich stets mit 'Herr' anzureden", begann er schließlich, als sie einmal alleine zusammensaßen, „Ihr seid schließlich keine Bauernmagd, sondern ein Fräulein aus edlem Geblüt und wir haben mittlerweile auch ein recht vertrautes Verhältnis zueinander gefunden. Ich schlage deshalb vor, daß wir uns mit den Namen nennen und 'du' zueinander sagen wenn wir alleine sind. Im Beisein anderer sollt Ihr mich allerdings weiterhin 'Reichsgraf' nennen und ich werde Euch mit 'Edle Veronica' anreden. Das ist in unserem Lande die übliche Bezeichnung für unverheiratete adelige Frauen. Ist Euch das recht ?"
„Ja, gerne."
„Gut, Veronica; ich bin natürlich begierig zu erfahren, was es mit Anna, Carina und dir auf sich hat. Was verbindet euch ?"

„Du sollst es erfahren. Mein Schicksal kennst du ja. Über Carina weiß ich nicht sehr viel. Sie lebte bereits am Fürstenhof als ich dorthin verkauft wurde. Sie besaß einen besonderen Status, vier Dienerinnen waren ihr zugeordnet. Mit den anderen pflegte sie kaum Umgang, lediglich mit Anna seit recht kurzer Zeit, wohl erst seitdem sie von der geplanten Verheiratung Annas mit dem Sohn des Fürsten weiß."

„Verheiratung des Fürstensohnes mit der Tochter des Markgrafen ? Wie kann ich das verstehen ?"

„Der Reihe nach, Peter. Ansonsten weiß ich nur, daß Carina die Tochter eines sarmatischen Herzogs ist. Den Grund des Aufenthaltes am Hofe des Fürsten kenne ich nicht."

„Dem Tonfall deiner Stimme nach hegst du aber eine Vermutung."

„Ja, eine Vermutung. Es ist aber nichts Sicheres, nichts Bewiesenes. Nach dem Großen Awarisch – Sarmatischen Krieg wurden zur Bekräftigung des Friedensschlusses Geiseln ausgetauscht, jeweils vier Kinder hoher Fürsten. Vermutlich ist Carina eine jener Geiseln. Das könnte auch der Grund sein, warum sie dir gegenüber ihre Herkunft nicht preisgegeben hat und mit uns zog. Sie fühlt sich offenbar von ihrem Vater verraten und möchte nicht zu ihm zurück. Aber nun zu Anna."

Veronica nahm einen Schluck Wein.

„Am Hofe des Fürsten mußte ich Arbeit in der Küche verrichten, keine schweren, schmutzigen Arbeiten. Ich mußte der Köchin zur Hand gehen, Speisen auftragen. Als Anna zu dem Fürsten kam wies man ihr den gleichen Dienst zu. So lernten wir uns kennen, konnten uns anfangs kaum unterhalten, da keiner die Sprache des anderen verstand."

Sie lächelte.

„Doch schon bald stellten wir fest, daß wir beide griechisch sprachen."

„Griechisch ?"

„Ja, mein Vater unternahm in seiner Jugend eine Pilgerreise ins Heilige Land, legte auf der Rückreise einen längeren Aufenthalt in Konstantinopel ein. Er war sehr wißbegierig, kam dort mit den Lehren der alten Philosophen in Berührung. Er kaufte einige Abschriften alter Werke, und da er griechisch nicht verstand nahm er einen entlaufenen Mönch in seine Dienste, der ihm und später auch mir die griechische Sprache lehrte."

Peter schmunzelte.

„Eine phantastische Geschichte."

„Bei Anna entwickelten sich die Dinge etwas anders. Ein griechischer Gelehrter war nach Eroberung seiner Heimatstadt durch die Türken nach Konstantinopel geflohen, fand dort keine Anstellung, ging daher nach Italien, wo seine Dienste ebenfalls nicht benötigt wurden. Er zog dann weiter nach Norden über die Alpen, gelangte schließlich auf die Burg des Markgrafen Albrecht von Heimdall. Dieser ist ein den Wissenschaften und Künsten aufgeschlossener Mann. Er fand Gefallen an dem Gelehrten und nahm ihn als Erzieher seiner Kinder Lothar und Anna in seine Dienste. Anna wurde vor etwa drei Jahren von pruzzanischen Räubern entführt, an den Fürsten verkauft. Etwa ein Jahr später enthüllte ein auf dem Schloß weilender Gast Annas Identität. Der Fürst ließ ihr nun eine bevorzugte Behandlung zukommen; sie erhielt eine Dienerin und mich als Zofe. So verrannen die Monate. Der Fürst schien zunächst unschlüssig; vielleicht wollte er ein Lösegeld erpressen, wagte aber nicht Forderungen zu stellen, da dies einen Krieg auslösen konnte. Schließlich verfiel er auf die Idee mit der Heirat. Er schrieb dem Vater, seine von den Pruzzen geraubte Tochter sei befreit und lebe wohlbehütet auf seinem Schloß. Er pries ihre Schönheit, ihre Anmut, ihre Tugend, ihren Geist und schlug dem Markgrafen vor, sie mit seinem Sohn zu verheiraten. Man wechselte Briefe, wurde sich schließlich einig."

„Und der Markgraf war so töricht und glaubte dem Fürsten?"

„Wohl nicht, darum wurden ja zahlreiche Briefe gewechselt. Es wurde dann vereinbart, nachdem Anna ihre Einwilligung gegeben hatte, die sie anfangs verweigerte, daß nach der Rückkehr des jungen Fürsten, Anna zu ihrem Vater zurückkehren solle. Ihr Bräutigam sollte nach wenigen Tagen folgen. Und es wurde beschlossen die Hochzeit auf der Burg Heimdall zu feiern. Das ist aber bisher nicht geschehen, da der Fürstensohn noch nicht vom Kreuzzug ins Heilige Land zurückgekehrt ist. Anna und ich wurden Vertraute."

Peter runzelte die Stirn.

„Ich kenne zwar die Verhältnisse nicht, aber all dies hat jetzt wohl keine Bedeutung mehr."

„Ich weiß, was du denkst, aber es handelte sich um einen Krieg zwischen dem Cheruskischen und dem Awarischen Reich. Eine Feindschaft zwischen dem Markgrafen und dem Fürsten bestand nicht. Beide haben, genau wie du, nur ihrem König gegenüber ihre Lehenspflicht erfüllt. Ich halte eine Heirat nicht für ausgeschlossen."

„Ich weiß nicht; sie sagte doch dem König gegenüber, sie sei gezwungen worden am Hofe des Fürsten von Raukurien zu leben."

Veronica lächelte.

„Weibliche List; sie konnte doch dem König vor dem versammeltem Heer nicht die Wahrheit sagen."

Auf Burg Rheinmark

Zweieinhalb Wochen nach ihrem Aufbruch erreichten sie die Reichs-grafschaft. Peter von Rheinmark entließ das Heer, kehrte mit seinen Reisigen zu seiner Burg zurück. Die beiden Frauen erhielten nebenein-ander liegende Gemächer zugewiesen, welche in den folgenden Tagen mit allerlei Bequemlichkeiten ausgestattet wurden, denn Komfort kann-te man bisher auf Rheinmark nicht.

Peter bestellte am Morgen nach der Ankunft die beiden Frauen zu sich. „Wir sind auf Burg Rheinmark angekommen", begann er, „als Edel-fräuleins steht Ihr unter meinem Schutz und meiner Obhut. Jedoch soll Euch eine Aufgabe zugewiesen werden, welche Eurem Stand ent-spricht. Müßiggang erzeugt seltsame Grillen, welche die Seele schädi-gen. So höret meinen Willen. Die Edle Carina und die Edle Veronica erhalten je eine Zofe und eine Dienerin. Die Edle Veronica soll der Ed-len Carina, soweit es ihre sonstigen Pflichten gestatten, Gesellschaft leisten und sie in unserer Sprache unterrichten. Die Edle Veronica er-nenne ich zu meiner Beraterin, die Edle Carina wird eine ihr standesge-mäße Pflicht übernehmen sobald ich ihre Fähigkeiten einschätzen kann. Aber all dies eilt nicht. Die Reise hierher war sehr anstrengend. Erholt Euch erst einmal von den Strapazen."

Die Edelfräuleins verabschiedeten sich.

Gemäß den Anweisungen Peters unterrichtete Veronica Carina am Vor-mittag, während sie nachmittags in Peters Arbeitsräumen, dem Kabinett und der Bibliothek, in welcher der Reichsgraf alle Dokumente, wie Ur-kunden, Landbesitz und Güter betreffend, Verträge, Verzeichnisse über Besitzungen an Pferden, Rindern, Schafen, Listen mit Einnahmen und Ausgaben, Ernteerträge und so fort, aufbewahrte. Das Abendessen nah-men die drei, wenn immer möglich, gemeinsam ein. Danach zog sich Carina meist zurück, während Peter und Veronica noch lange bei Wein zusammensaßen und sich unterhielten. An Themen gab es keinen Man-gel. Peter wußte wenig über die Völker des Ostens und ihre Sitten, Ve-ronica wußte so gut wie nichts über die westlichen Gaue des Reiches und die Völker, welche in ihnen lebten. Und dann berichtete ihm Veronica ausführlich über die alten griechischen Philosophen und ihre Lehren, ihre Vorstellungen von der Natur, von der Entstehung der Welt. Peter war dies alles unbekannt. Er hatte zwar die lateinische Sprache erlernt, aber viel mehr als einige Kapitel aus der Bibel hatte er bisher nicht gelesen. Die Gelehrsamkeit dieser Frau faszinierte ihn immer mehr, verstärkte die Liebe und Zuneigung, welche er ihr gegenüber empfand. Und er kam zu dem Schluß, es sei die beste Entscheidung seines Lebens gewesen, Kainar zum Kampf um sie herauszufordern, denn es wäre eine Schande gewesen, sie diesem primitiven Barbaren als Bettgenossin zu überlassen. Das verschwieg er aber ihr gegenüber. Eines Abends bemerkte er dann zu Veronica.

„Ihr seid jetzt fast vier Monate auf Burg Rheinmark und Carina sollte nun bald auch eine standesgemäße Aufgabe übertragen werden. Ich habe lange nachgedacht, was man ihr auferlegen könnte, aber mir ist bisher nichts rechtes eingefallen. Hast du einen Vorschlag?"

Veronica lächelte ihn an.

„Vielleicht; ich habe dich bisher noch nicht darauf angesprochen; du besitzt eine große Bibliothek, sehr viele wertvolle Bücher wie mir scheint. Ich habe mir einiges angeschaut; Werke griechischer und römischer Dichter und Philosophen, auch einige Bücher in arabischer Schrift. Das sind wahre Schätze. Doch herrscht da keine Ordnung. Alles liegt durcheinander. Das ist ein Jammer. Wo hast du all dies her?"

„Ich habe sie von meinem Oheim geerbt. Er war Bischof von Metz, ein Mann hoher Bildung und sehr belesen. Und er war ein leidenschaftlicher Sammler alter Bücher und Schriften. Wenige Wochen vor seinem Tod bestellte er mich zu sich, übergab mir alles. Er sagte, ich möge sie gut verwahren und auch studieren, denn ein Graf oder Herzog oder auch ein König sollten über eine hohe Bildung verfügen, nur dann seien sie in der Lage wirklich christlich zu handeln und ihr Land weise zu regieren. Leider sei dies im Reich nur für wenige zutreffend, deshalb liege auch so viel im Argen. Er teilte mir auch mit, er vertraue sie mir an, da er fürchte, sein Nachfolger könne die Bücher verbrennen, da sie zahlreiche Gedanken und Abhandlungen enthielten, welche der Lehre der Kirche widersprechen. Ich habe bisher allerdings keine Zeit gefunden mich näher damit zu befassen."

„Da ergibt sich doch eine Aufgabe für Carina. Sie ist hoch gebildet, beherrscht neben dem Griechischen und dem Lateinischen auch das Arabische. Sie könnte die Bibliothek ordnen."

Sie lachte.

„Ernenne sie zur gräflichen Bibliothekarin. Dann muß sie auch nicht das Gefühl haben mir untergeordnet zu sein. Das möchtest du doch auch vermeiden."

Peter strahlte.

„Deinen Vorschlag nehme ich gerne an."

Einige Tage nach Weihnachten saßen Veronica und Peter abends am Kamin beim Wein zusammen.

„Wir haben in den letzten Monaten über so viele Dinge miteinander geredet, aber das Wichtigste außer Acht gelassen", begann Peter.

Veronica blickte ihn fragend an.

„Und was ist das Wichtigste ?"

„Unsere Zukunft."

„Unsere Zukunft ?"

„Ja, du lebst jetzt bereits seit fast einem halben Jahr auf Burg Rheinmark, als meine Beraterin."

Er lachte.

„Ein Graf braucht aber nicht unbedingt eine Beraterin, sondern vielmehr eine Gräfin. Eine Gräfin muß natürlich auch eine gute Ratgeberin sein, aber auch eine Vertraute, eine Gattin, mit der er sein Leben teilt. In dir habe ich zum ersten Mal in meinem Leben eine Frau kennengelernt, die ich schätze, die ich liebe, die würdig ist Gräfin zu sein."

Er blickte sie ernst an.

„Man kann nicht auf ewig Versteck spielen. Und wie siehst du das ?"

Veronica überlegte.

„Du hast mich aus den Klauen Kainars gerettet, dein Leben für mich eingesetzt. Dafür bin ich dir dankbar. Ich mag dich. Aber ich habe auch lange darüber nachgedacht, ob ich dich mag, weil ich dich liebe oder weil du mich vor einem elenden Schicksal bewahrt hast. Du hast dein Leben für mich eingesetzt."

Peter schüttelte den Kopf.

„Sei mir nun nicht böse. Es ging nicht um dich. Ich kannte dich ja gar nicht. Es war wegen Anna, nicht einmal wegen ihr, sondern wegen ihrer Familie, da ihr Bruder mir einst das Leben rettete. Aber das alles spielt heute keine Rolle mehr. Ich habe dich kennengelernt und die Entscheidung Kainar zum Kampf um dich herauszufordern war die beste Entscheidung meines Lebens."

„Das ist viel, was jetzt auf mich einstürzt. Ich war mir nicht sicher, ob das, was ich für dich empfinde wirklich Liebe ist. Nun bin ich verwirrt, muß meine Gedanken ordnen. Manchmal führen eben verschlungene Wege zum Ziel. Aber ich habe oft davon geträumt mit dir glücklich zu werden."

„Niemand drängt uns. Jetzt ist Winter, keine gute Zeit für eine Hochzeit."

Er überlegte kurz.

„Pfingsten wäre eine gute Zeit. Bis dahin solltest du dich entschieden haben."

„Auf jeden Fall."

Ein unverhofftes Wiedersehen

An einem recht milden Spätwinterabend etwa acht Monate nach Rückkehr nach Rheinmark saß Peter noch recht spät am Kamin. Veronica und Carina hatten sich bereits zurückgezogen. Ein Bündel beschriebener Pergamentblätter lag vor ihm. Er las. Während des Herbstes verbrachte der fahrende Sänger Walther von Escherau mehrere Wochen auf der Burg. Er hatte bei einer Reise in den Norden mehrere Jahre zuvor Kenntnis von Sagen aus heidnischer Zeit erhalten und diese aufgezeichnet. Peter interessierte sich für diese alten Geschichten und bat Walther um eine Abschrift, welche dieser gegen einen kleinen Lohn gerne anfertigte.

Ein Diener erschien.

„Draußen vor der Tür stehen zwei Fremde und begehren Einlaß. Sie sehen abgerissen aus, wie Strolche. Die Wache wollte sie bereits wegjagen. Doch der eine von ihnen ist sehr hartnäckig, Er behauptet ein Freund von Euch zu sein."

„Wie heißt er ?"

„Seinen Namen will er nur Euch nennen. Was sollen wir tun ?"

Peter überlegte.

„Führt sie herein. Nehmt ihnen aber vorher die Waffen ab, falls sie welche mit sich führen."

Kurze Zeit später erschien der Diener in Begleitung zweier Männer. Peter musterte die beiden genau.

„Mein Gott", rief er dann einem der beiden zu, „Lothar, bist du es ?"

„Ja, Peter, ich bin es wirklich."

„Wie siehst du denn aus ? Was ist geschehen ? Setzt euch ! Ihr habt sicher Hunger und Durst ?"

„Ja, wir haben seit zwei Tagen nichts mehr gegessen."

Peter befahl dem Diener Speise und Wein zu bringen.

„Nun, was ist geschehen ?"

„Das Unglück hat uns getroffen", begann Lothar, „auf der Rückfahrt aus dem Heiligen Land gerieten wir in einen Sturm. Unser Schiff strandete an der fränkischen Küste. Wir wurden gefangen genommen, eingekerkert. Sie wollten Lösegeld erpressen. Wir gaben aber falsche Namen an. Als sie es herausbekamen, wollten sie uns foltern. Es gelang aber uns zu befreien, aus der Burg zu fliehen und uns bis hierher durchzuschlagen."

Peter lächelte.

„Ihr seid wirkliche Helden. Und es freut mich ungemein dich wohlbehalten zu sehen. Ihr seid sicher erschöpft. Hier seid ihr willkommen. Bleibt bis ihr euch erholt habt. Und wer ist dein Kamerad ?"

„Er heißt Mirko, er ist der Sohn des Fürsten von Raukurien."

Peter runzelte die Stirn.

„Der Sohn des Fürsten von Raukurien ?"

Er schwieg kurz.

„Dein Freund ist auch mein Freund. Eßt und trinkt erst einmal. Mein Diener wird euch dann zu euren Kammern führen."

Sie saßen noch längere Zeit beisammen, erst lange nach Mitternacht gingen sie schlafen.

Mirko erwachte am Morgen bald nach Sonnenaufgang. Er wußte nicht, was er tun sollte, blieb daher im Bett liegen, wartete ab. Nach einiger Zeit klopfte es an der Tür. Eine Frau trat ein.

„Guten Morgen, Herr", sagte sie freundlich, „ich bringe Euch Euer Morgenessen und frische Kleider. Ihr solltet aber ein Bad nehmen bevor Ihr sie anlegt. Ich werde Euch den Baderaum zeigen. Ruft mich, wenn Ihr gegessen habt. Ich werde draußen warten."

Mirko hatte das alles im Halbschlaf angehört. Mit einem Male wurde er hellwach. Täuschte er sich oder hatte die Frau ihn wirklich in seiner Sprache angeredet. Er blickte sie scharf an, erstarrte dann.

„Carina !" rief er aus, „wie ist das möglich ? Nein, ich irre mich nicht. Du bist Carina."

„Und wer seid Ihr ?"

Über ihr Gesicht glitt ein spitzbübisches Lächeln, welches Mirko allerdings nicht wahrnahm.

„Erkennst du mich nicht ?"

Er lachte.

„Nein, bestimmt nicht, so wie ich aussehe. Ich bin Mirko ! Aber wie kommst du hierher ?"

Ihr Lächeln steigerte sich noch.

„Du bist unverbesserlich! Du hast es gewußt! Sonst hättest du mich ja nicht in meiner Sprache angeredet."

„Ja, ich wußte es. Der Reichsgraf nannte deinen Namen. Wie ich hierher komme? Ich werde es dir erzählen, während du ißt. König Wenzel brach im letzten Frühjahr einen Krieg mit dem Cheruskischen Reich vom Zaum. Dein Vater versuchte vergeblich ihn zu verhindern. Wenzels Heer wurde an der Wesla geschlagen. Er zog sich dann mit den Resten in die Festung deines Vaters zurück. Sie wurde drei Tage später von den Truppen König Heinrichs gestürmt. Dein Vater wurde bei den Kämpfen getötet."

Mirko blickte sie starr an.

„Getötet. So ist alles verloren. Ich bin jetzt heimatlos."

„Wie kommst du darauf?"

„König Wenzel war uns nie wohlgesonnen. Er hat mit Sicherheit das Fürstentum mittlerweile einem seiner Günstlinge übertragen."

Er stutzte.

„Der König, er war doch auch in der Festung. Was geschah mit ihm?"

„Als die Lage hoffnungslos wurde, sammelten sich die tapfersten der noch verbliebenen Ritter um König Wenzel und unternahmen einen Ausbruchsversuch. Der gelang. Der König konnte entkommen. Einige hielten die Flucht zwar für ein Zeichen von Feigheit, die Mehrheit der Ritter war jedoch der Ansicht, der König dürfe unter keinen Umständen getötet werden oder in die Hände der Feinde fallen. Ansonsten sei das Awarische Reich verloren, werde zu Spielball zwischen Cheruskien und Sarmatien."

Carina lächelte.

„Trotzdem, noch ist nichts ist verloren, Mirko. Das haben wir Anna von Heimdall zu verdanken."

„Anna von Heimdall? Wer ist das?"

Carina lachte.

„Du kennst deine Braut nicht?"

„Meine Braut? Du bist meine Braut! Jetzt, wo mein Vater tot und das Fürstentum verloren ist, kann mir niemand mehr Vorschriften machen. Wir gehen in ein fernes Land, ins Heilige Land, verteidigen es gegen die Heiden."

Carina schüttelte den Kopf.

„Nein, du wirst mir immer ein guter Freund bleiben. Aber deine Frau werde ich niemals werden. Die Dinge sind entschieden. Und es wäre unredlicher Verrat gegen meine Freundin Anna, wenn ich nun versuchte dich ihr wegzunehmen. Es wäre auch dein Unglück."

„Was ist geschehen? Und wer ist diese Anna?"

„Es stimmt, du kannst sie nicht kennen. Sie kam ja erst nach deiner Abfahrt an deines Vaters Hof. Aber hat man es dir nicht in Briefen mitgeteilt?"

„Briefe habe ich nie erhalten."

„Also gut. Einige Wochen oder Monate später, so genau weiß ich das nicht mehr, kaufte dein Vater von einer pruzzanischen Räuberbande eine junge Frau frei. Das tat er des öfteren, wie du weißt. Du erinnerst dich an Veronica? Sie ist übrigens auch hier. Die Frau diente einige Zeit in der Küche. Eines Tages machte ein fahrender Ritter, der zu Besuch weilte, deinen Vater darauf aufmerksam, daß sie an der Schulter eine Tätowierung trägt, welche das Wappen der Familie der Heimdall darstellt. Dein Vater stellte Nachforschungen an und die ergaben, daß die Frau tatsächlich die Tochter des Markgrafen von Litunien ist. Dein Vater kam nun auf die Idee dich mit ihr zu verheiraten. Er schrieb dem Markgrafen und nach einigen Verhandlungen wurden sie einig. Anna war zunächst wütend über diese Händel. Ich hatte sie mittlerweile lieb gewonnen und redete ihr daher gut zu, stellte dich ins beste Licht. Das war nicht schwierig, denn du bist wirklich ein guter Mensch. Und schließlich verliebte sie sich in dich und willigte ein."

„Und an uns hast du dabei nicht gedacht?"

„Doch, besonders an dich. Unsere Zukunft war doch entschieden, wir durften nicht heiraten und so wollte ich wenigstens helfen, dir eine Frau zuzuführen, die deiner würdig ist. Du wirst mit ihr glücklich werden, da bin ich mir vollkommen sicher."

„Und was ist mit dir? Du bleibst allein zurück."

„Nein, das glaube ich nicht. Gott wird mir einen Mann senden, der mich glücklich macht. Dessen bin ich mir sicher. Aber weiter! Veronica und ich fielen als Kriegsbeute an den Reichsgrafen. Er nahm uns hierher mit. Das war ein großes Glück für uns. Ich werde es dir später einmal erzählen. Nun, Anna überredete ihren Vater und der machte seinen gesamten Einfluß geltend um zu erreichen, daß König Wenzel als

Sühne für den begonnenen Krieg das Fürstentum Raukurien an das Cheruskische Reich abtreten mußte. Es wird nun vom Markgrafen verwaltet, bis du dein Erbe antreten kannst."

Carina grinste.

„Eine Bedingung mußt du allerdings vorher erfüllen."

„Etwa Anna heiraten?"

„Ja."

„Und das ist wirklich alles wahr? Ich kann es kaum glauben."

„Ja, Anna hat es uns mitgeteilt. Der Brief erreichte uns vor zwei Wochen. Aber nun solltest du dich in die Badestube begeben. Der Reichsgraf erwartet dich dann um die Mittagsstunde."

Nach dem Bad verließ Mirko die Burg, welche auf einem sich aus dem hier breiten Rheintal hervorhebenden Hügel lag um sich die Gegend zu betrachten. Er mußte auch ein bißchen zur Besinnung kommen.

Carina war die Tochter des Herzogs von Rutherien, welches zum Sarmatischen Kaiserreich gehörte. Nach Ende des Großen Sarmatisch – Awarischen Krieges vor zehn Jahren kam sie als Geisel, als Unterpfand für den Frieden an den Hof König Wenzels, der sie nach kurzer Zeit in die Obhut des Fürsten von Raukurien gab. Mirko gefiel die hübsche Carina und er gefiel ihr. Eine zarte Liebe blühte zwischen ihnen auf. Sie besaß keine Zukunft. König Wenzel verbot eine Heirat. Er wollte keine Verbindung zwischen einem sarmatischen Herzogtum und einem awarischen Fürstentum. Er sah eine solche als Bedrohung seiner Macht an. All diese politischen Hindernisse gab es nun zwar nicht mehr, doch war eine neue Person ins Spiel gekommen, Anna von Heimdall, zweifelsohne die Schwester seines Freund Lothar. Konnte er sie zurückweisen? Nein, das schien nicht möglich ohne Lothar zutiefst zu beleidigen. Auch Carina hatte ihm ja erklärt, daß sie nicht mehr eine Ehe mit ihm anstrebe. Dinge hatten während seiner Abwesenheit ihren Lauf genommen, die er nicht in Gang gesetzt und die er auch nicht steuern konnte. Es blieb ihm nichts anderes übrig als abzuwarten.

Während Mirkos Abwesenheit suchte Peter Lothar auf. Der hatte ebenfalls bereits ein Bad genommen, saß beim Frühstück.

„Ich muß mit dir sprechen", begann Peter, „es ist wichtig. Du nennst

Mirko deinen Freund. Aber weißt du auch, was vor einigen Monaten geschah ?"

„Du meinst den Krieg zwischen dem Cheruskischen und Awarischen Reich. Die Nachricht erreichte uns kurz vor der Abfahrt aus Akkon. Das war ein Streit der Könige um die Grafschaft Cholkinen, im Süden, weit weg von Raukurien und Litunien. König Wenzel beanspruchte sie als Erbe nach den Tod des alten Grafen. Nein, darin sahen wir keinen Grund zur Feindschaft. Wir beschlossen Freunde zu bleiben. Näheres über den Kriegsverlauf erfuhren wir nicht. Wir hatten dann auch andere Sorgen. Wir strandeten an der fränkischen Küste und waren nun auf der Flucht vor den Franken."

„Ja, es gab einen Krieg. König Wenzel wurde an der Wesla geschlagen, die Reste seines Heeres verschanzten sich in der Festung des Fürsten von Raukurien. Wir stürmten und eroberten sie, Mirkos Vater fiel in der Schlacht. Wir befreiten auch deine Schwester, die von dem Fürsten gefangen gehalten wurde. Auch die beiden Frauen, die du noch kennenlernen wirst, waren seine Gefangenen. Ich habe sie auf Bitten deiner Schwester in meine Obhut genommen. Ich fürchte, eure Freundschaft wird nun zerbrechen."

„Das darf nicht geschehen. Wir haben viele Gefahren zusammen bestanden, stets setzte einer für den anderen sein Leben ein. Wir sind wie Brüder."

Peter lächelte.

„Brüder sind sich oft am schlimmsten feind. Wie habt ihr euch eigentlich kennengelernt ?"

„Wie du weißt, rief der Papst vor drei Jahren zu einem Kreuzzug auf. Die Bereitschaft ins Heilige Land zu ziehen war im Reich eher gering und auch mein Vater verweigerte mir die Erlaubnis der Teilnahme, zumal kurz zuvor meine Schwester verschwunden war. Doch ich bin jung und tatendurstig, auf Abenteuer aus und so ließ ich nicht locker, drang immer wieder auf ihn ein, bis er endlich nach Monaten seine Einwilligung gab. Die wenigen cheruskischen Ritter waren bereits ausgezogen, ebenso die Awaren und so ritt ich alleine nach Süden, stieß schließlich auf eine Schar Langobarden, denen ich mich anschloß. Wir erreichten glücklich Akkon, doch wir kamen zu spät, Jerusalem war bereits von den Heiden befreit. Man hieß uns aber trotzdem willkommen, denn der

Feldzug hatte viele Opfer gekostet und man brauchte dringend tapfere Männer um das Land gegen die Muselmanen zu sichern. So trat ich in die Dienste des Statthalters von Akkon. Monate verflossen, meist in Trägheit, da kaum Kämpfe stattfanden. Dann erhielt ich den Auftrag, mit einigen Bewaffneten eine Pilgergruppe zu begleiten. Wir hatten Jerusalem schon beinahe erreicht, als uns in unübersichtlichem Gelände eine Horde Muselmanen attackierte. Wir wehrten uns verbissen, kämpften wie die Löwen, doch war es gewiß, daß wir schließlich der Übermacht unterliegen mußten. Da sprengte, als wir in höchster Not waren, eine aus Richtung Jerusalem kommernde Schar Ritter heran, warf sich auf die Feinde und vernichtete sie. Ich schritt auf ihren Anführer zu um ihm zu danken, nannte meinen Namen. Er lächelte, reichte mir die Hand und sprach: 'Nun, da habe ich meinem Vater einen schlechten Dienst erwiesen. Ich bin Mirko, der Fürstprinz von Raukurien.' Und ich antwortete ihm: 'Hier kämpfen wir gemeinsam gegen die Heiden und in der Heimat bekriegen wir uns. Ist das Gottes Wille ? Nein, ich denke es nicht, vielmehr hat er uns zusammengeführt, daß wir als zukünftige Herrscher unserer benachbarten Länder hier Freundschaft schließen.' Er willigte ein. Wir zogen nach Jerusalem und auf sein Bitten und mit Bewilligung des Statthalters von Akkon trat ich seiner Schar bei. Doch allmählich stellte sich das Heimweh ein und so beschlossen wir gemeinsam nach Hause zurückzukehren. Wir schifften uns nach Genua ein; die Reise verlief friedlich und wir hatten schon fast unser Ziel erreicht, als ein gewaltiger Gewittersturm losbrach, der uns an die fränkische Küste verschlug. Unser Schiff zerschellte unweit des Strandes an einer Klippe. Die meisten ertranken, doch Mirko und ich erreichten unversehrt das Ufer. Wir hatten nun zwar unser Leben gerettet, doch nach den Sitten des Landes galten Schiffbrüchige als vogelfrei. Wir flohen nach Richtung Norden, mußten uns stets verbergen, lebten in den Wäldern, trafen aber trotz aller Vorsicht einige male auf fränkische Schergen, die wir aber überwinden konnten. Doch in Burgund ereilte uns das Unheil. Wir wurden gefaßt und eingekerkert. Sie forderten Lösegeld. Wir weigerten uns lange unsere Herkunft preiszugeben, nannten schließlich falsche Namen, in der Hoffnung, daß sie Boten aussenden würden, die erst nach vielen Wochen zurückkehrten, so daß sich unterdessen Gelegenheit zur Fluch bot. Aber sie mochten nach einigen Tagen die Täuschung entdeckt haben, denn es erschienen Schergen, welche uns zur Folterkammer schleppten. Als sie nun kurzfristig Mirkos Fesseln lösten um ihn auf die Streckbank zu spannen gelang es ihm das Schwert eines Folterknechtes zu ergreifen und zwei von den Schergen niederzustoßen ehe sie begriffen was geschehen war und an Widerstand dachten. Obwohl meine Hände gefesselt waren gelang es mir ein Schwert zu ergreifen und gemeinsam schafften wir es, die Folterknechte, insgesamt sieben an der Zahl, zu töten. Auf abenteuerlichem Wege gelangten wir schließlich aus der Burg. Es war mittlerweile Winter geworden. Wir verbargen uns, stießen gelegentlich auf abgelegene Feldscheunen oder auch auf Höhlen, in denen übernachten konnten. Meist mußten wir uns allerdings mit einen Unterschlupf aus Zweiggeflechten begnügen. Hunger setzte ein, denn in der freien Natur war wegen des Winters nichts Eßbares zu finden. Und so waren wir gezwungen in einsame Bauernhöfe einzubrechen um uns Nahrung zu besorgen. Gelegentlich wurden wir entdeckt; die ängstlichen Bauern waren keine Gefahr für uns, aber die bewaffneten Söldner ihrer Herren, die sich auf unser Spur setzten. Wir hatten einige Gefechte zu bestehen. Glücklicherweise waren die Scharen nicht groß, so daß wir sie überwinden konnten. Dennoch geriet ich einige Male in Bedrängnis und Mirko mußte mir das Leben retten, ebenso wie ich auch ihm das Leben rettete. Endlich erreichten wir die Reichsgrenze. Aber noch immer nahm die Gefahr kein Ende. Man glaubte mir meinen Namen nicht, hielt uns für Räuber und wir waren gezwungen uns weiterhin gewaltsam Nahrung zu verschaffen."

Er schwieg kurz.

„Du hast ja gesehen wie abgerissen wir hier ankamen."

Auch Peter schwieg, blickte Lothar nachdenklich an.

„Ich verstehe, daß solche Abenteuer aneinander binden. Und ich werde auch alles tun, was in meiner Macht steht um eure Freundschaft zu erhalten."

Um die Mittagszeit kehrte Mirko zur Burg zurück. Peter und Lothar erwarteten ihn im Speisesaal.

„Seid gegrüßt, Fürst Mirko; ich hoffe, ich beleidige Euch nicht mit dieser Anrede, da Eure Besitzverhältnisse, wie ich hörte, gegenwärtig ungeklärt sind."

„Keineswegs, nennt mich schlicht Mirko."

„Setzt euch bitte. Wir müssen noch kurz warten, wir werden in angenehmer Gesellschaft speisen. Ich erwarte zwei Damen."

Wenig später betraten Veronica und Carina den Raum. Peter stellte sie vor. Lothar war überwältigt von der Schönheit und der Anmut der beiden. Veronica war Peters Herzensdame, das hatte er inzwischen bemerkt. Doch die andere war nicht minder bezaubernd. Sie gefiel ihm auf Anhieb. Er nahm neben ihr Platz, begann eine Unterhaltung mit ihr, die so leidlich in Gang kam. Carinas Cheruskischkenntnisse hatten sich zwar in den Monaten nach Ankunft in Rheinmark deutlich verbessert, sie war aber noch immer unsicher im Gebrauch der Sprache. Das tat Lothars Bewunderung für sie allerdings keinen Abbruch.

Nach dem Mahl verabschiedeten sich beiden Frauen, ebenso Peter, der sagte, für den Nachmittag sei ein Gerichtstag angesagt und einige Bauern seien erschienen um ihre Klagen vorzubringen. Bevor er ging bemerkte er noch, es sei wohl das Beste einen Boten nach Breslana, der Residenzstadt Lituniens zu schicken um den Markgrafen mitzuteilen, daß beide wohlbehalten in Rheinmark angelangt seien und bat sie, einen entsprechenden Brief zu verfassen.

„Dir gefällt Carina ?" meinte Mirko grinsend zu Lothar als sie alleine zusammensaßen.

„Auf Anhieb. Ich habe selten eine so bezaubernde Frau gesehen. Aber du scheinst sie zu kennen. Woher ?"

Mirko lachte.

„Du hast nichts begriffen. Denke doch an den Namen ! Carina ! Sie ist die rutherische Herzogstochter, die an unserem Hof als Geisel lebte, von der ich dir so viel erzählt habe."

„Deine große Liebe also."

Lothar war nun sichtlich enttäuscht.

„Doch wie kommt sie nach Rheinmark ?"

„Peter erhielt sie als Kriegsbeute."

„Kriegsbeute ? Welch ein schreckliches Wort. Menschen als Beute ! Das sind ja Sitten wie bei den Heiden im Morgenland."

„Ach, hab dich nicht so. Es ist ja alles gut gegangen. Hierher zu kommen war für Carina und Veronica so ziemlich das Beste, was ihnen zustoßen konnte."

„Gut, aber wieso Kriegsbeute ?"

„Hat dir Peter noch nicht von dem Krieg zwischen dem Cheruskischen und dem Awarischen Reich erzählt ?"

„Ja, heute am Vormittag, aber nicht sehr ausführlich. Er erzählte nur, daß dein Vater bei der Eroberung eurer Festung gefallen ist. Was aus dem Fürstentum wurde, weiß ich nicht."

Lothar dachte kurz nach.

„Deswegen reagierte Peter auch so seltsam als ich dich gestern Abend als Sohn des Fürsten von Raukurien vorstellte und dich meinen Freund nannte."

„Das war wohl der Grund. Aber am besten erzähle ich dir alles, was ich weiß. Wir haben ja Zeit."

Mirko berichtete.

„Und gräme dich nicht wegen Carina. Sie ist noch frei. Man hat für mich eine andere Braut ausgesucht."

„Wen denn ?"

„Deine Schwester."

„Meine Schwester ?"

„Ja, ich treibe keinen Spaß mit dir. Ich werde dir berichten."

„Ist das wirklich alles wahr ? Du kannst dein Erbe also antreten ?" fragte Lothar, nachdem Mirko geendet hatte, „dann wird ja doch noch alles gut."

„Eine harte Bedingung gibt es natürlich", entgegnete Mirko mit gespielter ernster Miene. „ich muß vorher deine Schwester heiraten. Sie will Fürstin werden."

„Und du wirst auch dann Untertan König Heinrichs sein."

Krieg um Raukurien

Etwa drei Wochen nach ihrer Ankunft auf Burg Rheinmark traf eines Abends ein Mann ein, der den Reichsgrafen Peter von Rheinmark in einer außerordentlich dringenden Angelegenheit sprechen wollte. Auf den Einwand, daß man um diese Zeit die Herren nicht mehr stören dürfe, erklärte er, sein Name sei Ritter Otto von Delborn. Das markgräfliche Fräulein Anna von Heimdall habe ihn geschickt. Er habe nun sechs Tage fast ununterbrochen im Sattel gesessen, dabei zehn Pferde zuschanden geritten. Die Meldung, die er zu überbringen habe, dulde keinen Aufschub.
Man gebot ihm zu warten.
Der Diener betrat den Raum, in welchem Peter, Lothar und Mirko üblicherweise nach dem abendlichen Mahl zusammensaßen und erzählten und meldete den Ankömmling.
„Deine Schwester schickt ihn", meinte Peter, blickte dabei Lothar an, „vermutlich soll er dir ihre Grüße ausrichten. Sie wird sich darüber freuen, daß du gesund Rheinmark erreicht hast."
Lothar wiegte den Kopf.
„Dann hätte von Delborn ja nach mir verlangt."
„Verzeih, ich möchte dich nicht beleidigen", wandte Peter ein, „aber vielleicht gebietet ihm die Höflichkeit, den Burgherren zu verlangen und nicht den Gast."
„Seht mir nach, daß ich mich einmische", warf nun Mirko ein, „der Mann sagt, er sei sechs Tage fast ununterbrochen im Sattel gesessen und will dich dringend am Abend sprechen. Überlegt einmal, Grüße zu überbringen hätte auch Zeit bis morgen. Und überlegt einmal: der Bote nach Litunien brach vor zwölf Tagen auf. Er wird wohl kaum sein Pferd zuschanden geritten haben. Er hatte vermutlich deinem Vater und deiner Schwester noch gar nicht die Nachricht von unserer Ankunft überbracht als von Delborn aufbrach. Es muß um etwas ganz anderes gehen."
„Das sehe ich ein", entgegnete Peter und wies den Diener an den Boten hereinzuführen.
Atemlos berichtete von Delborn nachdem er eingetreten war und seinen

Namen genannt hatte.

„Ich bringe schlimme Nachrichten, meine Herren. Der Markgraf von Melckenburg ist im Bunde mit den Kainaren in Raukurien eingefallen. Sie haben die wenigen litunischen Truppen vertrieben und das Fürstentum unter ihre Kontrolle gebracht. Es herrschen, wie Flüchtlinge berichten, schlimme Zustände, insbesondere im Norden, wo die Kainaren wüten. Sie plündern, brandschatzen, morden, notzüchtigen. Wer immer auch seine Beine bewegen kann flieht."

„Und mein Vater, Markgraf Albrecht von Heimdall, was tut er?" fragte Lothar.

„Euer Vater? Wer seid Ihr?"

Er starrte Lothar an.

„Natürlich! Jetzt erkenne ich Euch, Ihr seid der Sohn des Markgrafen. Wie kommt Ihr hierher?"

„Später", warf Lothar ein, „erzähle weiter, was geschehen ist."

„Er schrieb an den König, erbat Hilfe."

„Und was antwortete der König?"

„Ich weiß es nicht. Es kam noch schlimmer. Wenige Tage später erhielten wir sichere Kunde, daß der Melckenburger sich mit dem Reichsgrafen von Berilin verbündete und beide sich anschickten in Litunien einzufallen. Fräulein von Heimdall schickte mich daraufhin sofort zu Euch, Reichsgraf. Es lag noch keine Antwort des Königs vor als ich wegritt."

„Ich muß sofort aufbrechen!" stieß Mirko hervor, „gib mir bitte zwei Pferde."

„Und mir auch", ergänzte Lothar, „ich reite mit, nicht nur weil du mein Freund bist, sondern weil sie unsere Rechte verletzt haben und auch Litunien bedrohen."

„Zu zweit könnt ihr nicht viel ausrichten", gab Peter zu bedenken, „ich werde meine Truppen sammeln und euch begleiten. In spätestens vier Tagen können wir aufbrechen. Ich werde auch meinem Vetter Nachricht geben; er und seine Gepiden werden an unserer Seite kämpfen. Und mit den Truppen Lituniens sind wir stark genug um die Feinde zu vernichten, auch wenn der König keine Hilfe sendet."

„Das ist ein guter Plan", entgegnete Mirko, „ich schätze deine Hilfe, vielen Dank. Wir werden allerdings trotzdem vorausreiten, komme mit deinen Truppen nach. Es geht um mein Erbe, um meine Untertanen. Ich muß die wehrfähigen Männer versammeln bevor sie geflohen und in alle Winde zerstreut sind, weil niemand sie führt."

„Ja, wir werden morgen in aller Frühe aufbrechen", bestätigte Lothar.

Dem König kam der Überfall auf Raukurien nicht ungelegen. Er hatte mittlerweile von den Plänen bezüglich der Heirat Kenntnis erhalten, bereute nun, daß er von König Wenzel die Abtretung des Landes verlangt hatte. Denn eine Verbindung zwischen Raukurien und Litunien schuf im Osten des Reiches eine starke Fürstenmacht und schwächte dort seine Herrschaft.

Er schrieb daher dem Markgrafen von Heimdall, es handele sich bei der Auseinandersetzung offensichtlich um eine Fehde zwischen drei Reichsfürsten. Diese sei rechtmäßig, da kein Landfriede verkündet sei, allerdings die alleinige Angelegenheit der Beteiligten. Hilfe durch den König könne daher nicht geleistet werden.

Niedergeschlagen saß Markgraf Albrecht von Heimdall an seinem Schreibtisch.

„Der König hat jede Hilfe abgelehnt. Wir werden Raukurien aufgeben müssen, vielleicht auch Litunien, Anna", seufzte er, „alleine sind wir nicht stark genug um die Melckenburger und die Kainaren zu vertreiben. Und von unseren Freunden und Nachbarn haben wir auch keine Unterstützung zu erwarten. Weder der Landgraf von Thüringen noch der Markgraf von Meißen, haben bisher mein Hilfegesuch beantwortet. Die Markgrafen von Silesien und Pomoren haben bereits jede Unterstützung abgelehnt. Freunde in der Not ! Sie halten sich zurück, weil sie keinen Gewinn erwarten können. Und der Reichsgraf von Berilin hat sich mit dem Melckenburger verbündet und schickt nun Truppen gegen uns. Sie haben bereits die Grenze überschritten und Doblin besetzt. Ich muß alle meine Kräfte bündeln um Litunien zu retten. Mirko von Raukurien wird als Bettler dastehen, wenn er zurückkommt. Falls er überhaupt noch lebt. Möchtest du ihn überhaupt noch heiraten."

„Ich habe zugestimmt, Vater", antwortete Anna, „und ich kann mein Wort jetzt nicht zurücknehmen."

„Wem hast du zugestimmt ? Es war ein Abkommen mit dem alten Fürsten, der ist jetzt aber tot. Das Abkommen ist also hinfällig. Letztlich hat er uns doch erpreßt. Du warst in seiner Gewalt. Vergiß das nicht."

„Es geht nicht mehr nur um ein bloßes Heiratsabkommen, Vater", wandte Anna jetzt ein, „es geht um unser Recht. Es ist verletzt worden. Was wird Lothar sagen, wenn er zurückkehrt ?"

„Ob er je zurückkehren wird ?"

Sie legte eine kurze Pause ein.

„Ich habe eigenmächtig gehandelt, verzeiht mir, Vater. Ich habe einen Boten zu Reichsgraf Peter von Rheinmark geschickt, bereits als wir die Kunde von dem Frevel erhielten. Er ist unser Freund."

„Hast du ihm um Hilfe gebeten ?"

„Nein, Vater, noch nicht. Ich habe ihm lediglich mitgeteilt, was geschehen ist."

Der alte Markgraf wiegte den Kopf.

„Er wird uns nicht helfen können. Die Rheinmark ist weit."

„Peter von Rheinmark wird uns helfen. Er ist Lothars Freund."

Markgraf Albrecht zuckte mit den Schultern.

„Lothar ? Der schlägt sich im Heiligen Land mit den Muselmanen herum. Der Reichsgraf hat ihn sicher vergessen."

„Vater, ich muß dir etwas gestehen. Ich habe es selbst noch nicht gewußt als ich von Delborn nach Rheinmark schickte. Gestern kam ein Bote an. Lothar ist zurückgekehrt. Er ist Gast auf Burg Rheinmark. Und er ist nicht allein. Mirko von Raukurien ist bei ihm. Noch besteht Hoffnung."

Er schwieg lange.

„Vielleicht kommen sie zu spät. Wir werden morgen den Berilingern entgegenziehen. Ich hoffe, Gott ist auf unserer Seite und hilft uns sie zu vertreiben."

Am nächsten Morgen brach Markgraf Albrecht von Litunien mit seinen Rittern und Kriegsknechten auf. Sie zogen nach Nordwesten, nachdem Späher gemeldet hatten Reichsgraf Wilhelm von Berilin sammele seine Truppen am Eborlong nahe der Einmündung der Saarale um von dort aus nach Breslana zu ziehen. Nach drei Tagen Marsch näherten sie sich am frühen Nachmittag dem Feind, der noch dabei war, den Eborlong zu überschreiten. Die Gelegenheit erschien günstig und so griffen die Litunier sofort an. Ihren Ansturm konnten die Berilinger zunächst abwehren, doch nach einigen Stunden mußten sie sich zurückziehen. Die rasch einsetzende Dunkelheit unterbrach dann aber die Kampfhandlungen, so daß sich die Berilinger am Flußufer halten und während der Nacht die restlichen Truppen übersetzen konnten. Am Morgen flammten die Kämpfe erneut mit dem nun verstärkten Feind auf. Die Schlacht blieb lange unentschieden, erst gegen Mittag schienen die Litunier die Oberhand zu gewinnen. Doch dann erhielten die Berilinger unerwartete Hilfe. Eine größere melckenburgische Streitmacht rückten aus Osten heran, fiel den Lituniern in die Flanke. Diese mußten schließlich nach schweren Verlusten weichen, zogen sich nach Süden in ein ausgedehntes, unwegsames Waldgebiet zurück.

„Wir sind stark genug, zusammen können wir das Gebiet durchkämmen und den Lituniern den Todesstoß versetzen", schlug Reichsgraf Wilhelm dem Führer der melckenburgischen Truppen, Graf Otto von Birsmaklan, vor.

„Nein, Euren Vorschlag muß ich ablehnen. Unser Ziel ist Raukurien. Ich bin schon vom Weg abgewichen um Euch zu Hilfe zu eilen als mir der Anmarsch des Markgrafen Albrecht gemeldet wurde. Das wird mich insgesamt drei Tage kosten."

„Das wird doch nicht so dringend sein."

„Unsere Truppen hatten bei der Eroberung Raukuriens schwere Verluste, sie sind nun schwach. Und Markgraf Dietmar argwöhnt, daß Gaidar dies ausnutzen und das gesamte Raukurien an sich reißen könnte. Ich werde morgen weiterziehen."

Markgraf Albrecht nahm die Meldung vom Abzug der Melckenburger mit Genugtuung auf. Und auf sich alleine gestellt folgten ihnen die Berilinger aus Furcht vor Hinterhalten nicht in die Wälder.

„Hier sind wir sicher, vorerst", meinte der Markgraf zu Arno von Posram, „wir konnten unser Gepäck retten und die Wälder sind reich an Wild. Hungern müssen wir nicht. Ich kann hier meinen Mannen Ruhe gönnen und den Verletzten Pflege zukommen lassen."

„Unsere Lage ist ernst, Markgraf", gab Arno zu bedenken, „wir sitzen hier wie eine Maus in der Falle, im Norden grenzen die Wälder an den Eborlong, im Westen an ein Sumpfgebiet, das sich zur Saarale hinzieht, im Süden an das unwegsame Reifengebirge. Um es zu überqueren müßten wir alles Gepäck zurücklassen. Und im Osten lauern die Berilinger und ich vermute sie werden Verstärkungen heranführen und dann in die Wälder eindringen."

„Ich weiß", antwortete Markgraf Albrecht, „aber wir hatten keine andere Wahl, die Straße nach Breslana hatten die Melckenburger bereits gesperrt. Auch wir brauchen Verstärkung. Ich werde einen Boten zu Kuno von Ackenheim senden. Er muß Männer sammeln und uns zu Hilfe eilen."

Arno verzog das Gesicht.

„Ich weiß", fuhr der Markgraf fort, „er ist nicht die beste Wahl, aber was bleibt uns ?"

„Ich kann gehen."

„Nein, ich brauche Euch hier; Ihr habt es vielleicht noch nicht bemerkt, aber ich habe einen Schwertstich in die Seite erhalten, keine gefährliche Wunde, aber wenn das Fieber einsetzt ... Nein, dann muß jemand die Truppen führen. Und das könnt nur Ihr."

Noch vor Einbruch der Dunkelheit brach der Bote nach Breslana auf.

Kainaren und Melckenburger hatten Raukurien gemeinsam überfallen. Die Kainaren drangen von Norden her ein, stießen in dem dünn besiedelten Gebiet nur auf geringen Widerstand. Sie verheerten das Land; die Erbitterung unter den Raukuriern war daher groß, sie waren von Haß erfüllt, hatten nur noch ein einziges Ziel vor den Augen – die Kainaren auszurotten. Wer sich jung und kräftig fühlte, der ging in die Wälder wo sich zahlreiche Kämpfergruppen bildeten. Doch sie blieben zersplittert, ihre Hauptleute waren eifersüchtig aufeinander, befehdeten sich auch teilweise. Es fehlte ihnen der Führer, der sie zu einer Einheit zusammenschloß.

Den Süden hatten die Melckenburger nach schweren Kämpfen gegen Litunier und raukurische Kriegsknechte erobert. Markgraf Dietmar gab das Land für zwei Tage zur Plünderung frei, danach waren jegliche Gewalttaten gegen das Volk verboten. Er wollte das Gebiet in seine Markgrafschaft eingliedern, die Menschen daher für sich gewinnen, sie nicht durch unnötige Grausamkeiten zum Haß aufstacheln. Er setzte Adolf von Heyern als Landvogt ein, zog dann in seine Residenz zurück.

Späher meldeten Gaidar den Abmarsch des litunischen Heeres. Er versammelte seine Hauptleute.

„Die Gelegenheit ist günstig für einen Überfall. Es ist nur eine kleine Schar zum Schutz der Residenzstadt Breslana zurück geblieben. Die können wir leicht überrumpeln."

„Das ist riskant", gab einer zu bedenken, „wir sollten unser Heer nicht aufteilen. Noch herrscht keine Ruhe in Raukurien. Und außerdem könnte der Melckenburger unsere Abwesenheit nutzen um sich noch größere Gebiete anzueignen."

Gaidar lachte.

„Dein Einwand ist berechtigt, aber die hast meinen Plan nicht verstanden. Ich will nicht das Land erobern, sondern nur Breslana stürmen und die Tochter des Markgrafen rauben. Dann ziehen wir uns wieder zurück."

„Und was willst du mit der Tochter des Markgrafen?" fragte nun ein anderer.

Gaidar lächelte verschmitzt.

„Sie soll mir als Unterpfand dienen. Mehr braucht ihr gegenwärtig nicht zu wissen."

Am nächsten Morgen brach Gaidar mit etwa einem Viertel seiner Krieger auf. Ohne auf Widerstand zu stoßen drangen sie in die Markgrafschaft ein und erreichten am übernächsten Abend Breslana. Sie lagerten gegenüber dem Nordtor. Gaidar versammelte seine Hauptleute um seinen Schlachtplan vorzustellen.

„Wir werden in aller Frühe mit zwei Hundertschaften gegen das Nordtor vorrücken", erklärte er ihnen, „das wird aber nur ein Scheinangriff sein. Im Schutze der Dunkelheit wird der Großteil des Heeres nach Süden marschieren und alle Sturmmaschinen mitnehmen. Wir werden das dortige Tor stürmen."

„Und du meinst, der Plan gelingt?" fragte einer der Hauptleute.

„Ich rechne damit. Es ist nur ein kleine Besatzung zurückgeblieben, wie unsere Spione berichteten. Sie können nicht die gesamte Stadtmauer besetzen und werden ihre Männer dorthin schicken, wo der erste Angriff erfolgt. Es muß nur alles sehr schnell gehen. Wir müssen in der Stadt sein bevor sie unsere List bemerken. Wir werden sie dann im

Norden einkesseln, während eine kleine, auserlesene Schar unter meiner Führung in die Burg eindringt, die, ich hoffe es jedenfalls, nur schwach verteidigt wird. Wir rauben das markgräfliche Fräulein und ziehen uns anschließend zurück."

„Ein gewagter Plan", bemerkte ein anderer.

Gaidar lächelte.

„Die Götter sind mit den Kühnen."

Er schwieg kurz.

„Wir müssen nur die Männer in genügendem Abstand um die Stadt herum führen und Lärm vermeiden, der sie mißtrauisch machen könnte."

Der Plan glückte. Es gelang ihnen rasch das nicht allzu feste Südtor einzurammen und die kleine Wachmannschaft niederzumachen. Während nun der Großteil der Truppe den Norden der Stadt abriegelte, stürmte eine Schar ausgesuchter Krieger unter Gaidars Führung die in der Tat unverteidigte Burg. Nach kurzer Zeit war Anna gefunden und wurde gefangen genommen.

Die Litunier rückten unterdessen gegen die Kainaren vor und obwohl sie ihnen einige Verluste zufügten, mußten sie bald erkennen, daß sie zu schwach waren um deren Linien zu durchbrechen. Sie zogen sich wieder zurück. Die Kainaren folgten ihnen nicht. Als Gaidar aus der Burg zurückkehrte, rief er seinen Männern zu.

„Ihr habt zwei Stunden Zeit zum plündern. Dann rücken wir ab. Aber ich verbiete euch, die Stadt in Brand zu setzen."

Gegen Mittag verließen die Kainaren die Stadt.

„Ich wünsche Euch einen guten Tag, Fräulein von Heimdall", grüßte Gaidar am Morgen nach der Rückkehr ins Feldlager mit gespielter Freundlichkeit als er das Zelt betrat, in welchem Anna gefangen gehalten wurde, „leider kann ich Euch kein besseres Quartier anbieten, wir befinden uns im Krieg, da muß man eben auf gewisse Bequemlichkeiten verzichten."

„Was wollt Ihr von mir ?" entgegnete sie ärgerlich, „habt Ihr mich, eine Frau, entführt um meinen Vater zu einer Kapitulation zu erpressen, weil Ihr zu feige zum Kämpfen seid ? Schande über Euch."

„Was zürnt Ihr mir ?" Gaidar lächelte spöttisch, „wäret Ihr nicht ein geringes Opfer, wenn es gilt Mord und Brandschatzung zu beenden ?"

„Mord und Brandschatzung zu beenden ? Ihr seid doch mit Euren Barbarenhorden im Bund mit dem Markgrafen von Melckenburg in ein Land eingefallen, in dem Frieden herrschte. Eure Krieger morden, notzüchtigen, brandschatzen und rauben."

„Die Verwirklichung großer Pläne erfordert eben Opfer. Hat Euer Vater nicht auch Raukurien durch einen Krieg gegen König Wenzel für sich gewonnen ?"

„Da irrt Ihr gewaltig. König Wenzel hat den Krieg vom Zaum gebrochen. Der Fürst fiel in der Schlacht. Und mein Vater verwaltet das Land treuhänderisch bis Fürstprinz Mirko aus dem Morgenland zurückkehrt und das Erbe antritt."

Gaidar lachte.

„Falls er überhaupt zurückkehrt. Vielleicht haben ihn die Muselmanen schon längst getötet. Aber ich bin nicht gekommen um mich mit Euch zu streiten. Ihr braucht auch keine Angst vor mir zu haben, ich will Euch nichts Böses antun, im Gegenteil. Ihr sollt meine Gemahlin werden."

„Euch heiraten ? Einen Barbaren ? Niemals ! Außerdem bin ich dem Fürstprinzen von Raukurien versprochen."

„Fürstprinz von Raukurien ? Das ist doch zum Lachen. Der Fürst bin jetzt ich ! Mir gehört das Land."

„Noch seid Ihr es nicht. Ihr seid nur ein Usurpator, euch fehlt die Anerkennung durch den König. Und da wird der Markgraf von Melckenburg auch noch ein Wort mitreden. Er hat mit seinen Truppen den Süden des Fürstentums besetzt. Und er wird es nicht freiwillig räumen."

„Der Markgraf von Melckenburg wird die Hälfte Lituniens erhalten. Mag er sich damit begnügen."

„Da täuscht Ihr Euch. Dietmar von Melckenburg ist gierig. Er wird sich damit nicht begnügen. Also, was wollt Ihr von mir ? Warum soll ich Eure Gemahlin werden ? Sagt jetzt bloß nicht Ihr liebt mich."

Gaidar schwieg, er schien zu überlegen.

„Überfordert Euren geringen Verstand nicht um eine Ausrede zu erfinden. Ich durchschaue Euch. Ihr kennt die Regelung, welche mein Vater mit dem König getroffen hat. Mirko von Raukurien erhält das Fürstentum nur dann, wenn er mich heiratet und mich als gleichberechtigte Mitregentin anerkennt. Ansonsten werde ich nach dem Tode meines

Vaters alleinige Fürstin Raukuriens. Und wenn ich Euch heirate und mein Vater im Kriege fällt, muß der König meinen Anspruch anerkennen und Dietmar von Melckenburg das Feld räumen. Daran denkt Ihr doch."

Gaidar schwieg, sein Gesicht verfinsterte sich.

„Ihr braucht mir nicht zu antworten", fuhr Anna fort, „Eure Miene verrät alles. Vergeßt Eure Pläne, ich werde Euch niemals heiraten."

Gaidar lächelte spöttisch.

„Sei da nicht so sicher. Ich werde deinen Stolz brechen; du wirst die niedrigsten Arbeiten verrichten. Und wir werden sehen, ob du es in einigen Monaten noch immer vorziehst Kuhmagd oder Schweinehirtin zu sein oder nicht doch lieber an meiner Seite Fürstin."

Er verließ das Zelt.

Am nächsten Tag wurde Anna auf einen Wagen verladen. Begleitet von einem Trupp Kriegsknechte unter dem Befehl eines Hauptmanns verbrachte man sie ins Land der Kainaren in eine Festung in einem Sumpf. Sie erhielt eine einfache Kammer, mußte Schweine hüten.

Zwei Tage nach dem Überfall der Kainaren erreichten Lothar und Mirko Breslana. Zwei Wachen standen am Stadttor. Sie blickten die beiden unfreundlich an.

„Fremde sind gegenwärtig hier nicht willkommen, zieht weiter ihr Herren."

Lothar lächelte.

„Ist das die Begrüßung, die man mir in meiner Stadt bereitet ? Wer seid ihr überhaupt, daß ihr es wagen könnt in diesem Ton mit mir zu reden ? Meldet mich dem Stadthauptmann. Er soll sich sofort zu mir hierher begeben."

Die trotz des Lächelns hart und bestimmt gesprochenen Worte schüchterten die beiden Wachen ein.

„Wen darf ich melden, mein Herr ?" fragte der eine nun vorsichtig.

„Du kennst mich nicht ?"

„Nein, mein Herr."

„Gut, dann melde Lothar von Heimdall, du Tölpel. Aber rasch !"

Der Mann entfernte sich.

„Lothar von Heimdall, mein Herr ?" meinte der zurück gebliebene, „Ihr seid wohl ein Verwandter des Markgrafen ?"

„Du Dummkopf !" herrschte ihn Lothar an, „ich bin der Sohn des Markgrafen !"

Der Soldat erschrak.

„Verzeiht, mein Herr; das konnte ich nicht wissen. Ich stehe erst seit sechs Monaten im Dienste des Markgrafen. Wartet bitte einen Moment."

Er verschwand, kehrte nach wenigen Augenblicken mit zwei Schemeln zurück.

„Setzt Euch bitte, meine Herren. Es wird einige Zeit dauern, bis der Stadthauptmann kommen wird. Mein Kamerad muß ihn erst finden. Er ist ständig unterwegs. Es gibt viel zu richten."

„Was heißt viel zu richten ?"

„Nun ja, Herr, es herrscht eine gewisse Unordnung in Breslana. Es sind schlimme Dinge geschehen. Der Stadthauptmann wird Euch berichten."

„Schlimme Dinge ? Was soll das bedeuten ?"

Der Mann zögerte.

„Antworte !" herrschte ihn Lothar an, „welche schlimmen Dinge ?"

„Die Kainaren haben die Stadt heimgesucht und das markgräfliche Fräulein geraubt. Der Stadthauptmann wird Euch berichten. Er kann Auskunft geben. Ich bin nur ein einfacher Mann, verstehe von all den Dingen nichts."

Lothar erstarrte.

„Meine Schwester geraubt ! Das werden sie büßen !"

„Ja, das werden sie", pflichtete Mirko bei, der bisher geschwiegen hatte, „und wenn sie ihr ein Leid antun, dann werden wir dieses Räubervolk bis auf den letzten Mann ausrotten; das schwöre ich."

Er pausierte kurz.

„Aber ich denke nicht, daß die Kainaren die Absicht haben sie zu töten. Sie soll wohl als Faustpfand für irgendeinen Handel dienen, den wir noch nicht kennen."

Er unterbrach seine Rede, denn der zweite Wächter kam nun in Begleitung eines großen, kräftigen Mannes herbei.

„Lothar von Heimdall ! Ihr seid es wirklich ! Ich wollte es erst gar nicht glauben ! Seid gegrüßt !"

„Gernot von Altfeld ! Seid gegrüßt ! Es gibt schlimme Nachrichten, wie ich hörte ?"

„Ja, leider. Ihr kommt zu unglücklicher Zeit."

„Nun, ich bin vom Kreuzzug zurückgekehrt. Mein Begleiter ist, Ihr werdet es kaum glauben, Mirko von Raukurien, der Fürstprinz. Wir werden den Kampf aufnehmen und unsere Länder befreien."

Gernot von Altfeld wiegte den Kopf.

„Ihr seid nur zu zweit."

„Noch sind wir nur zwei. Aber sagt, wie konnte das geschehen ?"

„Ich werde Euch alles berichten. Aber kommt bitte mit. Wir müssen uns nicht vor dem Stadttor unterhalten."

Er führte die beiden zu einem Gasthof. Sie nahmen Platz, der Stadthauptmann bestellte Wein.

„Der Wirt wird Euch auch Zimmer geben, falls Ihr nicht in der Burg übernachten wollt. Dort herrscht noch große Unordnung. Die Kainaren haben vieles zerschlagen."

Er nahm einen großen Schluck Wein.

„Ich beginne am besten von vorn. Als die Truppen des Reichsgrafen von Berilin einfielen, sammelte Euer Vater das Heer und zog ihnen entgegen. Es blieb nur die Stadtwache und eine kleine Schar Burgmannen zurück. Kuno von Ackenheim führte sie an."

Lothar runzelte die Stirn.

„Kuno von Ackenheim ? Eine schlechtere Wahl hätte mein Vater nicht treffen können. Er ist zwar ein guter Schwertkämpfer, aber von beschränktem Verstand. Zum Truppenführer taugt er nicht, schon gar nicht in solch einer unsicheren und gefährlichen Situation. Und ein kluger Angreifer kann ihn leicht täuschen. Rechnete mein Vater denn nicht mit einem Angriff auf die von Soldaten entblößte Residenzstadt ?"

„Das kann ich nicht sagen. Vermutlich zog er das nicht in Erwägung. Und so geschah es dann auch. Die Kainaren rückten von Norden heran und Kuno zog fast alle verfügbaren Männer am Nordtor zusammen, weil er dort mit einem Angriff rechnete. Doch das war eine Täuschung. Am nächsten Morgen in aller Frühe stürmten sie das Südtor, griffen das Nordtor nur mit schwachen Kräften an um uns abzulenken. Die Überraschung glückte. Sie überwanden das Tor, drangen in die Stadt vor, fielen uns in den Rücken, während eine kleine Schar die Burg stürmte. Wir konnten sie zwar abwehren, aber nicht ihre Reihen durchbrechen

und den wenigen Männern, welche die Burg verteidigten, zu Hilfe kommen. Ein Gegenangriff scheiterte. Kuno fiel bei den Kämpfen. Nach dem Raub Eurer Schwester plünderten sie noch kurze Zeit, ohne allerdings große Verwüstungen anzurichten, dann zogen sie ab."
Er atmete tief durch.
„Habt Ihr Kunde von meinem Vater?" fragte Lothar nun.
„Ja, ein Bote kam gestern an. Die Kämpfe verliefen unglücklich, da die Berinlinger Unterstützung von den Melckenburgern erhielten. Er zog sich mit dem Rest seiner Soldaten in die Wälder zurück."
„Wißt Ihr den Ort?"
„Der Bote ist noch hier. Er kann Euch führen."
„Habt Dank für den Bericht, Gernot von Altfeld. Ihr könnt jetzt gehen." Der Stadthauptmann verabschiedete sich.
„Ich denke, wir werden die Nacht hier verbringen", meinte Lothar als sie alleine waren.
„Du willst dich also nicht auf der Burg umsehen?" erwiderte Mirko.
„Nein, welchen Zweck sollte das haben?"

Am nächsten Morgen nach dem Frühstück ließen sie ihre Pferde satteln.
„Wir müssen uns jetzt trennen", begann Mirko, „ich ziehe nach Raukurien, werde dort Männer sammeln und die Feinde verjagen. Ich hoffe, es wird mir gelingen deine Schwester zu befreien."
Lothar schüttelte den Kopf.
„Ich hege da wenig Hoffnung, ich fürchte, sie werden sie in ihr Land verschleppen. Wir müssen sie vorher befreien, möglichst bald. Am besten ist es, ich reite mit dir und versuche es."
„Du alleine? Du weißt doch nicht einmal, wo sie gefangen gehalten wird. Nein, das wird dir nicht gelingen", wandte Mirko ein, „ich werde Helfer haben in meinem Land, werde Kundschafter ausschicken können, erfahren, wo sie sich befindet. Verlaß dich auf mich. Du bist mir fast ein Bruder. Und deine Schwester ist auch meine Schwester."
Er pausierte kurz.
„Reite du zu deinem Vater und richte eure Truppen wieder auf. Das ist wichtiger. Und sei vorsichtig, dein Führer könnte ein Verräter sein."
„Vielen Dank für die Warnung. Daran habe ich auch schon gedacht. Ich werde mich in Acht nehmen. Doch bevor wir uns trennen, sollten wir

uns über das weitere Vorgehen einig sein."

„Was schlägst du vor? Hast du bereits einen Plan?"

„Über Einzelheiten bin ich mir noch nicht im Klaren", antwortete Lothar, „es wird auch vom Verlauf des Krieges abhängen, wie vorgegangen werden muß. Peter von Rheinmark schickt uns Hilfe. Das ist sicher. Auch Armin von Wernfels wird uns wohl Hilfe senden. Aber Genaues wissen wir nicht. Ich schlage daher vor, Reichsgraf Peter soll mit seinen Mannen nach Litunien ziehen und mit mir gegen die Berilinger kämpfen. Herzog Armin soll sich mit seinen Truppen nach Raukurien wenden und mit dir zusammen zunächst die Melckenburger verjagen und dann die Kainaren. Ich werde Boten aussenden, bevor ich zu meinem Vater aufbreche."

„Der Vorschlag ist vernünftig."

Dann trennten sie sich.

Lothar suchte Gernot von Altfeld auf.

„Wir haben es gestern bereits besprochen, die Lage ist sehr ernst. Wir brauchen dringend ein neues Heer", begann Lothar.

„Ein neues Heer? Wie stellt Ihr Euch das vor? Es ist nur eine geringe Anzahl Bewaffneter zurückgeblieben, meist nur die weniger Kampfestüchtigen. Und wir haben nicht genügend Mittel um Söldner anzuwerben, hierzu fehlt auch die Zeit."

„Erlaßt einen Aufruf an die Bauern! Sie sollen sich hier sammeln. Ich werde sie führen."

„Die Bauern sind nicht in Waffen geübt. Sollen sie mit Sensen und Dreschflegeln gegen die berilingischen Schergen antreten? Die werden sie niedermetzeln!"

Lothar schüttelte den Kopf.

„Nein, ich rede nicht von Sensen und Dreschflegeln, sondern von Äxten. Die Bauern können sie handhaben und werden sie gut geführt, dann werden sie eine furchtbare Waffe sein. Die Bauern jagen auch gern und es gibt viele ausgezeichnete Bogenschützen unter ihnen. Also, erlaßt einen Aufruf. Jeder, der eine Axt handhaben oder mit einem Bogen umgehen kann, ist gerufen. Ich werde jetzt den Markgrafen aufsuchen und mit ihm das weitere Vorgehen besprechen. Dann werde ich zurückkehren. Sammelt inzwischen alle nicht unbedingt hier gebrauchten

Waffen ein und laßt Pfeile schnitzen."

Dann ließ er den Boten des Markgrafen zu sich kommen und brach mit ihm auf.

Bereits nach zwei Tagen erreichte Lothar den Zufluchtsort des Markgrafen. Der lag, noch immer geschwächt von der Wunde und von Fieber, auf seiner Bettstatt. Er freute sich über die Ankunft des Sohnes.

„Seid gegrüßt, Vater", er umarmte Albrecht, „ich bin zurück aus dem Heiligen Land um die Markgrafschaft vom Feind zu säubern."

„Oh, mein Sohn ! Was hast du für Vorstellungen ?" entgegnete der Vater, „unser Heer ist geschlagen, die besten Kämpfer sind gefallen, wir verstecken uns wie Räuber in den Wäldern. Wo soll da noch Hoffnung sein ?"

„Ich habe auf dem Weg von Rheinmark hierher nachgedacht, Vater. Noch ist der größte Teil Lituniens frei, nicht von feindlichen Horden überrannt. Ich habe einen Aufruf an die Bauern erlassen zu den Waffen zu greifen und sich bei Breslana zu sammeln. Ich werde sie in den Kampf führen. Aber das wird seinen Preis haben."

„Welchen Preis ?"

„Ich gedenke Ihnen die Freiheit zu schenken."

„Die Freiheit schenken ? Was meinst du damit ?"

„Die Leibeigenschaft aufheben ! Wenn wir das tun, dann werden sie in Scharen zu den Waffen greifen. Aber ich kann das nicht entscheiden. Ihr seid der Markgraf, Vater. Ihr müßt das Dekret erlassen."

„Weißt du, was du da forderst ? Die Leibeigenschaft aufheben ! Damit zerstörst du die natürliche Ordnung. Und was wird der König dazu sagen ?"

„Der König ? Der hat Euch doch im Stich gelassen ! Außerdem ist die Leibeigenschaft kein Reichsgesetz. Jeder Landesfürst kann darüber entscheiden. Und in der Rheinmark gibt es sie ebenso wenig wie in Schwaben und in Gepidien. Dort war sie nie Brauch. Und diese Länder blühen. Es bedeutet ja auch nur, daß die Bauern nicht mehr an die Scholle gebunden sind und keine Fronarbeit mehr leisten brauchen. Ihre Abgaben werden sie weiterhin entrichten müssen. Und es entfällt natürlich auch das Recht der ersten Nacht."

„Was aber wird die Ritterschaft dazu sagen ?"

159

Lothar lachte bitter.

„Die Ritterschaft ? Ein Großteil der Ritter ist bereits in der Schlacht gefallen. Viele Güter werden verwaist sein. Vergebt nur einen Teil von ihnen neu, verteilt den Rest and die übrig gebliebene Ritterschaft. So werden sie für die entfallenen Frondienste und sündigen Lustnächte entschädigt. Das Land ist in Not, aus der es nur es nur mit Hilfe des Volkes errettet werden kann. Und die kleine Änderung der staatlichen Ordnung ist der Preis hierfür. Das sollte uns die Freiheit wert sein."

Der Markgraf blickte nachdenklich.

„Ich werde darüber nachdenken."

„Denkt nicht zu lange nach, Vater. Morgen früh werde ich nach Breslana zurückreiten."

Albrecht von Heimdall lag lange wach; ihn quälte die Sorge um seine von den Kainaren verschleppte Tochter, auch dachte er über das Gespräch mit Lothar nach. Aufhebung der Leibeigenschaft ! Sie war doch ein Pfeiler der göttlichen und weltlichen Ordnung. Wohin sollte das nun führen ? Die Schwertwunde schmerzte noch immer. Auch wenn das Fieber mittlerweile nachgelassen hatte, so fühlte er sich dennoch schwach, den kommenden Strapazen nicht gewachsen. Nicht er, sondern Lothar wird den Kampf gegen die Berilinger, Melckenburger und Kainaren führen. War es bereits Zeit abzutreten ? Sollte er sich jetzt noch gegen Veränderungen stemmen ? Schweren Herzens ließ er noch in der Nacht seinen Schreiber wecken, diktierte den Erlaß und überreichte ihn seinem Sohn kurz vor dem Morgengrauen, als dieser nach der Residenzstadt aufbrach.

Nahe Breslana hatten sich bereits mehr als dreitausend Bauern versammelt und Gernot von Altfeld hatte begonnen sie im Kampf einzuüben.

„Das wichtigste aber ist", teilte Gernot Lothar mit, „der Reichsgraf von Rheinmark rückt mit einer Streitmacht von fünftausend Mann heran, der Herzog von Gepidien sogar mit siebentausend Mann."

Lothar überlegte kurz.

„Peter von Rheinmrk ist mir hier als Hilfe höchst willkommen. Doch Armin von Wernfels sollte mit seinen Gepiden besser nach Raukurien gegen die Melckenurger im Süden und die Kainaren im Norden ziehen. Schickt einen Boten."

160

Gernot lächelte.

„Das ist nicht notwendig. Der Herzog marschiert nach Raukurien."

„Das ist gut. Und wie steht es mit den Bauern ?"

„Nun ja, sie brennen zwar vor Kampfesmut, sind aber keine Krieger und ihre Zahl ist noch gering."

„Das klingt nicht so schlecht. Und ich habe den Erlaß des Markgrafen zur Aufhebung der Leibeigenschaft. Das wird ihren Mut noch steigern. Laßt es im gesamten Land verkünden."

„Und wann werdet Ihr gegen die Berilinger aufbrechen ?"

„Wenn Peter von Rheinfelds Truppen eintreffen. Wir müssen ihnen aber einige Tage Ruhe gönnen."

„Kann der Markgraf sich solange in den Wäldern halten ?"

„Er muß ! Es macht keinen Sinn erschöpfte Männer in die Schlacht zu schicken. Ich denke aber drei Tage werden genügen."

Gernot von Altfeld blickte etwas verwirrt.

„Glaubt nicht, daß mir das gefällt", fuhr Lothar fort, „aber man muß sich von dem Verstand leiten lassen, nicht von dem Gefühl oder Vorstellungen, was man gerne tun möchte."

Die Kunde von der Aufhebung der Leibeigenschaft verbreitete sich wie ein Lauffeuer im Lande. Täglich strömten Männer herbei, die sich dem Kampf gegen die Eindringlinge anschließen wollten. So war der Bauernhaufen bereits auf zehntausend Mann gewachsen als sieben Tage später Peter von Rheinmark mit seinen Truppen eintraf.

Nach Ablauf der drei Ruhetage für die Rheinmärker marschierte das vereinigte Heer nach Nordwesten. Die Berilinger hatten inzwischen Verstärkung erhalten und schickten sich nun an in die Wälder einzudringen als Lothar und Peter mit ihren Mannen eintrafen. Es entbrannte eine furchtbare Schlacht am Eborlong, die Berilinger erlitten eine vernichtende Niederlage, ihre Truppen wurden fast völlig aufgerieben, Reichsgraf Wilhelm, der im Kampf schwer verwundet wurde, floh mit dem Rest seiner Mannen in die Residenzstadt.

Die Sieger stießen nach Norden vor, erreichten drei Tage später Berilin. Reichsgraf Wilhelm, der bereits auf dem Totenbett lag, unterwarf sich ohne Kampf, bat um Gnade.

Markgraf Albrecht beteiligte ich nicht an dem weiteren Feldzug. Er fühlte sich schwach, noch nicht völlig genesen und sich den kommenden Strapazen nicht gewachsen. Er übertrug daher den Oberbefehl an Lothar und ritt, begleitet von einer starken Eskorte, nach Breslana zurück.

Die Rheinmärker und Litunier zogen aber weiter, drangen in Melckenburg ein, stießen auf keinen nennenswerten Widerstand, da sich das Gros der Truppen in Raukurien befand. Sie nahmen Seweblin, die Residenzstadt, im Sturm. Markgraf Dietmar geriet in Gefangenschaft.
„Nun beginnt der schwierigste Teil des Krieges, Peter", begann Lothar als sie am Abend beisammensaßen, „mach dir keinen falschen Vorstellungen über den Kampf gegen die Kainaren. Sie wissen, daß ihre Stunde geschlagen hat, daß ihre Vernichtung droht. Angesichts der Gräueltaten, welche sie in Raukurien begangen haben, dürfen sie nicht auf Gnade hoffen. Oder willst du ein gutes Wort für sie einlegen ?"
Peter schüttelte den Kopf.
„Nein, sie haben erneut den Frieden gebrochen, Mord und Brandschatzung verübt, Anna geraubt. Das Maß ist voll. Wir müssen die Gefahr ein für allemal bannen. Und Milde werden sie nur als Schwäche auslegen."
Sie gewährten den Heer drei Tage Ruhe. Dann marschierten sie nach Osten.

Zwei Tage nachdem er sich von Lothar getrennt hatte, erreichte Mirko die Stadt Berislow, welche einen Tagesritt westlich der Residenz lag.
Einige in Fell gekleidete Kainaren hielten am Tor Wache.
„Wer bist du ? Und was willst du hier ?" schnauzte ihn einer der Männer an.
„Mein Name ist Iwan von Moscar, ich bin Sarmate, kehre aus dem Heiligen Land zurück. Ich suche nur ein Quartier für die Nacht. Morgen reite ich weiter."
„Aus dem Heiligen Land ? Was wolltest du dort ? Wo liegt das überhaupt ?"
„Es liegt weit im Süden. Ich war auf Pilgerfahrt ?"
„Pilgerfahrt ? Was ist das ?"
„Ich habe unsere Heiligen Stätten besucht."
„Heilige Stätten ? Wohl Christ ? Glaubst an einen angenagelten Gott."

Mirko kam nicht dazu ihm zu antworten, denn ein weiterer Kainare war hinzugekommen, flüsterte seinem Kameraden etwas ins Ohr. Der Mann wandte sich an Mirko.

„Sarmate also ? Du kannst passieren, aber verschwinde morgen aus der Stadt."

Berislow wirkte ausgestorben, die Häuser waren aufgebrochen, Unrat lag auf den Straßen herum. Schließlich gelangte er an einen Gasthof, er trat ein. Der Wirt kam ihm entgegen.

„Kann ich eine Kammer zum übernachten bekommen ?" fragte Mirko.

Der Wirt lachte bitter.

„Kammern habe ich genug, aber keine Betten. Ihr werdet auf einem Bündel Stroh auf der Erde schlafen müssen. Die Kainaren haben geplündert, mitgenommen, was ihnen gefiel und den Rest zerschlagen."

„Noch immer besser als unter freiem Himmel zu schlafen. Kann ich auch etwas zu Essen bekommen."

„Gerstenbrei; mehr haben wir nicht mehr."

„Das genügt."

Bald darauf erschienen zwei Kainaren. Sie verlangten Branntwein. Der Wirt erklärte ihnen, er könne ihnen nichts geben, da er keinen mehr habe. Darüber erzürnten sich die beiden und begannen Möbel zu zerschlagen. Mirko griff zu seinem Schwert.

„Herr ! Unterlaßt das um Gottes Willen ! Wenn Ihr den beiden auch nur ein Haar krümmt, dann wird bald eine ganze Horde erscheinen, uns töten und das Haus anzünden."

Der Spuk dauerte nicht sehr lange. Nachdem die Kainaren sich ausgetobt hatten, verließen sie die Gaststube.

„Schlimme Zeiten, Herr. Es herrscht nur noch Willkür. Die Kainaren rauben uns alles und zerstören wo sie können."

„Wehrt ihr euch denn nicht ?" fragte Mirko.

„Wer soll sich denn noch wehren ? Die Soldaten des Markgrafen wurden verjagt und die jungen, kräftigen Männer sind in die Wälder gegangen. Sie unternehmen auch einzelne Überfälle und wir müssen es dann büßen."

Mirko schüttelte den Kopf.

„Überfälle kleiner Scharen bringen keinen Nutzen. Sie müssen sich zusammenschließen, ein großes Heer bilden und die Kainaren verjagen."

„Ihr versteht das nicht, Herr. Es sind doch einfache Männer, Bauern, Handwerker. Sie haben zwar gelernt mit Waffen umzugehen, aber wer soll sie führen ? Und ihre Hauptleute rivalisieren untereinander. Einen solchen Haufen würden die Kainaren im Nu zerschlagen."

„Sind denn keine Ritter unter ihnen ?"

„Das weiß ich doch nicht, Herr."

Drei Männer traten ein. Der Wirt begrüßte sie freundlich. Sie nahmen Platz, beachteten Mirko nicht. Der Wirt brachte ihnen Essen und auch Wein, was Mirko leicht verwunderte.

„He, Wirt, bring mir auch einen Becher Wein", rief er ihm zu.

Der Wirt zögerte.

„Du hast doch Wein. Ich zahle auch. Warum gibst du mir nichts ?"

Die Männer wurden auf Mirko aufmerksam, drehten sich zu ihm hin. Einer von ihnen musterte ihn ausgiebig; auch Mirko schaute den Mann intensiv an. Er winkte ihn zu sich her. Der Mann gehorchte.

„Ihr seid Victor von Niroloff. Kennt Ihr mich auch ? Schaut mich genau an", rief ihm Mirko halblaut zu.

Der Mann erstarrte.

„Fürstprinz Mirko ? Seid Ihr es wirklich ?"

„Ich bin es. Ich bin aus dem Heiligen Land zurückgekehrt. Und was sucht Ihr hier in der Stadt ?"

„Das, das darf ich Euch nicht verraten, Herr. Unser Hauptmann wäre sehr ungehalten."

„Und wer ist euer Hauptmann ?"

„Ein Schmied aus Pocharowa. Er heißt Michail."

„Gut, führt Euren Auftrag durch und bringt mich dann zu eurem Hauptmann."

Sie verließen kurz darauf den Gasthof.

„Ein Junker, der sich von einem Schmied herumkommandieren läßt. Welche Zustände", dachte Mirko.

Kurz vor Morgengrauen erschien Victor, bat ihn mitzukommen.

„Seid gegrüßt, Hauptmann", Mirko trat dem kräftigen Mann freundlich entgegen als sie das Lager betraten.

Doch der blickte grimmig auf den Ankömmling.

„Wer ist der Kerl ? Und was fällt Euch ein ihn hierher zu bringen", fuhr

Michail Victor von Niroloff an.

„Mäßige dich", entgegnete jener, „dieser Mann ist niemand anderer als der Fürstprinz Mirko."

Der Hauptmann runzelte die Stirn.

„Fürstprinz Mirko ? Wo warst du als der Feind die Residenz eroberte, den Fürsten tötete, Raukurien fremden Herren übergeben wurde ? Wo warst du als Kainaren und Melckenburger plündernd und brandschatzend in unser Land einfielen, mordeten und vergewaltigten ?"

„Willst du mir zum Vorwurf machen", entgegnete Mirko mit fester Stimme, „daß ich an dem Kreuzzug teilnahm, zu dem König Wenzel und die Bischöfe aufriefen ? Willst du mir zum Vorwurf machen, daß König Wenzel aus Übermut den Krieg mit den Cheruskern vom Zaume brach ? Doch als ich von dem Unheil vernahm, das unser Land heimsucht, bin ich gleich hierher geeilt um für seine Freiheit zu kämpfen."

„Du allein ?" spottete Michail.

Mirko schüttelte den Kopf.

„Nein, nicht allein; mächtige Freunde eilen uns zu Hilfe. Und bin ich hier nicht unter Männern ? Wer ein Raukurier ist, der folge mir."

„Ich bestimme hier", bekräftigte Michail.

„Ich danke dir für deinen Mut, deine Tatkraft", entgegnete ihm Mirko, „ich danke dir, daß du Männer um dich versammelt hast, die dem Feind widerstehen. Ebenso wie ich alle wertschätze, welche den Kampf für die Freiheit aufgenommen haben. Doch nun ist es an der Zeit, die kleinen Scharmützel zu beenden. Alle müssen sich zusammenschließen und in einem gewaltigen Heer unter einem Führer dem Feind entgegentreten. Sende also Boten zu allen anderen aus, mit der Einladung an ihre Führer hier zu einer Beratung zusammenzukommen. Meinetwegen können sie auch Vertreter schicken, falls sie eine Falle fürchten. Aber die müssen mit allen Vollmachten ausgestattet sein."

„Spar die deine großen Reden", warf ihm Michail zu, „noch bestimme ich hier."

Er gab seinen Leuten ein Zeichen und sie begannen Mirko zu umringen.

„Du schickst deine Männer vor ?" rief ihm Mirko spöttisch zu, „bist du feige ? Wenn du Mut hast, dann trete mir mit der Waffe entgegen."

Michail lachte.

165

„Mit der Waffe ? Nein ! Die einzige Waffe soll die Faust sein ! Ich werde dich zerdrücken."

Sie stellten sich gegenüber. Der bärenstarke Schmied drang ungestüm auf Mirko ein, doch der wich den Schlägen geschickt aus. Mirko hatte sich im Morgenland im Ringkampf geübt, zeigte nun, was er gelernt hatte, wandte seine Kunstgriffe an. Rasch warf er den Schmied zu Boden, kniete auf seiner Brust, drückte ihm die Kehle zu.

„Ergib dich !" forderte er ihn auf.

Doch Michail reagierte zunächst nicht darauf. Erst als ihm die Luft knapp wurde sagte er leise.

„Du hast gewonnen."

Mirko ließ von ihm ab, erhob sich, Michail erhob sich auch. Mirko reichte ihm die Hand.

„Schlag ein, es soll keine Feindschaft zwischen uns herrschen."

Der Schmied überlegte kurz, dann reichte er ihm die Hand.

„Deine Männer werden weiterhin unter deinem Kommando stehen. Sende aber jetzt Boten aus."

„Freunde und Landsleute", begann Mirko drei Tage später als sich die Führer der zahlreichen Widerstandsbanden versammelt hatten, „es ist an der Zeit, die Feinde aus dem Land zu jagen und das Fürstentum wieder aufzurichten. Hierzu müssen wir aber alle unter einem Führer unsere Kräfte vereinigen. Und ich, Fürstprinz Mirko, bin bereit diese schwere Verantwortung zu übernehmen. Wir sind nicht allein. Das wird euch vielleicht unbegreiflich sein, aber es ist wahr. Der Sohn des Markgrafen von Litunien ist mein Freund, seine Schwester meine Braut. Durch unsere Hochzeit wird das Fürstentum neu errichtet, aber nur dann, wenn es von den Melckenburgern und Kainaren gesäubert ist. Der Reichsgraf von Rheinmark und der Herzog von Gepidien haben uns Hilfe zugesagt. Gemeinsam werden wir die Feinde vernichten. Aber wir müssen zusammenstehen. Und ich, der Fürstprinz, werde euch führen. Vertraut mir, ich betrüge euch nicht. Das schwöre ich bei Gott. Aber wenn ihr mir mißtraut, dann kann ich nichts für euch tun. Denn es ist eine vergebliche Mühe ein untreues Volk zu führen. Ich fordere euch daher alle auf, euch meinem Befehl zu unterstellen. Verweigert ihr aber den Gehorsam, dann seid ihr nicht mehr mein Volk und ich werde nichts mehr für euch tun."

„Woher wollen wir wissen, daß du uns nicht betrügst ?" rief nun einer aus der Menge.

„Das kann ich euch nicht beweisen. Ihr müßt mir vertrauen, genau so wie ich euch vertrauen muß, daß ihr mir nicht davonlauft, wenn es zur entscheidenden Schlacht kommt. Aber welche Wahl habt ihr denn ? Freiheit oder Sklaverei ! Glaubt ihr mir nicht, dann bleibt euch nur Sklaverei. Glaubt ihr mir, dann besteht Aussicht auf Freiheit. Ihr habt die Wahl."

Er pausierte kurz.

„Ich stehe alleine vor euch. Und einen Betrüger könnt ihr jederzeit töten."

Ein Raunen ging durch die Menge. Dann ertönte, zunächst schwach, dann immer stärker, der Ruf:

„Fürstprinz Mirko, führe uns !"

„Habt Dank für euer Vertrauen !" rief er ihnen zu, „ich werde euch zum Sieg führen. Kehrt zurück und sagt euren Männern, sie sollen sich bereit halten zur großen Schlacht. Verzichtet unterdessen auf Überfälle und Scharmützel. Die schaden nur."

Am Abend rief Mirko Victor von Niroloff zu sich.

„Ihr seid ein Edelmann", begann der Fürstprinz, „habt Euch einem Schmied unterstellt. Wie kommt das ?"

„Ich kämpfte im Süden gegen die eingedrungenen Melckenburger, geriet nach der Schlacht in Gefangenschaft, konnte aber nach einigen Tagen entfliehen. Ich wandte mich nach Norden, stieß hier im Wald auf Michails Männer, schloß mich ihnen an. Als Fremder konnte ich den Hauptmann nicht verdrängen. Ich wollte es auch nicht. Was hätte es denn gebracht ? Die Männer hätten sich einem Junker aus dem Süden nicht unterstellt. Sie wären davongelaufen, dessen bin ich mir sicher."

„Nun, dann war es wohl eine weise Entscheidung. Aber jetzt seid Ihr mir unterstellt."

„Und in welcher Funktion ?"

„Wie soll ich es nennen ? Vertrauter ? Geheimbote ? Ich habe einen wichtigen Auftrag für Euch. Der Herzog der Gepiden wird uns wohl Hilfe bringen. Aber Sicheres darüber weiß ich nicht. Und bevor ich etwas unternehme muß ich seine Pläne kennen. Ich muß wissen, wo er steht und wie stark seine Truppen sind. Wir müssen zuerst die Melckenburger schlagen und dann gegen die Kainaren ziehen. Versteht Ihr ?"

„Warum ? Wir befinden uns doch hier im Gebiet, das von den Kainaren verheert und ausgeplündert wird. Die Männer haben sich zum Kampf gegen die Kainaren zusammengefunden. Sie werden nicht einsehen, warum wir gegen die Melckenburger ziehen sollen."

Mirko lachte.

„Die Hauptleute mögen zwar gute Krieger sein, aber sie verstehen nichts vom Krieg. Schlagen wir die Kainaren, so werden sie in ihrem Land ein neues Heer aufstellen und in Raukurien einfallen. Dann stehen wir zwischen zwei feindlichen Heeren, den Melckenburgern im Süden und den Kainaren im Norden. Ich weiß nicht, ob die Gepiden stark genug sind, die Melckenburger alleine zu schlagen. Versteht Ihr das ?"

Victor nickte.

„Gut, dann suche Herzog Armin auf."

„Und wie kann ich ihn finden ?"

„Er wird mit seinen Truppen Awaristan meiden. Dann bleibt nur die cholkinische Heerstraße um nach Raukurien zu gelangen. Dort werdet Ihr ihn sicher finden. Und macht ihm den Vorschlag, daß sich unsere Truppen bei Krankanra treffen und dann gemeinsam gegen die Melckenburger kämpfen sollen."

Victor von Niroloff kehrte nach vier Tagen zurück, vermeldete, daß Herzog Armin zunächst mißtrauisch war, ihn für einen Mann des Markgrafen Dietmar hielt, der ihn in eine Falle locken wollte, schließlich aber dem Plan des Fürstprinzen zustimmte.

„Völlig ausräumen konnte ich sein Mißtrauen aber nicht", schloß Victor, „er wird daher sehr vorsichtig sein und nur langsam vorrücken."

Mirko schickte daraufhin Boten aus, gab den Befehl zum Aufbruch nach Krankanra. Einige Hauptleute murrten zwar, sie wären lieber gegen die Kainaren gezogen, doch sie fügten sich.

Im Schutze der Wälder, unbemerkt von Kainaren und Melckenburgern marschierten die Männer nach Süden.

Graf Otto von Birsmaklan, dem Oberbefehlshaber der melckenburgischen Truppen blieb das Anrücken der Gepiden nicht verborgen. Er zog seine Soldaten zusammen, marschierte dem Feind entgegen. Die Heere stießen auf dem Sleipniersfeld nahe der Stadt Krankanra aufeinander. Otto von Birsmaklan beschloß, am nächsten Morgen die Schlacht zu eröffnen. Ihm blieb allerdings verborgen, daß in der Nacht die raukurischen Horden heranrückten. Sie fielen seinen Truppen in den Rücken als diese die Gepiden angriffen. Die Melckenburger erlitten eine katastrophale Niederlage. Wer nicht in der Schlacht fiel geriet in Gefangenschaft. Graf Otto von Birsmaklan fand den Tod. Der Großteil des melckenburgischen Heeres hatte allerdings aus fälischen und engerischen Söldnern bestanden, die dem Markgrafen gegenüber keine Treue kannten und so bereitete es Mirko keine Schwierigkeiten, die Überlebenden für sich zu gewinnen und durch Versprechungen in seine Dienste zu nehmen. Der Fürstprinz und Herzog Armin zogen nun nach Norden, wo sich ihnen bei Ausplitz an der Waranta die Kainaren entgegen stellten. Sie wurden vernichtend geschlagen.

Während nun Mirko und Armin ihren Männern einige Tage Ruhe gönnten, trafen Boten ein, welche den Sieg Lothars und Peters über Berilinger und die Melckenburger meldeten. Und so beschlossen sie nach Norden zu ziehen um sich mit den Verbündeten zu vereinen.

Der Sieg

Angesichts der heranrückenden litunischen, raukurischen, gepidischen und rheinmärkischenTruppen zogen sich die Kainaren in die Sümpfe zurück, wo sie eine gut ausgebaute Festung als letzte Verteidigungsbastion errichtet hatten. Die Verbündeten begannen mit dem Bau eines breiten Dammes, über welchen die Erstürmung der Festung erfolgen sollte. Nach wochenlanger Arbeit, begleitet von zahlreichen Attacken mit Steinschleudern und nächtlichen Ausfällen seitens der Verteidiger konnten er fertig gestellt werden.

„Diesmal wird es keine Schonung geben. Es wird ein Kampf auf Leben und Tod. Der Krieg kann nur mit dem totalen Sieg der einen und der totalen Niederlage der anderen Seite enden", begann Mirko als sie eines Abends am Feuer zusammensaßen.
Peter wiegte den Kopf.
„Wenn der Feind besiegt ist und zu Boden liegt, dann sollte der Sieger Größe zeigen und dem Gegner, der tapfer gekämpft hat, Ehre erweisen."
„Nein", wandte Armin ein, lächelte dabei, „das sind Ritterregeln aus dem Westen, die auf Turnieren gelten, aber nicht im Kampf. Hat nicht auch Achilles den Leichnam Hektors um die Mauern Trojas geschleift ? Hat Achilles seinem Gegner, der tapfer kämpfte, Ehre erwiesen ?"
„Ihr im Westen versteht das nicht", pflichtete ihm Lothar bei, „euer Land und euer Volk sind geprägt von tausend Jahren römischer Zivilisation. Und wenn auch nicht alle der heute dort lebenden Völkerscharen sie genossen haben, so hat sie dennoch den Boden gedüngt und jeder der erntet nimmt mit dem Brot, das er ißt, ein Stück in sich auf. Hier jedoch leben wir noch in einer Wildnis; die Völker haben niemals die Früchte einer Zivilisation genossen; wir müssen daher eine neue Zivilisation aufbauen. Damit der Boden Frucht tragen kann müssen wir die Steine herauslesen und das Unkraut ausreißen. Wir können und dürfen daher keine Milde walten lassen gegenüber denjenigen, die jede menschliche Kultur und Zivilisation ablehnen."

Eines Abends erschien ein Mann, der sich als Herold Gaidars ausgab. Er verlangte die Heerführer zu sprechen. Lothar, Mirko, Peter und Armin eilten herbei.

„Meine Botschaft ist kurz", erklärte der Mann, „Herzog Gaidar verlangt den bedingungslosen Abzug aller fremder Truppen aus seinem Reich. Ihr habt mit dem Aufbruch bis zum Sonnenaufgang übermorgen Zeit. Geht ihr auf die Forderungen Fürst Gaidars nicht ein oder versucht ihr die Festung zu stürmen, so wird Anna von Heimdall getötet. Mehr habe ich euch nicht zu sagen."

Er wandte sich um, ging.

„Und was geschieht mit Fräulein Anna wenn wir abziehen?" rief ihm Lothar nach.

„Über ihr Schicksal wird Herzog Gaidar entscheiden."

Mirko zog ein bedenkliches Gesicht.

„Die Drohung ist ernst und er wird sie niemals freigeben. Wenn sie nicht bereit ist ihn zu heiraten, wird er sie als Gefangene behalten."

„Das ist zu vermuten", pflichtete ihm Peter bei, „sie wird ihm als Geisel dienen, als Schutz vor einem Feldzug gegen ihn."

„Wir haben keine Wahl, wir müssen sie befreien", meinte Lothar, „sie ist meine Schwester, ich werde es wagen."

„Du allein?" wandte Mirko ein, „das schaffst du nicht. Ich komme mit."

„Ich schließe mich an", sagte Peter, „zu dritt können wir es schaffen. Aber, weißt du überhaupt, wo Anna gefangen gehalten wird?"

Lothar lächelte.

„Ja, vor einigen Tagen griffen meine Männer drei Spione auf. Unter der Folter haben sie es verraten."

„Wie kannst du sicher sein, daß sie nicht gelogen haben?" wollte Peter wissen.

„Sie wurden natürlich getrennt befragt, konnten sich nicht absprechen. Allerdings", Lothar zog ein bedenkliches Gesicht, „könnte Gaidar sie auch ausgesandt haben um uns falsche Angaben zu machen, um uns eine Falle zu stellen. Aber das müssen wir riskieren, wir haben sonst keine Wahl. Ich hatte gehofft, Gaidar würde Anna freigeben, wenn wir ihm einen ehrenvollen Frieden anbieten, aber diese Hoffnung hat sich zerschlagen. Ich habe bereits einen Plan entworfen. Kommt mit in mein

Zelt; ich werde ihn euch erklären."

Nachdem sie sich im Zelt niedergelassen hatten, begann Lothar.

„Es wird nicht sehr schwierig sein in die Festung einzudringen. Sie ist von Palisaden umgeben, die mit Hilfe von Haken leicht erstiegen werden können. Wehrgänge gibt es nicht, lediglich die vier Wachtürme an den Ecken, von denen aber nicht die gesamte Palisadenwand überblickt werden kann. Man kann sie also nachts an einigen Stellen ungesehen übersteigen."

„Ist das nicht unvorsichtig von ihnen?" fragte Peter.

„Sie vertrauen auf den Schutz des Sumpfes, den sie für unüberwindlich halten. Meine Männer haben aber in den Nächten heimlich einen schmalen Knüppeldamm gebaut, der nicht entdeckt wurde. Nach dem Geständnis der Spione wird Anna in einem kleinen Bau gefangen gehalten. Er hat vier Kammern, drei von ihnen sind mit Mägden belegt. Am Eingang stehen ein oder zwei Wachen."

Er übergab Peter und Mirko einige Haken.

„Schlagt sie in die Palisaden, ihr könnt an ihnen unbesorgt hochklettern. Sie halten, das ist erprobt."

„Wann werden wir aufbrechen?" wollte Mirko wissen.

„Der Mond geht kurz vor Mitternacht unter. Es werden uns auch fünfzehn ausgesuchte Männer folgen, darunter einige Bogenschützen. Sie werden uns zu Hilfe eilen, wenn erforderlich. Sie brechen aber erst auf, wenn wir die Palisaden erreicht haben, denn eine so große Truppe könnte auffallen. Das Heulen eines Wolfes ist das Zeichen für sie einzugreifen."

Er wandte sich dann an Armin.

„Euch übertrage ich den Oberfehl über alle Truppen. Ihr werdet im Morgengrauen die Festung stürmen, falls wir noch nicht zurückgekehrt sind."

Zur gegebenen Stunde brachen die drei auf, gelangten ungesehen ins Innere der Festung. Lothar führte sie dann zu dem Bau, in welchem Anna nach Aussage der Spione gefangen gehalten wurde. Zwei Bewaffnete hielten an der Tür Wache. Lothar und Peter schlichen an sie heran, stießen ihnen ihre Dolche in den Rücken; sie sackten zusammen, ohne einen Laut von sich zu geben.

„Jetzt wird es sich zeigen, ob die Spione die Wahrheit gesagt haben", raunte Lothar seinen Freunden zu.

„Laß mich hineingehen", flüsterte Mirko, „haltet ihr den Eingang frei."
Etwas widerwillig gab Lothar die Einwilligung. Die Sache war äußerst
gefährlich. Befanden sich Kriegsknechte in dem Bau, dann war er zwei-
felsohne verloren. Aber es war nun weder Zeit noch Ort für Dispute.
„Der hintere Raum zur Rechten", antwortete er daher nur.
Mirko schlich zur Kammer hin, öffnete die Tür.
„Anna", rief er leise.
Nichts rührte sich. Er tastete sich vorwärts, fühlte nach wenigen Schrit-
ten einen in einem Bett liegende schlafenden Körper. Er rüttelte leicht
an ihm. Die Gestalt erwachte.
„Seid Ihr Anna von Heimdall?" flüsterte Mirko.
Er hielt ihr die Hand vor den Mund.
„Nicht schreien um Gottes Willen, sonst sind wir verloren. Seid Ihr
Anna?"
„Ja", lautete Antwort, „und wer seid Ihr?"
„Das spielt jetzt keine Rolle. Ich bin gekommen um Euch zu befreien.
Folgt mir schnell. Jeder Augenblick zählt."
„Barfuß und im Nachtgewand?"
„Schnell."
Er zog sie aus dem Bett, aus der Kammer, aus dem Bau.
„Hab keine Angst, Anna, ich bin es, dein Bruder", flüsterte ihr Lothar
zu als sie ins Freie traten.
Sie liefen in Richtung Palisade. Unglücklicherweise bogen in diesem
Augenblick zwei Kainaren um eine Hausecke, entdeckten die vier trotz
der Dunkelheit, erkannten die Lage, stürzten sich auf sie.
„Bring Anna in Sicherheit", rief Lothar Mirko zu, „Peter und ich weh-
ren die Kerle ab."
Die beiden stürzten auf die Feinde zu, streckten sie nieder, während
Mirko mit Anna zur Palisade rannte. Das geschah nicht ohne Lärm zu
verursachen und schon nahten weitere Kainaren; einige von ihnen trugen Fackeln, die genügten den Platz notdürftig zu erleuchten. Lothar
stieß nun ein Wolfsheulen aus. Er und Peter zogen sich kämpfend zurück.
Unterdessen hatten Mirko und Anna die Palisade erreicht, begannen
hochzuklettern, die litunischen Krieger erschienen, halfen ihnen. Einige

sprangen in den Hof, eilten Lothar und Peter zu Hilfe, während die Bogenschützen sich auf der Palisadenwand postierten und die Kainaren in Schach hielten. Glücklich gelangten alle nach draußen, erreichten bald das Lager. Lothar und Anna fielen sich in die Arme. Doch es blieb keine Zeit für lange Begrüßungen.

„Wir müssen uns nun zur Ruhe begeben", ordnete Lothar an, „morgen früh stürmen wir die Festung."

Der Angriff begann im Morgengrauen. Eine Schar ausgewählter Ritter preschte über den Damm, überwand die Palisade, streckte die Wache nieder und öffnete den heranrückenden Truppen das Tor, während mehr als zwei Dutzend Katapulte Felsbrocken ins Innere der Festung schleuderten. Die überraschten Kainaren sammelten sich, leisteten erbitterten Widerstand, konnten jedoch nicht verhindern, daß die Angreifer immer tiefer in die Festung eindrangen. Mirko entdeckte Gaidar, lief auf ihn zu, stellte ihn zum Gefecht, streckte ihn nach kurzem Kampf nieder. Nach dem Tod ihres Herzogs verloren die Kainaren rasch den Mut, legten nach und nach die Waffen nieder. Die Sieger setzten die überwiegend aus Holz bestehenden Gebäude und den Palisadenzaun in Brand, nachdem sie alles, was ihnen brauchbar erschien, zusammengetragen hatten, zogen sich dann in ihr Lager zurück.

„Der Sieg ist vollkommen", verkündete Lothar den Rittern und Kriegsknechten, „wir werden den Truppen zwei Tage Ruhe gönnen und dann nach Breslana abmarschieren, wo wir unseren großartigen Sieg gebührend feiern werden. Ihr seid alle eingeladen, meine Herren."

Er begab sich dann mit Peter, Mirko und Armin zu seinem Zelt, wo Anna sie erwartete.

„Heute Nacht war weder Ort noch Zeit, auch jetzt sind wir müde, aber ich möchte dir doch die Herren vorstellen, welche uns den Sieg gebracht und dich aus den Klauen Gaidars gerettet haben. Armin von Wernfels und Peter von Rheinmark kennst du ja bereits. Und dieser Herr hier ist Mirko, Fürstprinz von Raukurien", er grinste, „dein Bräutigam. Er war es, der dich letzte Nacht aus deinem Gefängnis holte."

Anna verneigte sich:

„Habt Dank, Fürst Mirko."

Der lächelte.

„Euer Bruder hat übertrieben. Ich habe Euch nicht alleine befreit, wir waren zu dritt. Und fünfzehn Eurer Kriegsknechte standen bereit und sicherten unseren Rückzug."

„Nun gut, Schwester", mischte sich Lothar ein, „wir sind nicht gekommen um dich in lange Gespräche zu verwickeln, sondern lediglich um dir unsere Aufwartung zu machen und um dir Fürstprinz Mirko vorzustellen. Ich denke, ihr beide habt vieles miteinander zu besprechen. Wir anderen werden uns daher verabschieden."

Peter, Armin und Lothar verließen das Zelt.

„Ich denke, es wird ein längeres Gespräch werden, Fräulein Anna", begann Mirko, „schließlich geht es um unsere Zukunft und die Zukunft unserer Länder. Wir sollten daher erst unsere Gedanken ordnen und dann reden."

„Ihr habt Recht; aber wir sollten es bald tun", erwiderte Anna, „ich hatte genügend Zeit zum Nachdenken, aber wie sieht es bei Euch aus ? Ihr wart doch mit Krieg und Kampf beschäftigt."

„Das eine ist ohne das andere nicht denkbar. Doch glaube ich, sofort miteinander reden ist nicht gut. Wir beide haben anstrengende Stunden hinter uns, sollten uns erst einmal Ruhe gönnen. Wäre Euch übermorgen um die Mittagszeit recht ?"

Anna stimmte zu.

„Wie Ihr sicherlich wißt", begann Anna, nachdem Mirko zu vereinbarten Zeit ihr Zelt betreten und Platz genommen hatte, „wurde unsere Vermählung von unseren Vätern vereinbart."

Sie lachte.

„Ich befand mich damals sozusagen als Gefangene auf der Burg Eures Vaters. Die Zusage zu einer Vermählung war der Preis meiner Freiheit und auch der Preis für die Vermeidung eines Krieges zwischen Litunien und Raukurien, der sich mit Bestimmtheit zu einen Krieg zwischen dem Cheruskischen und dem Awarischen Reich ausgeweitet hätte. Ich war mit dieser Abmachung aber auch deshalb einverstanden, da Ihr mir als wohlgestalteter, tapferer, gebildeter Mann mit guten Sitten und Manieren, als ein Mann, der weiß, wie man sich einer Edelfrau gegenüber zu verhalten hat, geschildert wurde. Ja, ich begann Liebe für Euch zu empfinden, obwohl ich Euch nie gesehen hatte. Inzwischen haben sich die

175

äußeren Verhältnisse geändert, zum Krieg kam es, allerdings aus anderen Gründen; euer Vater ist tot; Raukurien ist cheruskische Provinz, welche von meinem Vater, dem Markgrafen von Litunien, verwaltet wird. Nicht geändert haben sich meine Ansichten und meine Gefühle. Ich bin durchaus bereit Euch zu ehelichen, falls Ihr das möchtet und falls Eure Absichten ehrenhaft sind."

„Ehrenhaft? Was meint Ihr damit?"

„Nun ja, Raukurien ist cheruskische Provinz wie ich Euch sagte. Euer Vater, der Fürst war Untertan des Königs von Awaristan und daran war der Fürstentitel geknüpft. Und Ihr wart der Fürstprinz des awarischen Fürstentums Raukurien. Ihr seid nicht der Fürstprinz der cheruskischen Provinz, Ihr habt keinerlei Rechtsansprüche auf die Herrschaft. Es steht allerdings dem König frei Euch in den Reichsfürstenstand zu erheben und Euch Raukurien zu übertragen. Und eine Ehe mit mir wird den König sicher günstig stimmen. Aber merkt Euch, ich möchte einen Gatten, der mich liebt und ehrt und nicht einen Mann, der mich als Mittel zur Gewinnung von Macht und Herrschaft sieht."

Mirko senkte den Kopf.

„Eure Offenheit ehrt Euch. Ihr seid die Herrin, ich bin der Diener. Das ist mir bewußt. Aber wie soll ich Euch beweisen, daß meine Absichten ehrenhaft sind?"

Er schwieg kurz.

„Ihr wißt sicher, daß mein Herz Carina galt, als ich damals zum Kreuzzug aufbrach. Sie ist die Tochter des Herzogs von Rutherien, lebte als Geisel auf der Burg meines Vaters. Sie hat mir auf Rheinmark erklärt, es war bitter für mich es anzuhören, daß sie nicht mehr als meine Gemahlin in Frage kommen kann, da ich mittlerweile Euch versprochen wurde und sie keinen Verrat an Euch begehen werde. Sie hat Euch in so leuchtenden Farben beschrieben, daß in mir die Liebe zu Euch entflammt ist, während Carina ihr Herz Eurem Bruder zuwandte. Glaubt mir, Lothar ist mein Freund, fast ein Bruder. Ich würde ihn niemals betrügen, indem ich seine Schwester mißbrauche um die Herrschaft über Raukurien zu gewinnen. Eher kehre ich ins Heilige Land zurück und werde wieder Stadtkommandant von Jerusalem. Das ist alles, was ich zu sagen habe. Beweise, daß ich Euch liebe kann ich nicht erbringen."

Anna lächelte.

„Dabei habt Ihr doch einen Beweis erbracht, es aber gar nicht erwähnt. Das ehrt Euch. Andere hätten sich mit der Tat gebrüstet: Ihr seid unter Einsatz Eures Lebens in die Kainarenfestung eingedrungen um mich zu befreien."

Mirko schüttelte den Kopf.

„Das seht Ihr als Beweis ? Ich war nicht allein, Euer Bruder und Peter von Rheinmark waren auch mit dabei."

„Mein Bruder, der setzt sein Leben für mich ein. Und Peter von Rheinmark ? Lothar rettete ihm im letzten Krieg gegen die Kainaren das Leben. Er fühlte sich zum Dank verpflichtet. Daher hat er auch Kainar zum Zweikampf um Veronica aufgefordert."

„Wegen Euch ?"

„Er sah meinen bittenden Blick. Aber Ihr, warum habt Ihr Euer Leben für mich eingesetzt ?"

„Euer Bruder ist mein Freund."

„Ein so guter Freund, daß Ihr Euer Leben für seine Schwester wagt ?"

Sie schwieg kurz, fuhr dann fort.

„Nein, Ihr hättet Euch zurückhalten können ..."

Es lag ihr auf der Zunge zu sagen:

„Wenn Ihr unehrenhaft wärt, hättet Ihr gehofft, meine Befreiung würde mißlingen und Lothar und Peter getötet werden; dann hättet Ihr zusammen mit Herzog Armin die Festung gestürmt und wäret Sieger gewesen. Mein Bruder tot, Peter tot, mein Vater alt und schwach, der Reichsgraf von Berilin und die Kainaren vernichtet, der Markgraf von Melckenburg geschlagen und Herzog Armin Euer Freund. Ihr wärt der mächtigste Mann im Osten gewesen und dem König wäre gar nichts anderes übrig geblieben als Euch Raukurien zu übertragen."

Aber sie verschwieg es, meinte nur:

„Nein, Ihr tatet es, weil Ihr mich liebt."

Mirko sah ein, daß es keinen Zweck hatte, dieser Frau zu widersprechen.

„Ja, ich liebe Euch von ganzem Herzen."

Anna strahlte.

„Dann werden wir also die Ehe miteinander eingehen ?"

„Ja."

Sie umarmten und küßten sich.

Der glanzvolle Sieg hatte Mirko und Lothar milde gestimmt. Die überlebenden Kainaren erhielten freien Abzug. Ein jammervoller Haufen, ohne Waffen und Pferde, verließ den Sumpf.

Die Sieger gönnten ihren Truppen zwei Tage Ruhe, dann zogen sie nach Breslana, wo der alte Markgraf sie freudig empfing. Er richtete eine Siegesfeier aus, welche durch ein großes Festmahl gekrönt wurde.

Am Tag danach versammelte Albrecht von Heimdall die vier Heerführer und auch Anna. Er wandte sich zunächst an Peter von Rheinmark und Armin von Wernfels.

„Vor allen Dingen danke ich Euch für Eure Hilfe. Ich habe mich entschlossen Euch so gut wie möglich zu belohnen. Ihr erhaltet die gesamte Kriegsbeute, welche wir im Verlauf der Kämpfe erworben haben, sowie die Hälfte der Sühnezahlungen, welche der Markgraf von Melckenburg leisten mußten."

„Das ist sehr großzügig", erwiderte Armin.

„Ich habe meine Hilfe aus Freundschaft und Dank dafür, daß mir Lothar einst das Leben rettete, geleistet", ergänzte Peter, „ich möchte keinen Gewinn daraus ziehen. Gebt also dem Herzog einen Anteil von zwei Dritteln, ich werde mich mit einen Drittel begnügen. Das reicht um meine Unkosten des Feldzuges zu bestreiten "

„Habt Dank, Vetter", Armin lächelte, „dein Verzicht wäre aber nicht notwendig gewesen."

„Ein wichtiger Punkt, der baldiger Klärung bedarf, ist die künftige Herrschaft in Raukurien", fuhr Albrecht dann fort, „ich habe hier bereits eigenmächtig gehandelt. Der Fürstprinz Mirko hat nach Rückkehr aus dem Heiligen Land aufgrund seiner Verdienste bei der Befreiung des Landes zweifelsohne einen Anspruch auf die Herrschaft. Er soll sie allerdings nicht alleine erhalten, sondern mit Anna von Heimdall teilen. Die Hochzeit des Fürstprinzen mit meiner Tochter Anna war bereits mit dem verstorbenen Fürsten vereinbart, allerdings in Abwesenheit Mirkos. Er hat sich jedoch mittlerweile, wie ich vernommen habe mit der Vermählung einverstanden erklärt. Und daher habe ich einen Brief an König Heinrich gesandt mit der Bitte beide als Fürstin und Fürst von Raukurien einzusetzen. Der Vorschlag mißfällt ihm zwar zweifelsohne, aber es gibt keine Gründe anzunehmen, daß er diese Bitte abschlagen wird. Ich hoffe, Ihr seid damit einverstanden. Jedoch hätte der König Eure Einsetzung als alleiniger Fürst abgelehnt."

„Wie soll ich das verstehen?" fragte Peter von Rheinmark, „er ist doch der Sohn des verstorbenen Fürsten und damit der rechtmäßige Erbe."

Albrecht von Heimdall lächelte.

„Ich wundere mich über Eure Frage, Reichsgraf. Ihr solltet doch die Reichsgesetze kennen. Raukurien ist ein Territorium innerhalb des Cheruskischen Reiches. Und es ist das Recht des Königs Fürsten, Herzöge oder Reichsgrafen einzusetzen. Es gibt keinen Erbanspruch auf die Titel Fürst, Herzog, Reichsgraf. Üblicherweise erbt allerdings der älteste Sohn Titel und Land wenn keine schwerwiegenden Gründe dagegen sprechen. Solche muß allerdings der König vor dem Reichsrat vorbringen und dieser muß sie anerkennen. Hier liegen die Verhältnisse aber anders. Raukurien ist ein neu gewonnenes Territorium und Rechtsansprüche aus der Zeit der Zugehörigkeit zu Awaristan gibt es nicht. Fürstprinz Mirko hat daher keinen Rechtsanspruch auf eine Herrschaft als alleiniger Fürst von Raukurien."

„Aber er hat doch das Land befreit", wandte nun Armin von Wernfels ein.

„Das zählt nicht, Herzog. König Heinrich hat diesen Krieg als eine Streitigkeit zwischen Reichsterritorialherrschern angesehen, als eine Art Adelsfehde. Daher hat er mir auch keinerlei Hilfe gewährt. Übernimmt nun Fürstprinz Mirko die Herrschaft ohne Genehmigung des Königs, dann gilt er als Usurpator und Ihr, meine Herren", er blickte dabei Armin, Lothar und Peter an, „wäret durch Euren Treueeid, den Ihr dem König geschworen habt, verpflichtet, gegen Mirko Krieg zu führen."

„Ich auch?" wunderte sich Lothar, „ich habe dem König gegenüber keinen Treueeid abgelegt."

Der Markgraf lächelte.

„Noch nicht, mein Sohn. Ich habe aber noch einen zweiten Brief an König Heinrich gesandt, in dem ich ihn bitte, dir Titel und Markgrafschaft zu übertragen. Ich fühle mich alt und möchte als Herrscher abtreten. Das war es, was ich Euch mitzuteilen hatte, meine Herren. Fürstprinz Mirko möge noch einen Augenblick bleiben."

Die drei anderen verließen den Raum.

„Ihr braucht nicht mit leeren Händen nach Raukurien zurückzukehren. Ihr bin sicher, der König wird meinem Vorschlag zustimmen, Euch und Anna als Fürsten zu ernennen. Derweil ernenne ich Euch zum Landvogt von Raukurien. Ihr herrscht in meinem Namen. Ich werde Euch aber freie Hand lassen. Das ist alles, was ich gegenwärtig für Euch tun kann."

Mirko verneigte sich.

„Ich danke Euch , Markgraf."

Am nächsten Morgen brach Armin von Wernfels mit seinen Gepiden auf. Ein Tag später führte Peter seine Truppen nach Rheinmark zurück. Lothar begleitete ihn.

Veronica und Carina begrüßten die Ankömmlinge aufs herzlichste.

„Dem Himmel sei Dank, daß ihr wohlbehalten zurückgekehrt seid", sagte Carina als sie am Abend zusammen bei einem Glas Wein auf der Burgterrasse zusammensaßen, „wir haben jeden Tag für euch gebetet. Mehr konnten wir nicht tun. Um so mehr hat uns die Nachricht von eurem Sieg erfreut. Ihr müßt unbedingt erzählen."

Peter lächelte.

„Lothar mag berichten. Schließlich galt der Kampf der Freiheit seines Landes."

Doch Lothar erwies sich eher als wortkarg. Der Krieg habe sehr viel Leid, Elend und Zerstörung gebracht, führte er an und es werde viele Jahre vergehen bis alle Wunden verheilt seien. Dessen müsse man sich nicht rühmen. Er hoffe allerdings noch immer, daß nun eine Zeit des Friedens anbrechen werde. Nur dann hätten sich die Opfer gelohnt.

„Ich bin eine neugierige Frau", setzte Carina das Gespräch fort, nachdem er geendet und sie eine Weile geschwiegen hatten, „aber ich wundere mich darüber, daß du zusammen mit Peter hierher gekommen bist. Wäre dein Platz nicht in Litunien, gerade jetzt, wo dein Vater seine Herrschaft niederlegen und dich als Markgrafen einsetzen will ?"

Lothar lächelte.

„Nun, wir sind Freunde und können offen miteinander reden. Mein Platz ist nicht in Litunien solange du noch auf Burg Rheinmark lebst."

„Und was möchtest du damit sagen ?"

„Ich bin hierher gezogen, weil ich um deine Hand anhalten möchte."

Carina errötete leicht.

„Darüber sollten wir uns ohne Mithörer unterhalten."

Sie wandte sich Veronica und Peter zu.

„Verzeiht, ich wollte euch nicht beleidigen."

„Schon gut", erwiderte Veronica, „wir verstehen das."

Carina wandte sich nun wieder Lothar zu.

„Wir sollten gleich darüber reden. Kommst du mit ?"

„Freilich."

Sie erhoben sich, verließen die Terrasse.

„Sie wird einwilligen; dessen bin ich mir sicher", begann Veronica als sie nun alleine waren.

Peter lächelte.

„Anna und Mirko haben bereits beschlossen zu heiraten."

Er wiegte den Kopf.

„Bei uns heißt es: 'aller guter Dinge sind drei'. Aber es fehlt noch ein drittes Hochzeitspaar.

Veronica schmunzelte.

„Wer könnte das sein ? Hat etwa Armin von Wernfels eine Braut gefunden ? Eine kainarische Prinzessin vielleicht ? Dann wäre ja die Versöhnung perfekt."

„Du bist ein raffiniertes Biest", Peter lächelte, „du weißt genau, daß ich nicht von dem Gepidenherzog und einer Kainarin rede, sondern von zwei Menschen, die gerade auf einer Burg am Rhein bei einem Becher Wein auf einer Terrasse sitzen und miteinander plaudern."

„Und die heißen zufällig Veronica und Peter ? Aber das ist doch unmöglich."

„Warum sollte es unmöglich sein wenn wir es wollen ? Es gibt niemanden, der sich uns in den Weg stellen, es verhindern könnte. Und du hieltest doch im Winter Pfingsten für einen guten Hochzeitstermin."

„Pfingsten ist vorüber."

„Nächstes Jahr wird wieder Pfingsten sein. Aber warum sollten wir so lange warten ?"

Veronica fiel ihm um den Hals, küßte ihn.

„Nein, so lange will ich nicht warten."

Es bedurfte auch sonst keiner langen Bedenkzeit. Bereits am nächsten Tag beschlossen auch Carina und Lothar die Ehe miteinander einzuge-

hen. Der Termin für die dreifache Hochzeit wurde auf den Sonntag nach Mariä Himmelfahrt festgelegt. Die Trauung sollte im Münster von Breslana stattfinden. Lothar und Carina kehrten nach Litunien zurück. Peter und Veronica brachen Anfang August mit großem Gefolge auf.
Es wurde das glanzvollste Fest, das je im Osten gefeiert worden war. König Heinrich von Cheruskien reiste an, ebenso König Wenzel von Awaristan und Herzog Alexander von Rutherien. Lothar hatte Carina überreden können ihrem Vater zu verzeihen und ihn einzuladen. Der Herzog war anfangs erbost darüber, daß seine Tochter ohne seine Erlaubnis einen fremden Markgrafen heiratete, doch der Besuch des alten Lehensmanns Andrei von Beresina, Veronicas Großvater, stimmte ihn um. Jener berichtete ihm von dem Schicksal ihrer Töchter, ihrer Rettung aus den Klauen der Kainaren. Und er erklärte, daß zwischen dem Rhein und dem mächtigen Wolgastrom keine würdigeren Gatten für ihre Töchter zu finden seien. Das stimmte den Herzog versöhnlich.

Nach Vollzug der Vermählungszeremonie begab man sich zum großen Festsaal in der Burg. Bevor zum Festmahl aufgetragen wurde erhob sich König Heinrich von Cheruskien, bat Anna und Mirko sowie Carina und Lothar zu sich nach vorn.
„Hochwohl geborene Frauen und Herren", begann der König, „bevor wir uns dem Mahl zuwenden sollt Ihr die wichtigen königlichen Entscheidungen vernehmen, welche mit dem heutigen Tag verknüpft sind. Zum einen werden Anna von Heimdall und Fürstprinz Mirko in den Reichsfürstenstand erhoben und erhalten das Land Raukurien als Reichsfürstentum. Zum anderen haben wir beschlossen nach dem Tode Reichsgraf Wilhelms von Berilin dessen Reichsgrafschaft an Litunien anzugliedern und die bisherige Markgrafschaft zum Herzogtum zu erheben und Lothar von Heimdall zum Herzog zu ernennen."

Die vier nahmen ihre neuen Würden entgegen.
Man aß und trank, dann traten Gaukler und Sänger auf.
Und auf den Straßen feierte das Volk.
Man war guter Dinge bis spät in die Nacht.

Der Herzog von Franken

Die Frau

„Sie haben unseren Anteil an der Beute überbracht und die Pferde zurückgegeben", meldete der Hauptmann der Burgbesatzung als sein Herr erschien.

Der Herzog betrachtete die drei Kisten eine Weile. Dann ließ er sich ein Brecheisen geben, öffnete eine von ihnen. Lächelnd betrachtete er die Münzen, die mit Edelsteinen besetzten goldenen Gefäße.

„Der Bischof mag sich beim Kaiser beschweren", dachte er, „aber was habe ich mit der Plünderung von Windsberg und dem Raub des Domschatzes zu tun ? Ritter Frondsheim hat einen schlechten Ruf und es wird ihm niemals gelingen, mich in die Sache hineinzuziehen."

Der Herzog war zufrieden. Als er sich umdrehte erblickte er eine Frau, die wie erstarrt im Gras lag. Er blickte sie streng an.

„Wer ist das ?" fragte er den Hauptmann.

Der zuckte mit den Achseln.

„Ach", antwortete er, „die haben die Männer zurückgelassen. Sie hätten keine Verwendung mehr für sie, sagten sie, aber vielleicht könnten unsere Männer noch etwas mit ihr anfangen."

Er grinste vielsagend.

Der Herzog betrachtete die Frau. Sie war nicht mehr ganz jung, aber sicherlich hübsch. Im Moment ließ sich dies aber schwer festzustellen. Sie war schmutzig, blutverschmiert. Ihr Gesicht war verzerrt. Ihr Kleid war zerrissen. Die eine Brust lag blank. Sie weinte leise. Der Herzog befahl einen Becher Wein zu bringen. Den reichte er ihr.

„Hier, trinke."

Sie unterbrach ihr Wimmern, nahm den Becher, trank ihn aus.

„Was sollen wir mit ihr tun?" fragte der Hauptmann.

Der Herzog dachte kurz nach.

„Bringt sie in den Palas", ordnete er dann an. „legt sie in den westlichen oberen Gästeraum."

Dann wandte er sich zu ihr.

„Du wirst sicher schlafen wollen."

Der Palas war ein großes, steinernes Haus mit drei Stockwerken. Im unteren befand sich der Rittersaal, dahinter ein kleiner Speiseraum, in dem der Herzog die vornehmen Gäste bewirtete. Ihm gegenüber, durch einen Gang getrennt, lag die Küche. Der Gang führte zum Bad, dem ganzen Stolz des Herzogs. Er hatte bei einem Besuch in Rom die dortigen Bäder kennengelernt und sich nach seiner Rückkehr im gleichen Stil ein solches in seinem Stammsitz bauen lassen. Es schloß sich an den Palas an, konnte sowohl von unten als auch vom dritten Stockwerk aus, in dem seine Gemächer lagen, über eine Treppe erreicht werden. Der Herzog liebte das Bad, suchte es oft auf, tummelte sich lange im Wasser, zumal das Becken genügend groß war um darin zu schwimmen.

Im zweiten Stock befanden die Gästezimmer für die Besucher mittlerer Ränge, im dritten Stock seine Gemächer, sein Schlafzimmer, sein Arbeitszimmer, sowie zwei Schlafzimmer für hochrangige Gäste. Nur eines davon, das östliche, wurden gelegentlich genutzt, das andere, das westliche, das durch eine Tür mit seinem Schlafraum verbunden war, stand leer. Das heißt, keiner seiner Diener konnte sich erinnern, daß jemals jemand darin übernachtet hatte. Die Knechte wunderten sich daher über den Befehl, führten ihn aber ohne zu fragen aus. Sie trugen also die Frau in den Raum, legten sie auf das Bett.

Der Herzog sammelte einige Männer, ritt mit ihnen in die nahe Stadt Stolzenbach um dort einige Angelegenheiten zu erledigen. Gegen Abend kehrte er zurück.

Er suchte das westliche Gästezimmer auf. Der Raum befand sich noch weitgehend im Rohzustand. Die nackten Mauern waren sichtbar. Nur ein Bett befand sich darin. Mancher Knecht hatte sich gewundert, warum er dieses Zimmer als einziges im Palas nie hatte ausschmücken lassen. Nach den Gründen fragte aber keiner. Es wäre auch nicht ratsam

184

gewesen, denn der Herzog war ein strenger Herr, duldete keine unange-
nehmen Fragen.

Die Frau schlief oder schien noch zu schlafen. Der Herzog betrachtete
sie. Zweifelsohne war sie von den Männern Ritter Frondsheims mißbraucht worden. Wie oft hatte er schon nach Eroberung einer Burg oder
einen Stadt seinen Kriegsknechten die Frauen überlassen um sich mit
ihnen zu vergnügen und nie hatte es ihn gekümmert, was mit ihnen danach geschah. Nie hatte er eine von ihnen hinterher betrachtet. Nun
rührte es ihn seltsam, eine Frau zu erblicken nachdem ihr Gewalt angetan worden war. Ihr Gesicht hatte sich entspannt und er stellte fest, daß
sie schön war. Er schüttelte den Kopf.

„Was habe ich so alles in meinem Leben angestellt", dachte er.

Die Frau regte sich, erwachte.

„Wie geht es dir ?" fragte er freundlich.

Sie schwieg. Er betrachtete sie eingehend, konnte aber nur ihren Kopf
sehen, da der Körper vom Bettlaken verdeckt war. Sie hatte blondes, lo-
ckiges Haar. Sie schaute ihn ängstlich an.

„Fürchte dich nicht", sagte er leise, schwieg dann eine Weile.

„Du bist schmutzig und blutig. Komm mit. Ein Bad wird dir gut tun."

Die Frau erhob sich mechanisch. Er führte sie nach unten. Eine Dienerin erschien, geleitete sie ins Bad. Nachdem sie sich im Zuber gereinigt
hatte, stieg sie ins Becken, genoß die Wärme. Sie fühlte sich sichtlich
wohl.

Nach einiger Zeit erschien die Dienerin mit frischen Kleidern, bat die
Frau aus dem Wasser zu steigen. Nachdem diese sich angezogen hatte,
führte die Dienerin sie in einen kleinen Speiseraum. Der Herzog erwartete sie dort. Er bat sie Platz zu nehmen, gab der Dienerin einige Anweisungen, bestellte Speisen und Wein, was kurz darauf auch gebracht
wurde.

Der Herzog musterte die Fremde, beobachtete sie beim Essen. Sie
schlang die Speisen nicht hinunter, aß bedächtig. Sie schwieg.

„Sie ist keine Bauernmagd", dachte er, „eher eine vornehme Frau."

Schweigend genossen sie ihr Mahl.

Als sie geendet hatten führte er die Frau in sein Schlafgemach. Er ent-
kleidete sich, legte sich ins Bett.

„Komm", sagte er.

Doch die Frau rührte sich nicht. Sie hatte das Kreuz an der Wand entdeckt, ging zu ihm hin, kniete nieder, sprach ein Gebet. Sie sprach leise
und der Herzog konnte die meisten ihrer Worte nicht verstehen, nur die
letzten.

„Gott beschütze mich", sagte sie, schwieg dann, blieb eine Weile knien.
Der Herzog wartete.

„Komm schon", sagte er endlich.

Sie stieg zu ihm ins Bett. Er zog sie an sich, er merkte, daß sie zitterte.
Er spürte ihren Körper, die Wärme, die von ihm ausging, empfand
Wohlgefallen.

„Fürchte dich nicht", sagte er, strich ihr über das Haar.

Das Zittern ließ allmählich nach. Sie schlief ein. Der Herzog genoß eine
Weile ihre ruhigen Atemzüge. Dann schlief auch er ein. Er erwachte als
es bereits hell war. Die Frau erwachte kurz danach. Sie blickte den Herzog an, sie lächelte.

„Gott war gütig mit mir."

„Es ist Zeit für das Frühstück."

Sie nahmen es im Speisezimmer ein. Unten im Rittersaal lärmten bereits die Mannen.

„Es wird Zeit", sagte er endlich, „ich muß gehen. Ich werde einige Zeit
wegbleiben. Richte dir inzwischen dein Gemach ein. Die Dienerin wird
dir helfen."

Er verließ den Raum, suchte sein Arbeitszimmer auf, kehrte nach kurzer Zeit mit einem Beutel zurück. Den gab er ihr.

„Das wird genügen, denke ich."

Sie nahm den Beutel, lächelte ihn an, sagte leise ‚danke'.

Der Herzog begab sich zu seinen Mannen, ritt mit ihnen davon. Wenig
später gelangten sie zu dem Heer. Er hatte der Frau nichts über sein
Vorhaben erzählt, nicht gesagt, daß er zu einem Kriegszug aufbrach.
Der galt dem Grafen von Thüngersheim, mit dem er in Fehde lag. Der
Graf saß ein Tagesmarsch entfernt am Ufer des Maines, kontrollierte
den Handel auf dem Fluß, kassierte hohen Wegezoll. Dem Herzog war
dies schon lange ein Dorn im Auge. Der Graf war nicht der Einzige,
der verdienen wollte. Drei Maingaugrafen hatte er bereits besiegt, ihre
Burgen niedergebrannt, ihr Land eingezogen. Dieser war der Letzte. Er

stand im Bündnis mit dem Bischof von Würzburg, der ihm feindlich gesinnt war. Dies machte die Sache schwierig, gefährlich.

Die Frau war unschlüssig zurückgeblieben, setzte sich vor dem Palas ins Gras. Bald eilte eine Dienerin herbei.
„Könnt Ihr reiten ?"
Die Frau nickte. Die Dienerin entfernte sich, kehrte bald mit zwei Pferden zurück.
„Steigt bitte auf."
Sie ritten nach Stolzenbach. Der Weg war nicht weit. Nach knapp einer Stunde kamen sie an. Die Dienerin wies auf die Burg oberhalb der Stadt.
„Die Festung des Herzogs", erklärte sie, „er hält sich dort aber recht selten auf, nur wenn Gefahr droht, was schon seit vielen Jahren nicht der Fall war. Er liebt die Burg am See mehr. Dort wohnt er fast immer, wenn er anwesend ist. Das kommt aber nicht häufig vor."
Die Frau blickte die Dienerin an.
„Wieso ?"
Die Dienerin lächelte.
„Der Herzog ist ein kriegerischer Mann. Er liebt den Kampf. Meist ist er mit seinen Männern unterwegs. Wisset, sein Vater war der Herzog von Franken, regierte ein riesiges Land, das von Rhein bis zum Böhmischen Wald reichte. Der älteste Bruder, der nach dem Tod des Vaters Herzog wurde, war ein guter Mensch, stand aber völlig unter dem Einfluß der Bischöfe von Bamberg und Würzburg und des Erzbischofs von Mainz. In den zehn Jahren seiner Regierung schenkte er ihnen den größten Teil des Landes. Er starb kinderlos. Der zweite Bruder war schon als Jüngling in einer Schlacht bei Turin gefallen und so wurde Friedrich Herzog. Und er will Franken wieder in seiner alten Größe errichten. Deshalb führt seit fünf Jahren unentwegt Krieg gegen die Bischöfe. Das Bamberger Gebiet hat er großteils bereits zurückgewonnen; nun zieht er gegen den Bischof von Würzburg."
„Und der Kaiser nimmt dies hin ?"
Die Dienerin lachte.
„Der Kaiser, der führt doch selbst die meiste Zeit Krieg in Italien. Und

187

Friedrich hat ihm dort große Dienste geleistet – bevor er Herzog wurde. Ich bin nur eine einfache Frau aus dem Volk, aber ich denke, ohne die Hilfe des Herzogs hätte der Kaiser seine Länder in Italien längst verloren. Darum hat er seine Eroberungszüge hier bisher hingenommen und seine Gewinne auf den Reichstagen sogar bestätigt. Ja, so ist das, der Sieger bekommt alles."

Die Dienerin schwieg eine Weile. Dann fragte sie:

„Wer seid Ihr eigentlich? Wie heißt Ihr? Wo gehört Ihr hin?"

Die Frau lächelte.

„Seltsam, das hat mich bisher noch niemand gefragt. Der Herzog speiste am Abend mit mir, teilte dann mit mir das Nachtlager, aber er sprach kaum ein Wort, stellte keine Fragen."

„Dem dürft Ihr nicht zuviel Bedeutung beimessen. Er zog heute morgen gegen den Grafen von Thüngersheim ins Feld, hatte sicherlich andere Gedanken."

„Vielleicht, aber es steht mir nicht zu dies zu beurteilen. Ich heiße Katharina. Mein Vater war der Baumeister Helmbrecht. Wir stammen aus Sachsen. Meine Mutter starb früh, Geschwister habe ich nicht. Mein Vater und ich zogen durch das Land, lebten dort, wo er Aufträge bekam. Meist waren es Kirchen. Er kümmerte sich um die Pläne und die Bauleute, ich um die Schriftstücke, führte seine Bücher. Zuletzt arbeiteten wir in Aub. Mein Vater wurde getötet als die Männer des Bischofs von Würzburg die Stadt plünderten. Auf dem Weg nach Rothenburg, wo ich hoffte eine Stellung als Schreiberin zu finden, fiel ich Ritter Frondsheim und seinen Männern in die Hände. Den Rest weißt du ja."

Sie ritten in die Stadt.

„Hier leben viele geschickte Handwerker. Sie werden all Eure Wüsche erfüllen."

„Sie wissen doch nichts von mir. Kennen sie denn meine Wünsche?" entgegnete Katharina

„Ach, ich bin eine dumme Person", antwortete die Dienerin, „ich meine, sie werden Eure Kammer prächtig ausstatten. Ihr habt doch genügend Geld? Und selbst wenn Ihr nichts hättet, die Menschen hier fürchten den Zorn des Herzogs. Seid daher nicht so freigiebig, Bezahlt wenig."

Das stimmte. Allein die Tatsache, daß der Herzog sie geschickt hatte, machte die Handwerker dienstbar und bereit, all ihre Forderungen zu erfüllen.

Bereits am nächsten Morgen in der Frühe erschienen zahlreiche Meister mit ihren Gehilfen vor dem Palas, manche brachten sogar Möbel mit.

Die beiden Frauen unterließen es auch nicht verschiedene Schneidereien aufzusuchen und Kleider für Katharina zu bestellen. Auch bei ihnen stießen sie auf Ergebenheit; die Meister versicherten ihre Wünsche unverzüglich zu erfüllen, alle anderen Aufträge zurückzustellen.

Der Herzog

Es war in der Tat der Kampf, der dem Leben Friedrichs bisher Sinn gab, auch wenn er nicht immer den Wert der Ziele erkannt hatte für den er geführt wurde, vor vielen Jahren, als er noch für andere kämpfte. Als dritter Sohn besaß er kaum Aussichten je die Herzogswürde zu erringen. Er übte sich daher von frühester Jugend in den Waffen, obwohl der Vater ihn für ein geistliches Amt vorgesehen und ihn in ein Kloster zur Erlangung der Gelehrsamkeit, wie der alte Herzog es nannte, gegeben hatte. Der junge Friedrich besaß einen wachen Verstand, durchschaute bald die Intrigen, die gesponnen wurden um die Macht im Reich zu verteilen und schloß daraus, daß es notwendig sei, einen gewissen Grad an Gelehrsamkeit zu erlangen um in diesem Spiel mithalten zu können. Doch Gelehrsamkeit allein genügte seiner Ansicht nach nicht. Man mußte auch kriegerische Macht besitzen um seine Ansprüche durchzusetzen ohne den Gewinn hinterher mit anderen teilen zu müssen. Und diese erreichte man nur wenn man selbst stark war. Seine frühe Jugend verbrachte er allerdings damit zu lernen. Im Alter von fünfzehn Jahren verließ er gegen den Willen seines Vater das Kloster, begab sich in den Dienst des Herzogs von Schwaben. Der erkannte die Fähigkeiten des jungen Mannes und ließ ihm eine ritterliche Ausbildung zukommen, obwohl dessen Vater keinerlei Zahlungen hierfür leistete.

Vier Jahre später errang der Herzog von Schwaben die Kaiserwürde. Friedrich, der kurz zuvor den Ritterschlag erhalten hatte, trat nun in die Dienste des Kaisers ein und jener betraute den jungen, tüchtigen Ritter mit immer schwierigeren Aufgaben bei seinen Kriegszügen nach Italien oder den Kämpfen gegen unbotmäßige Reichsfürsten, die Friedrich stets zur vollsten Zufriedenheit meisterte. Er hatte gute Aussichten als Lohn für seine Verdienste mit der Markgrafschaft Meißen belehnt zu werden. Doch das Schicksal gab seinem Leben eine andere Richtung. Der älteste Bruder, der die Herzogswürde geerbt hatte, starb kinderlos, der zweite Bruder war bereits in jungen Jahren in einer Schlacht bei Turin gefallen. Die Herzogin hatte allerdings einen Sohn aus erster Ehe, einen Jüngling von siebzehn Jahren, machte nun geltend, der Herzog habe ihn als Knaben an Kindes Statt angenommen, er sei daher erbberechtigt und somit stehe ihm die Herzogswürde zu. Friedrich wollte nicht hinnehmen, daß ein fremder Bastard, wie er seinen Stiefneffen Ortlieb nannte, Herrscher Frankens werden sollte, sammelte Getreue und zog gegen ihn ins Feld. Unterstützung erhielt Ortlieb von seinem Onkel, dem Landgrafen von Thüringen und einem Teil des fränkischen Adels. Denn manchen stand ein starker Herzog ihren Plänen zur Ausdehnung ihrer Macht im Weg. Die Bischöfe von Bamberg und Würzburg sowie der Erzbischof von Mainz, denen der verstorbene Herzog ein Großteil Frankens zur Rettung seines Seelenheils überlassen hatte, unterstützten Ortlieb zwar mit Worten, leisteten aber keine militärische Hilfe, ein Fehler, den sie später bitter bereuen mußten.

So trafen sich Heere am Fuße der Haßberge und Ortlieb und der Landgraf von Thüringen wurden trotz zahlenmäßiger Überlegenheit vernichtend geschlagen. Der Kaiser bestätigte bald die Herzogswürde Friedrichs. Dieser gab sich jedoch mit dem bloßen Titel und dem verbliebenen Gebiet zwischen dem nördlichen Spessart und dem Grabfeldgau nicht zufrieden, trachtete vielmehr danach, das Herzogtum Franken in der alten Größe wieder herzustellen und die an die Bischöfe verschenkten Gebiete zurückzugewinnen. Diesem Bestreben lag nicht unbedingt Machtgier zugrunde. Nicht nur das Studium der Schriften hatte ihn zur Überzeugung gebracht, daß jeder Mensch, als Gottesgeschöpf, ein Anrecht auf ein ordentliches Leben habe, wenn er bestrebt ist, sich redlich um seinen Lebensunterhalt zu bemühen. Es waren auch die Erfahrungen des Kriegsdienstes, denn oft entschieden nicht die Leistungen der Ritter oder Feldhauptleute die Schlacht, sondern die Tapferkeit und die Einsatzbereitschaft des Fußvolkes. Das Bestreben der Bischöfe, die Untertanen in Unwissen und im Aberglauben an Höllenqualen im Fegefeuer nach dem Tode zu halten, wenn sie sich nicht dem Willen der Kirche unterwarfen, um sie leichter auszupressen und sich selbst ein eitles Leben zu gönnen, war ihm zuwider. Es soll damit nicht gesagt werden, er sei der Ansicht gewesen, es solle weder Herren noch Knechte geben. Es war vielmehr so, daß er überzeugt war, daß Herren und Knechte einander bedürfen und daher einander achten müssen. Zum anderen hatte er die Gier der Geistlichkeit, die doch Keuschheit geschworen hatte, nach insbesondere jungen Frauen durchschaut. Verweigerten sich diese dem Ansinnen der Herren, so drohte ihnen Anklage wegen Hexerei. Und die

Herren waren nicht barmherzig. Scheiterhaufen brannten im ganzen Land. Friedrich schwebte ein Herzogtum der Gerechtigkeit, der Ehrlichkeit und des Vertrauens vor. Doch ihm war klar, daß diese Ziele kaum jemand verstand oder billigte. Dazu hätte es einer neuen Lehre bedurft, welche das Christentum, wie es von der Kirche praktiziert wurde, ersetzte. Er war zwar gebildet genug um eine solche Lehre zu formulieren, sie schwebte ihm ja auch bereits im Geiste vor, doch war er zu sehr in Fehden verstrickt um dies alles niederzuschreiben und unter das Volk zu bringen. Er wußte auch, eine Lehre mit der sich Menschen identifizieren, für die sie ihr Leben einsetzen konnten, hätten ihm Anhänger verschafft, ihm Kämpfer zugeführt, die tausend Tode für ihn gestorben wären. Doch unter den gegebenen Umständen war dies nicht zu erreichen. Er mußte sich mit seinen Söldnern und unzuverlässigen Freiwilligen begnügen, mußte Härte walten lassen um seine Ziele zu verwirklichen.

Es gab niemanden, dem er wirklich trauen konnte.

Fieberträume

Zwei Wochen später kehrte der Herzog mit seinen Männern zurück. Der Graf von Thüngersheim war besiegt, hatte ihm den Treueeid schwören müssen. Bei den Kämpfen wurde Friedrich allerdings am Arm verletzt, die Wunde entzündete sich und am Tage nach der Rückkehr stellte sich das Fieber ein.

„Die Wunde selbst ist nicht gefährlich", sagte der Wundarzt zu Katharina, welche sich bereit erklärt hatte, die Pflege zu übernehmen, „bedenklich ist das Fieber, es kann zum Tode führen. Ich habe allerdings eine ausgezeichnete Medizin zubereiten lassen. Ihr müßt nur dafür sorgen, daß er sie regelmäßig einnimmt. Dann wird er in wenigen Tagen wieder gesund sein."

Der Herzog erwachte. Das Fieber schüttelte ihn. Wie durch einen Nebelschleier erblickte er die Frau.

„Böses wird mit Bösem vergolten", stieß er hervor, „ich habe stets nur die Gewalt gekannt und alle, die mir zum Sieg verhalfen, mochten sie noch so grausam sein, reich belohnt. Nie hatte ich Mitleid mit den Schwachen, den Besiegten. Sie waren nichts weiter als die Beute der Sieger. Und nun sehe ich alle Jungfrauen vor mir, die ich meinen Kriegern überließ, damit sie sich an ihnen vergnügten. Sie stehen vor Gottes Thron und klagen mich an. Und ich sehe all die geraubten Schätze. Und Jesus tritt heran, spricht zu Gott: 'Dies alles wurde uns zur Ehre erschaffen, zierte die Altäre um unsere Pracht und Herrlichkeit darzustellen. Und dieser Sünder ließ unsere Altäre schänden und zerstören, ließ die Kostbarkeiten rauben und verteilte sie unter seine Söldner, welche das, was für uns geschaffen wurde, für Völlerei und Hurerei und sonstiges Teufelswerk verschwendeten.' Und der Fürst der Hölle erschien. 'Was suchst du hier?' fuhr ihn Gott an. Luzifer grinste: 'Ich habe von Teufelswerk gehört. Es gibt also Beute für mich, eine Seele, welche dem Himmel zur Schande gereicht. Gib sie mir, dann werde ich gehen.' 'Und wäre eine Seele noch so schwarz', erwiderte Gott, 'niemals überlasse ich sie dir, solange es noch ein Wesen gibt, das für sie eintritt.' 'Wer wird schon für diese Seele eintreten?' bemerkte Luzifer spöttisch, 'aber gut, ich bin zum Kampf bereit. Wähle einen aus, der für sie streitet.' Gott blickte zum Erzengel Michael hinüber. 'Herr !' sprach dieser, 'ich zweifele nicht daran, daß ich Luzifer in die Hölle zurückstoßen werde. Doch Ihr habt mich eingesetzt um den Himmel vor dem Eindringen böser Mächte zu schützen. Wie kann ich also Luzifer in die Hölle stoßen um damit einer verdorbenen Seele, welche ihm dient, die Aufnahme in den Himmel zu gewähren ? Das wäre ein schlechter Handel. Gebt ihm also die Seele.' Da trat ein schwächliches Männlein hervor. 'Man nennt mich 'die guten Taten des Herzogs'. Ich werde für ihn eintreten.' Er stellte sich dem Höllenfürsten entgegen. Dieser hieb ihn mit einem Schlag nieder. 'Es ist entschieden', verkündete Gott.' Luzifer grinste zufrieden.“

Der Herzog starrte Katharina voller Entsetzen an.

„Es ist entschieden !“ rief er aus, „ich fahre zur Hölle.“

Katharina nahm ein Tuch, wischte ihm den Schweiß vom Angesicht.

„Noch lebt Ihr, Herzog. Die Wunde selbst ist nicht gefährlich. Ihr müßt nur das Fieber überstehen. In ein paar Tagen werdet Ihr wieder gesund sein.“

„Nein !“ entfuhr es Friedrich, „der Teufel greift nach mir. Es gibt kein Entrinnen.“

Katharina strich ihm übers Haar.

„Nein, Herr, Ihr werdet nicht sterben. Ihr werdet gesunden. Und Ihr werdet leben und Zeit finden Eure Schuld durch gute Taten zu tilgen. Und wenn Ihr in gesegnetem Alter sterben werdet, dann wird sich der Höllenfürst nicht an Gottes Thron wagen um Eure Seele zu fordern. Noch ist Zeit zur Umkehr.“

„Was soll ich tun ? Was ist denn mein Kampf anderes als Kampf für das Recht, als Kampf gegen das Böse ! Nicht ich diene dem Teufel, meine Feinde tun es !“

Katharina schüttelte den Kopf.

„Nein, was Ihr als Recht anseht, das ist nichts weiter als Eure Machtgier. Und die wollt ihr befriedigen. Auch Ihr habt Euch dem Teufel verschrieben. Ihr alle dient dem Teufel ! Ihr sagt, Ihr wollt Eure Feinde vernichten um das Volk zu befreien. Aber das redet Ihr Euch nur ein. Ihr kämpft um selbst mächtig zu werden ! Welches Recht habt Ihr denn auf das Land, welches Euer Bruder verschenkte ? Er tat es aus Torheit. Niemand hat es ihm geraubt.“

Der Herzog atmete schwer. Alles schwamm vor seinen Augen.

„Was heißt nicht geraubt ? Kennst du die Tücke der Bischöfe ? Sie haben in ihm die Angst vor der Hölle und den Höllenqualen entfacht um ihn zu bewegen, ihnen das Land zu überschreiben. Auch das ist Betrug, auch das ist Raub !"

„Und Ihr wollt es nun zurückerobern und fürchtet selbst die Hölle als Lohn hierfür. Warum ?"

Der Herzog schwieg und so fuhr sie fort.

„Ihr wollt Eure Feinde vernichten um das Volk zu befreien, sagt Ihr. Aber das redet Ihr Euch nur ein ! Ihr kämpft nicht für das Volk, sondern um selbst mächtig zu werden. Wenn Ihr gesiegt habt, dann schenkt Ihr das Land des Besiegten Euren Soldaten zum Ausplündern, zum Rauben und zum Vergewaltigen. Ihr habt kein Mitleid mit den Menschen, die nicht für Eure Ziele ihr Leben einsetzen. Eines Tages werdet Ihr das Land beherrschen, aber es wird ein geplündertes und verwüstetes Land sein. Ihr redet Euch hehre Ziele ein. Dann verfolgt sie auch !"

Das Gespräch hatte den Herzog sichtlich erschöpft.

„Aber wie kann ich das Böse bekämpfen ohne selbst böse zu sein ?" fragte er mit schwacher Stimme.

„Das ist Eure Sache. Ihr seid der Herzog. Ihr habt es in der Hand die Mittel für Euren Kampf zu wählen, ob es nun die Mittel Gottes sind oder die des Teufels. Ihr werdet das Gute niemals durch Schlechtigkeit erreichen."

Der Herzog sank zurück, schlief ein.

Der Brief des Kaisers

Nach acht Tagen war die Genesung Friedrichs soweit fortgeschritten, daß er seine Amtsgeschäfte wieder aufnehmen konnte.

„Ich wollte Euch während Eurer Krankheit nicht unnötig belasten, Herr", begann der Geheimschreiber, „allerdings kursiert das Gerücht, der Bischof von Würzburg habe gegen Euch Klage beim Kaiser wegen Landfriedensbruch eingereicht. Das kann übel ausgehen."

„Was heißt 'den Landfrieden gebrochen' ?" entgegnete Friedrich ungehalten, „es ist mein Recht Fehde zu führen. Der Landfriede war nur bis zur Sonnenwende verkündet. Die Schlacht gegen den Grafen von Thüngersheim fand zwei Tage später statt. Und der neue Landfrieden wurde fünf Tage später verkündet. Das war eine Lücke von sieben Tagen, in der Händel rechtens waren. Da kann auch der Kaiser nichts machen. Bin ich etwa schuld an seinen Versäumnissen ?"

„Zürnt mir nicht, Herr, ich habe Euch lediglich mitgeteilt, was man so spricht. Ihr müßt Euch vorbereiten. Ihr solltet auf jeden Fall einen Rechtsgelehrten zu Rate ziehen. Wer weiß, welche Spitzfindigkeiten der Bischof und seine Lakaienbrut aushecken."

Drei Tage später überbrachte ein Herold einen Brief des Kaisers. Dem Herzog schwante nichts Gutes. Er öffnete ihn, ein bißchen mit zittrigen Händen. Sicherlich hatte der Bischof von Würzburg Klage gegen ihn erhoben, wie die Gerüchte das besagten. Doch der Inhalt war nicht so schwerwiegend wie er befürchtet hatte. Der Kaiser schrieb lediglich, der Bischof habe Klage gegen ihn eingereicht, da er ihn unter Bruch des Landfriedens bekriegt habe. Das sei schwerwiegend, sei mit Ächtung, sowie mit Verlust aller Güter und Titel verbunden, sollten sich die Anschuldigungen des Bischofs als wahr erweisen. Er werde daher aufgefordert auf dem nächsten Hoftag in Forchheim zu erscheinen. Dort werde der Fall behandelt. Ein Nichterscheinen werde als Schuldanerkennung gewertet und ziehe unmittelbar die oben aufgeführten Folgen nach sich.

Gegen ein Erscheinen auf dem Hoftag war nichts einzuwenden. Daß er in Forchheim stattfand, der alten Grenzfestung der Bischöfe von Bamberg, die er ihnen vor einem Jahr entrissen hatte, erschien ihm als gutes Zeichen, als die Anerkennung seiner Herrschaft. Hätte der Kaiser Forchheim gewählt, wenn er ihn zu ächten gedachte? Der Zeitpunkt war allerdings noch nicht endgültig festgelegt. Er mochte wohl erst in einigen Monaten abgehalten werden. Mittlerweile konnte der Bischof noch weitere Schritte gegen ihn unternehmen und so sah es der Herzog als notwendig an, den Brief nicht einfach auf sich beruhen zu lassen, sondern dem Kaiser zu antworten.

Er teilte darin mit, er habe keinen Feldzug gegen den Bischof unternommen, sondern gegen den Grafen von Thüngersheim. Auch wenn der Graf ein Gefolgsmann des Bischofs sei, die Fehde richtete sich gegen den Grafen, nicht gegen den Bischof, denn eine Fehde gegen einen Lehensmann sei keine Fehde gegen den Lehensherrn. Das sei in den Reichsgesetzen eindeutig festgelegt. Der Zug gegen den Grafen sei auch sei keineswegs ein Bruch des Landfriedens seinerseits gewesen, sondern die Folge zahlreicher vom Bischof angestifteter Übergriffe der gräflichen Mannen auf seine Dörfer und seine Untertanen, begleitet von Mord, Brandschatzung, der Schändung vieler Frauen, sowie Raub von Vieh und Getreide. Er habe sich hierbei streng an die Reichsgesetze gehalten und nur zum Schutz seiner Untertanen zu den Waffen gegriffen, lediglich von seinem Fehderecht Gebrauch gemacht. Der Kaiserliche Landfriede sei nur bis zur Sommersonnenwende verkündet gewesen. Die Schlacht habe zwei Tage danach stattgefunden. Und der neue Landfriede sei erst fünf Tage später in Kraft getreten. Zu diesem Zeitpunkt habe er sich mit seinen Truppen wieder auf dem Gebiet seines Herzogtums befunden und sie seien in der Folge auch nicht mehr in Kampfhandlungen außerhalb des Herzogtums verwickelt gewesen, lediglich zum Schutz seiner Untertanen in Gefechte mit vom Bischof ausgesandte Banden. Insgesamt sei aber zwischen den Perioden des Landfriedens ein Zeitraum von sieben Tagen gewesen, in denen Fehdehändel rechtens gewesen seien.

„Dagegen kann auch der Kaiser nichts einwenden", dachte der Herzog bei sich, „er hatte natürlich die Absicht, einen langen Landfrieden zu verkünden, aber dabei ist ihm eben ein Fehler unterlaufen. Und ich bin schließlich nicht schuld an seinen Versäumnissen."

197

Bereits zwei Wochen später erhielt er die Antwort der Kaiserlichen Kanzlei. Es hieß in dem Brief, man habe seine Darstellung zur Kenntnis genommen. Aber das ändere nichts an der Entscheidung, den Fall auf dem nächsten Hoftag zu verhandeln, für den aber noch kein Termin feststehe.

Gespräche mit Benedictus

Friedrich führte oft lange Gespräche am Kamin mit Benedictus, einem entlaufenen Mönch, der in der herzoglichen Kanzlei als Schreiber beschäftigt war. Der Herzog schätzte den klugen Mann, der stets betonte, er habe das Kloster nicht aus Zweifel an der heiligen Kirche oder am Christentum verlassen, sondern wegen der strengen Regeln des Ordens hinsichtlich der Lebensführung und des Tagesablaufs. Die harte körperliche Arbeit, das asketische Leben, die mehrfache Unterbrechung des Schlafes durch nächtliche Gebetsgebote hätten ihn nicht näher zu Gott hin geführt. Das von ihm gewünschte intensivere Studium der heiligen Schriften, zu dem ihm wenig Zeit blieb, sei ihm nicht gewährt worden. Das bedeutete für ihn aber keine Zweifel am Christentum oder an den Lehren der Kirche, sondern als Zeichen einer zu weit gehenden Auslegung der Gebote, welche dann Ordensregeln und Lebensweisen bedingten, welche zwar gottesfürchtig seien, aber nicht zu Gott hinführten. Der Herzog verstand diese Argumentation anfangs ganz und gar nicht, erkannte aber bald, daß Benedictus, der einer Tagelöhnerfamilie entstammte, es gewohnt war zu dienen und dies als Teil der göttlichen Ordnung ansah. Letztlich empfand er die Unterdrückung des einfachen Volkes durch Adel und Klerus als unerträgliche Last, war aber nicht in der Lage diese als Willkür der Herrschenden anzusehen, sondern als Ausdruck des Willens Gottes. Zumindest argumentierte er so in den Gesprächen mit Friedrich. Der Herzog glaubte dies natürlich nicht. Er hielt den Klerus, vom Pfarrer über den Bischof bis hin zum Papst für geld- und machtgierig. Und er unterstellte ihnen daher, daß sie Gottes Wort mißbrauchten um sich zu bereichern und ihre Herrschaftsansprüche zu rechtfertigen.

„Warum kämpft Ihr eigentlich gegen die heilige Kirche ?" begann Benedictus an einem Abend das Gespräch, „ist es nicht die Lehre Jesu, welche das Volk aus der Barbarei, einer Welt des Unglaubens, der Unwissenheit, der Angst herausgeführt hat ?"

„Da hast du Unrecht", entgegnete der Herzog, „ich kämpfe nicht gegen die heilige Kirche, sondern gegen die Bischöfe."

„Aber da gibt es keinen Unterschied. Der Papst ist der Stellvertreter

Christi auf Erden und die Bischöfe sind die Sachverwalter des Papstes, die ihre Kirchenprovinzen, die Bistümer, in seinem Namen verwalten. Kämpft Ihr also gegen die Bischöfe, so kämpft Ihr auch gegen den Papst und somit gegen die Heilige Kirche Christi. Und vergeßt nicht, durch die Priesterweihe empfangen die Männer der Kirche den Heiligen Geist und werden so Teil des Leibes Christi."

„So, so", entgegnete Friedrich, „ich erinnere mich an einen Satz Jesu, wo er sagt 'mein Reich ist nicht von dieser Welt'. Wie können daher seine Vertreter auf Erden und Teile seines Leibes weltliche Herrschaft ausüben ? Das heißt doch, sie geben nur vor seine Stellvertreter auf Erden zu sein. In Wirklichkeit aber mißbrauchen sie Gott und Jesus um ihre Machtgelüste zu befriedigen."

„Das sind harte Worte, Herzog. Versündigt Euch nicht ! Das Reich Gottes, in das alle Frommen und und Gottesfürchtigen nach der Reinigung ihrer Seelen im Fegefeuer aufgenommen werden, ist das ewige, unvergängliche Reich. Und das ist freilich nicht von dieser Welt. Wie könnte es auch sein ? Gott hat die Welt erschaffen und sie wird auch wieder vergehen. Wie könnte das ewige, unvergängliche Reich Gottes Teil einer vergänglichen Welt sein ? Aber was ist mit der Heiligen Kirche ? Sie besteht nun einmal in dieser Welt. Das könnt Ihr doch nicht bestreiten. Und sie wird zweifelsohne auch enden, am Jüngsten Tag, wenn Gott Gericht hält ! Denn dann hat sie ihre Aufgabe erfüllt !"

„Aber deswegen haben die Bischöfe noch lange kein Recht auf weltliche Herrschaft."

„Das sehe ich nicht so ! Wie können die Menschen das Reich Gottes finden, wenn sie verfolgt werden, wenn weltliche Mächte sie verfolgen ? Gerade deshalb hat die Kirche die Pflicht, die Gläubigen zu schützen. Und dazu braucht sie weltliche Macht."

„Das war viele Jahrhunderte nicht der Fall."

„Das ist wahr, Herzog. Aber in jenen Zeiten wurden die Christenmenschen unterdrückt, verfolgt, getötet. Wie kann man unter diesen Umständen zu Gott finden ? Es war die Zeit der Märtyrer. Aber nicht jeder Mensch ist stark genug um angesichts von Mord und Folter standhaft zu bleiben um nicht von Gott abzufallen. Nicht jeder Mensch ist ein Held. Nein, wir brauchen eine starke Kirche mit weltlicher Macht, welche die Frommen schützt."

Er schwieg einen Moment.

„Auch Ihr fordert Herrschaft, Herzog, worauf begründet ihr sie ?"

„Nun, mein Vater war Herzog und als sein Sohn bin ich der Erbe."

Benedictus lächelte.

„Ihr begründet Eurem Herrschaftsanspruch also damit, daß Euer Vater einst Herzog war. Und deswegen soll das Volk nun Euch als Herzog ertragen ? Das ist aber eine schlechte Begründung für Euren Herrschaftsanspruch. Hat Euch das Volk erwählt ? Will Euch das Volk überhaupt als Herzog ? Habt Ihr jemals darüber nachgedacht ? Welche Taten habt Ihr vollbracht um Euch dieses Anspruches als würdig zu erweisen ?"

Er schwieg kurz.

„Nein, Ihr fordert die Herrschaft, nur weil Euer Vater einst herrschte. Das ist aber eine schlechte Begründung."

„Meine Herrschaftsansprüche entsprechen den Reichsgesetzen. Ich verlange nur, was mein Recht ist. Und es ist auch gar nicht vorgesehen, daß sich das Volk seinen Herzog erwählt."

„Seht Ihr, Ihr sprecht von Reichsgesetzen. Das sind Menschengesetze. Und die wollt ihr über die Gottesgesetze stellen ?"

„Gottesgesetze ? Was sind schon Gottesgesetze ? Gibt es die überhaupt ? Sind das nicht am Ende nur Menschengesetze, die Gott zugeordnet werden ? Waren unabhängige Zeugen anwesend als Gott Moses die Gesetzestafeln überreichte ? Vielleicht hat Mose sie selbst geschrieben. Lange genug hielt er sich ja auf dem Berg Sinai auf."

„Was wollt Ihr damit sagen ?"

„Nun, was ihr als Gebote Gottes verkündet, sind das nicht in Wirklichkeit Gebote der Menschen ? Und Moral ist nichts anderen als ein Bündel von Verhaltensregeln der Kirche, die aufgestellt wurden um über das Leben der Menschen zu bestimmen. Die Menschen sollen sich dem Machtanspruch der Kirche völlig unterwerfen und sich zu willenlosen Wesen herabwürdigen lassen, damit Bischöfe und Pfaffen sie nach Belieben auspressen können. Das ist doch der Punkt: die Kirche droht bei einer Verweigerung der Unterwerfung unter ihre Moralregeln mit Höllenstrafen, denen die Menschen nur dann entgehen können, wenn sie als Sühne ihren Besitz, zumindest einen Teil, an die Kirche überführen, zu ihrem Seelenheil."

Bendictus schüttelte den Kopf.

„Ereifert Euch nicht zu sehr, Herzog. Und was ist mit der weltlichen Herrschaft ? Wie begründen Kaiser, die Herzöge, ja der gesamte Adel ihre Ansprüche ? Auf ihre hohe Geburt ? Was ist das denn 'hohe Geburt' ? Letztlich verkünden sie doch sie herrschten aufgrund des Willen Gottes ! Könnt Ihr bestreiten, daß sie damit Gott mißbrauchen ?"

Der Herzog schwieg.

„Und geben sie nicht auch den Menschen Gesetze, die sie unter Androhung drakonischer Strafen durchsetzen. Sind das nicht auch willkürliche Menschengesetze ?"

„Wir sind vorhin vom Thema abgewichen. Ich sagte, meine Herrschaftsansprüche entsprechen den Reichsgesetzen. Jedes Reich, jedes Herzogtum, jede Grafschaft, jede Stadt, jede Gemeinschaft, in welcher Menschen zusammenleben, braucht eine Ordnung, damit sie existieren kann, ansonsten endet sie bald im Chaos. Und dazu sind Gesetze notwendig, Gesetze, welche das Leben in der Gemeinschaft regeln. Das hat nichts mit Moral zu tun. Und ein weiser Herrscher schützt die Schwachen vor der Willkür der Starken, denn es ist seine Pflicht zum Wohle der Untertanen zu regieren, ihnen die Mühen ihrer Existenz, soweit es in seinen Kräften steht, zu erleichtern, ihnen Freude am Leben, das sie führen, zu schenken. Er soll ihnen weder Lasten aufdrücken um selbst ein angenehmes Leben führen zu können, noch mit Strafen im Jenseits drohen um ihren Gehorsam zu erzwingen, noch ihre Abgaben in die Höhe zu treiben damit er prassen kann während das Volk darben muß."

Benedictus lächelte.

„Das ist aber doch im Reich nicht der Fall. Die Herrschenden unterdrücken das Volk, pressen es aus und niemand schützt die Schwachen vor der Willkür der Starken. Und vielerorts heißt es, diese Ordnung entspreche dem Willen Gottes. Wohlgemerkt, es sind nicht die Bischöfe und Pfaffen, die so reden, sondern die Herzöge, die Grafen, die Lehensherren. Sie leben in Saus und Braus, tragen untereinander Fehden aus und das Volk muß die Last ihrer Kriege tragen."

„Ich weiß", entgegnete Friedrich, „vieles ist nicht so wie es sollte. Wäre es so, dann müßte ich nicht Kriege führen. Auch in meinem Herzogtum müssen Bauern und Bürger Abgaben entrichten. Aber verprasse ich sie ?"

„Ihr führt Kriege, die ungeheure Mittel verschlingen."

„Ich weiß, aber ich führe die Kriege nicht aus Machtgelüsten, sondern nur um das herstellen, was einst bestand – das Herzogtum Franken. Es soll ein Herzogtum des Friedens und der Gerechtigkeit werden. Gerne würde ich noch mehr tun. Aber meine Macht ist begrenzt. Ich werde niemals den Kaiserthron besteigen. Ja, ich will Gerechtigkeit im Herzogtum. Jeder, ob nun Lehensherr, Bürger oder Bauer soll den Sinn der Gesetze, die er befolgen muß, verstehen. Sie sollen die Menschen nur in dem Maße einschränken, wie es zur Aufrechterhaltung der staatlichen Ordnung notwendig ist. Ansonsten sollen sie frei sein. Ich habe auch bereits die Leibeigenschaft abgeschafft. Das ist nur eine andere Form der Sklaverei."

Der Herzog nahm einen Schluck Wein.

„Und was die Abgaben betrifft, ich führe nicht nur Kriege. Es sind auch Mittel notwendig um die Straßen zu unterhalten, um Spitäler, Armenhäuser oder Schulen zu unterhalten. Es gibt vielfältige Aufgaben. Und natürlich müssen die Bauern die Überschüsse ihrer Ernten abliefern und ich achte streng darauf, daß niemand etwas unterschlägt oder vernichtet. Es ist aus Vorsorge für schlechte Jahre. Du kennst die Geschichte von Joseph in Ägypten. Doch die meisten verstehen dies nicht, sehen darin nur Willkür. Es erfordert aber den Bau von Getreidespeichern und ich ließ bereits zahlreiche Baumeister versammeln um über die Anlage der Speicher zu beraten. Mein Plan ist es Vorräte für mehrere Jahre anzulegen, nicht nur für einen Winter. Daher müssen geeignete Speicher angelegt werden, damit das Getreide nicht bereits nach kurzer Zeit verdirbt."

„Ihr habt nun viel geredet, Herr. Aber Ihr müßt sehen, daß auch die Kirche, welche die Regeln Gottes lehrt, genau diese Regeln braucht um nicht zu zerfallen. Und sie muß auch die Macht besitzen, diese Regeln durchzusetzen."

„Dort, wo die Regeln übereinstimmen, werde ich als Herzog sie schützen. Dort, wo sie sich widersprechen, gelten die weltlichen Regeln."

„Die Menschen, Gottes Geschöpfe !" der Herzog lachte, als sie wieder einmal abends am Kamin zusammensaßen, „das ist doch dummes Zeug. Und die Pfaffen glauben das doch selbst nicht. Die ersten beiden Men-

schen hat Gott erschaffen, dann haben sie sich von selbst weiterver-
mehrt, die meisten wurden gezeugt im Zustande sinnloser Leidenschaft ! Schau dir doch die vielen elenden Kreaturen an. Sollen sie Gottes Geschöpfe sein ? Hältst du Gott für einen Stümper ?"

Benedictus blickte den Herzog finster an.

„Ihr verspottet Gott, Herr ! Ja, es ist wahr. Gott hat die ersten beiden
Menschen erschaffen und dann haben sie sich von selbst weiterver-
mehrt. Aber sagte er nicht 'seid fruchtbar und mehret euch' ? Taten sie
es nicht in seinem Auftrag ? Wie könnt Ihr sagen, sie seinen gezeugt
worden im Zustande sinnloser Leidenschaft ! Nein, nein, ich sage Euch,
gerade durch die Erschaffung der beiden ersten Menschen pflanzt sich
die göttliche Erschaffung in jedem Menschen fort."

Der Herzog lächelte.

„So wie sich die Erbsünde in jedem Menschen fortpflanzt."

Der Mönch verzog das Gesicht, antwortete aber nicht darauf, sondern
fuhr fort.

„Und daß nicht alle Menschen einen wohlgeformten Leib besitzen, es
Häßliche und Krüppel gibt, widerlegt doch nicht, daß die Menschen
Gottes Geschöpfe sind. Er hat sie eben in einer Vielfalt, in zahlreichen
Gestalten geschaffen um ihre Seele zu prüfen."

Der Herzog runzelte die Stirn.

„Worauf willst du jetzt schon wieder hinaus, Kuttenträger ?"

Benetictus lächelte.

„Es geht auch darum zu erfahren, ob der Starke seine Kraft nutzt um
den Schwachen zu drücken. Oder ob eine wohlgestaltete Frau hoffärtig
wird, auf die anderen herabblickt, denen Gott weniger Schönheit geschenkt hat und sie sich nun für ein besonderes Geschöpf hält, weil
Fürsten sie umschwärmen. Dabei sieht sie offenbar aber gar nicht, daß
die hochwohlgeborenen Herren nur ihrer äußeren Erscheinung frönen,
ihre Person und ihre Seele sie gar nicht interessieren. Und dann gibt es
die mißgestalteten Personen, die Gott wegen ihrer Gestalt verfluchen.
Dabei will Gott unsere Seele, unseren Glauben prüfen. Und das tut er
nach eigenem Gutdünken. Gott ist nicht nur der Vater im Himmel, er ist
auch der Herr. Seine Beschlüsse sind unergründlich und oft den Menschen unverständlich. Aber er muß sich vor uns nicht rechtfertigen."

„Aber das sind doch nur Ausreden", wandte Friedrich ein, „behandelt denn die Kirche die Menschen wie Geschöpfe Gottes ? Nein, sie erachtet die Menschen als Kinder, die geführt werden müssen, nicht als Wesen, welche selbständig denken können. Und ansonsten sieht sie in ihnen nur die Sünder, denen die Hölle droht. Oder vielmehr, die Kirche droht ihnen mit der Hölle um sie ihrem Willen zu unterwerfen, um sie auszupressen. Hat die Kirche Achtung vor den Menschen ? Nein, sie verdammt diejenigen welche anders denken und handeln als sie es fordert als Diener und Dienerinnen des Teufels. Und vielfach beschuldigen triebhafte Pfaffen Frauen, die ihnen nicht zu Willen sind, als Hexen. Sie schleppen sie vor Scheingerichte, sprechen sie schuldig und verbrennen sie auf Scheiterhaufen. Letztlich nehmen sie doch den Menschen jede Lebensfreude, bezeichnen sie sogar als Teufelswerk. Ist es denn Sünde, wenn sich die Geschöpfe Gottes an Gottes Schöpfung erfreuen ? Nein, die Werke der Bischöfe und Pfaffen sind nicht gottgefällig, sondern eigennützig. Ich dulde solche Zustände nicht in meinem Herzogtum. Ich werde ihre Macht brechen, sie zwingen allein das Wort Gottes zu verkünden, nicht aber die Menschen zu beherrschen."

Benedictus lächelte.

„Ihr überschätzt Eure Macht, Herzog. Die Heilige Kirche ist stärker als Ihr. Und seid Ihr erst mit dem Kirchenbann belegt, dann werdet Ihr keine Freunde mehr haben. Ihr werdet zu Kreuze kriechen oder ohne Heim unstet durch die Lande streifen müssen."

„Ich werde bis zum letzten Atemzug kämpfen", erwiderte Friedrich, „es ist besser zu sterben als wie ein Sklave unter der Knute zu leben."

Der Hoftag zu Forchheim

Den Herzog betrübte es, daß nicht alle seine Maßnahmen mit Wohlwollen aufgenommen wurden und so beschloß er die Reise zum Hoftag zu Forchheim eine Woche früher als geplant anzutreten um zahlreiche Dörfer aufzusuchen und zu den Bauern und Handwerkern zu sprechen. Er hielt dies für sinnvoller als Herolde auszusenden und sie die entsprechenden Verlautbarungen zu verkünden lassen. Und in der Tat, er spürte bald, daß er das Mißtrauen, welches ihm anfänglich entgegen gebracht wurde, zumindest ein bißchen abbauen konnte.

Dem Hoftag in Forcheim sah er mit leichtem Bangen entgegen. Welche Anschuldigungen würden seine Gegner gegen ihn vorbringen ?
Ursprünglich sollte der Hoftag in Nürnberg stattfinden, doch dann suchte ein geheimnisvolles Fieber die Stadt heim, was den Kaiser bewog, einen anderen Ort zu wählen. Der Bischof bot natürlich sofort Würzburg an, der Herzog hielt Forchheim dagegen.
Für den Kaiser allerdings gab es einige praktische Gründe Forchheim vorzuziehen. Zum einen stand hier die alte karolingische Königspfalz, welche dem kaiserlichen Gefolge eine großzügigere Unterkunft bot als Gasträume der bischöflichen Residenz in Würzburg. Zum anderen war man in der Königspfalz unter sich, besser geschützt vor ungebetenen Lauschern. Und drittens hatte der Kaiser in den letzten Jahren bereits drei Hoftage in Würzburg abgehalten und daher kein Interesse daran, die Stadt und damit den Bischof durch einen erneuten Hoftag politisch aufzuwerten. Es standen auch keine größeren Probleme an, die gelöst werden mußten; es gab lediglich einige kleinere Streitereien der östlichen Markgrafen untereinander und mit dem König von Böhmen zu schlichten. Dafür schien ihm das östlichere Forchheim günstiger gelegen als das westlichere Würzburg. Und dann gab es natürlich noch die Anschuldigung gegen den Herzog wegen des vermeintlichen Bruches des Landfriedens. Der Herzog sah in dieser Entscheidung für Forchheim daher noch eine andere Bedeutung. Er war Gastgeber des Hoftages in der ehemaligen Grenzfestung des Bischofs von Bamberg, welche er ihm vor einem guten Jahr abgerungen hatte. Den Besuch des Kaisers

erachtete er nun sowohl die Anerkennung dieser Inbesitznahme als auch die stillschweigende kaiserliche Bestätigung der Darstellung seiner Sichtweise hinsichtlich der Verletzung des Landfriedens. Denn es war kaum anzunehmen, daß der Kaiser Gast eines Fürsten sein würde, den er wegen Verletzung der Reichsgesetze zu ächten gedachte.

Der Bischof von Würzburg sah das genauso und versuchte daher bis zuletzt den Kaiser mit schmeichelnden Briefen und Geschenken umzustimmen. Aber es war ihm kein Erfolg beschieden.

Über die politischen Debatten in der Versammlung der erschienen Fürsten gibt es nicht viel zu berichten. Hoftage hatten nicht den Rang von Reichstagen, es wurden keine Reichsgesetze, keine Kriege beschlossen, keine Klagen gegen Reichsfürsten behandelt, es sollte also auch nicht über die Klage des Bischofs von Würzburg gegen den Herzog entschieden, lediglich sollten beide Parteien nur angehört werden. Und so waren die Herzöge von Schwaben, von Lothringen, von Sachsen und der Markgraf von Brandenburg, um nur einige zu nennen, auch gar nicht erschienen. Erwähnenswert ist nur die beiläufige Bemerkung des Kaisers, er habe während seiner Anreise das Erblühen von Stadt und Umland unter der segensreichen Herrschaft des Herzogs voller Bewunderung wahrgenommen. Der Herzog wertete das nun als offensichtliche Anerkennung seines territorialen Zugewinns. Der Erzbischof von Mainz und der Bischof von Würzburg erbleichten bei diesen Worten.

Friedrich hatte auch alle Vorkehrungen getroffen, die Gäste aufs Beste unterzubringen und zu bewirten und plante ein großes Turnier zu veranstalten. Dies alles sollte die angereisten Fürsten ihm günstig stimmen und sich ihrer Fürsprache auf dem nächsten Reichstag zu versichern, was durchaus notwendig sein konnte. Obwohl er sich im Recht fühlte, fürchtete er dennoch die Tücke des mächtigen Erzbischofs von Mainz, dem Erzkanzler des Reiches, der dem Bischof von Würzburg wohlgesonnen war. Er ging davon aus, daß dieser bestrebt war, den Kaiser doch noch gegen ihn aufzuwiegeln.

Friedrichs Befürchtungen waren in der Tat nicht unbegründet. Der Erzbischof von Mainz stellte im Bündnis mit den Bischöfen von Würzburg und Bamberg, eine lange Liste von Verfehlungen des Herzogs zusammen und legte sie dem Kaiser vor.

„Die Klage hinsichtlich der Verletzung des Landfriedens können wir wegen ihrer geringen Bedeutung bereits hier verhandeln", begann der Kaiser, „in der Tat ergab sich zwischen dem Ende des vor einem Jahr verkündeten Landfriedens und dem Beginn des neuen Landfriedens ein Zeitraum von sieben Tagen, in dem Fehdehandlungen rechtens waren. Wie die Prüfung ergab, handelte es sich hierbei um einen Fehler der Reichserzkanzlei und es ist mir unverständlich, daß der Reichserzkanzler nun eine Klage bezüglich einer Tat unterstützt, die genau diesen von ihm zu verantwortenden Fehler nutzte. Man mag das Verhalten des Herzogs von Franken zwar für moralisch bedenklich halten, doch darüber haben wir hier nicht zu befinden. Reichsgesetze wurden jedenfalls nicht verletzt, die Klage ist daher abgewiesen. Und wie steht es mit den anderen Anschuldigungen, Reichserzkanzler?"

„Um wirkliche Verstöße gegen Reichsgesetze handelt es sich zwar nicht", erklärte der Erzbischof von Mainz, „aber all die sich daraus ergebenden Gewinne haben dem Herzog einen gewaltigen Machtzuwachs gebracht, auch Euch gegenüber, Majestät."

Außerdem legte er dem Kaiser mehre, selbstverständlich gefälschte, Dokumente vor, die beweisen sollten, daß Friedrich mit dem Herzog von Sachsen ein Bündnis schmiedete, mit dem Ziel den Kaiser vom Thron zu stoßen.

„Diesen Fall können wir hier auf dem Hoftag nicht verhandeln, da der Herzog von Sachsen nicht anwesend ist. Ihr werdet ihn also zu dem Reichstag in Regensburg laden müssen."

„Auf dem Reichstag können wir allerdings nichts bewirken", bemerkte der Erzbischof am Abend zu den Bischöfen von Würzburg und Bamberg, „denn die Herren werden die Vorwürfe schlicht abstreiten und der Wortlaut der gefälschten Dokumente ist so allgemein gehalten, daß wir ihnen keinen Hochverrat vorwerfen können. Und sie werden sicherlich auch die Unterstützung anderer Fürsten erhalten."

„Und was sollen wir tun? Ihr habt doch sicher bereits einen Plan."

„Es ist notwendig, immer Pläne zu haben. Ich könnte dem Herzog die Fehde erklären."

„Das ist unmöglich, der Landfrieden ist verkündet."

„Das ist wahr – allerdings, der Kaiser hat das Recht in schwerwiegenden Fällen eine Fehde zu genehmigen. Es muß nur ein zwingender Anlaß vorliegen. Und den werden wir finden."

Der Kaiser wiegte den Kopf als der Reichserzkanzler am nächsten Tag bei ihm vorsprach.

„Es handelt sich um eine folgenschwere Entscheidung. Und die Herren müssen gewichtige Gründe vorlegen. Ich muß Eure Dokumente noch genauer studieren. Ich werde Euch Nachricht geben."

Der Kaiser kannte Friedrich als aufrichtigen, ehrlichen Mann, hielt ihn nicht für fähig, zusammen mit dem Herzog von Sachsen eine Verschwörung gegen ihn zu planen. Doch kannte er auch die Gerissenheit des Sachsenherzogs, dessen Neid, da ihm die Kaiserwürde verweigert wurde. Was mochte er wohl Friedrich versprochen haben um ihn zu ködern? Und die anderen vorgelegten Dokumente rechtfertigten seiner Ansicht nach auch keine Fehdeerklärung. Zu vage waren die Anschuldigungen gehalten.

Doch es fand sich ein Anlaß. Der Streit entzündete sich an angeblichem Holzfrevel im Grenzgebiet zwischen den Besitzungen des Herzogs und der Erzbischofs im Hafenlohrtal im Spessart. Man beschuldigte sich gegenseitig, gesetzeswidrig Holz in der Besitzung des jeweils anderen geschlagen zu haben. Es kam zu tätlichen Auseinandersetzungen, bei denen es zahlreiche Verletzte und sogar zwei Tote gab. Schließlich wurde der sich in erzbischöflichem Besitz befindliche Weiler Lichtenau niedegebrannt, angeblich von Männern des Herzogs. Der Erzbischof reichte daraufhin ein Fehdegesuch beim Kaiser ein, dem stattgegeben wurde. Drei Tage später erhielt Herzog Friedrich den Fehdebrief des Erzbischofs.

Der junge Graf von Rheinfeld

Doch damit ist den Ereignissen vorgegriffen.

Der Herzog war mit großem Gefolge zum Hoftag erschienen, hatte auch Katharina mitgenommen. Doch seine Pflichten als Gastgeber erlaubten es ihm nicht, sehr viel Zeit mit ihr zu verbringen. So blieb es bei ihr, in Begleitung ihrer zwei Dienerinnen das bunte Treiben in der Stadt zu genießen.

Hoftage waren natürlich auch gesellschaftliche Ereignisse, die Abwechslung in das sonst eintönige Leben der meist kleinen Städte brachte. Sie zogen Gaukler und Spielleute an. Fahrende Händler, welche das gesamte Reich bereisten, boten Waren an, die üblicherweise auf den gewöhnlichen Wochenmärkten gar nicht erhältlich waren.

Während Katharina an einem schönen, warmen Nachmittag in einer kleinen Gartenanlage nahe der Stadtmauer auf einer Bank saß und den herrlichen Sonnenschein genoß, schritt ein junger Ritter vorüber, grüßte freundlich, lächelte ihr zu. Er war ein wohlgestalteter, hübscher Mann, der Katharina gefiel. Sie überlegte kurz. Es galt aber als unschicklich ihn anzusprechen und ihn zu bitten sich zu ihr zu setzen. Und so blieb ihr nichts anderes übrig als von ihm zu träumen und darüber nachzudenken, wer er wohl sein könnte und welche Möglichkeiten sich boten, ihn vielleicht doch kennenzulernen.

Der junge Herr hieß Ludwig von Rheinfeld. Sein Vater, der alte Graf Rheinfeld herrschte über ein kleines Territorium, das sich zwischen Odenwald und Neckar zum Rhein hin erstreckte. Er galt als jähzornig und es war bekannt, daß er seine Familie tyrannisierte. Er duldete keinen Widerspruch, alle hatten sich ihm unbedingt unterzuordnen. Den Grund für dieses Verhalten sahen viele darin, daß er im Reich nichts galt, daher mit sich selbst unzufrieden war und die geringe Macht, die er innerhalb seiner Familie besaß, bis aufs äußerste ausübte. In seiner Jugend war er von dem wildem Ehrgeiz besessen ein mächtiger Fürst im Reich zu werden, jedoch fehlte es ihm an Klugheit und Tatkraft seine Pläne zu verwirklichen. Daher brachten auch die vielen Fehden, die er vom Zaume brach, keinen Gewinn; im Gegenteil, das Land verarmte,

er verlor zahlreiche Dörfer und einige Städte, darunter auch den Ort Heidelberg, den er zu seiner Residenzstadt hatte ausbauen wollen.
Angesichts eines solchen Vaters und dessen Erziehung konnte sein Sohn Ludwig keinerlei Selbstbewußtsein entwickeln und blieb schwächlich. Das änderte sich auch nicht als er Knappe am Hof des Grafen von Katzenelnbogen wurde. Möglicherweise hätte er nie den Ritterschlag erhalten, wenn sich sein Oheim, der Bischof von Limburg, nicht für ihn eingesetzt hätte.
Nun trat er zu seinem ersten Turnier an. Er wurde bereits beim ersten Treffen aus dem Sattel geworfen und mußte, an der Schulter verletzt und ohnmächtig vom Turnierplatz getragen werden.

Katharina hatte trotz ihrer Vorrangstellung beim Herzog darauf bestanden beim Turnier eine Aufgabe übernehmen zu dürfen. Sie haßte diese oft blutigen Wettkämpfe, wollte nicht mit anderen Edelfräulein, die ohnehin ihre Gesellschaft mieden, als Zuschauerin auf der Frauentribüne sitzen. Da sie einige Kenntnisse in der Heilkunde besaß, schloß sie sich jenen Frauen an, welche die Verwundeten versorgten. Der junge Ritter aus dem Park, der vor Schmerzen stöhnte, obwohl seine Verletzungen keineswegs schwerwiegend waren, erregte ihr Mitleid. Sie nahm sich seiner an, legte Kräuterkompressen an, verband seine Wunde.
„Es hätte Euch schlimmer erwischen können", tröstete sie ihn, „die Lanze hat Euch nur gestreift und kein tiefe Wunde verursacht. Die Schulter ist, Gott sei Dank, auch nicht gebrochen. Wenn ihr keinen Wundbrand bekommt, was die Heilkräuter verhindern mögen, werdet ihr bald genesen."
Der Ritter stöhnte.
„Wirklich ? Als die Lanze auf mich zu kam, da glaubte ich sterben zu müssen. Dann stürzte ich vom Pferd. Weiter weiß ich nichts mehr. Als ich wieder zu mir kam, glaubte ich, ich sei tot, im Himmel angekommen und ein Engel empfange mich. Ja, Engel müssen so aussehen wie du. Du bist wunderschön und dein Blick ist voller Güte."
Dann sank er zusammen, eine Ohnmacht überfiel ihn.
Katharina fühlte sich durch diese Worte seltsam berührt. So hatte noch nie ein Mann zu ihr gesprochen, selbst der Herzog nicht, der auch schöne Worte finden konnte. Aber bei ihm verbargen sich hinter ihnen

Klugheit, Logik, Verstand oder auch, wenn man es so will, Berechnung. Aus den Worten des jungen Ritters dagegen sprach aber Gefühl. Sie klangen daher völlig anders, sie schienen direkt dem Herzen zu entspringen. Und so wurde die Sehnsucht nach mehr von diesen Worten immer stärker. Gelegenheiten gab es in den nächsten Tagen zur Genüge. Sie versorgte in öfter als es notwendig gewesen wäre, denn die Wunde war wirklich nicht schwerwiegend und hätte keiner sonderlichen Pflege bedurft. Allerdings war es auch so, daß er sein Leiden übertrieb um ihr Mitgefühl zu wecken, damit sie möglichst oft zu seinem Krankenlager kam. Und so entwickelte sich zwischen ihnen eine zarte Zuneigung.

Katharina war für Ludwig ein Engel, er für sie ein recht hilfloser Mann, der Umsorgung brauchte. Er war gerade das Gegenteil des Herzogs, der ihr zwar Güte entgegenbrachte, aber selbst keine empfangen wollte, da er dies für Schwäche hielt. Aus diesem Grunde schätzen gerade kluge und einfühlsame Frauen schwache Männer oft höher als starke, da schwache außer Fürsorge auch gerne Führung annehmen und sich daher leicht beherrschen lassen. Das gibt Frauen eine gewisse Genugtuung, ein hohes Maß an Zufriedenheit und Selbstwertgefühl, da sie dadurch heimlich Macht ausüben können, die ihre Stellung in der Gesellschaft weit überschreitet. Starken Männern dagegen fühlen sie sich meist unterlegen, ihnen gegenüber niedrig und klein.

Katharina gelang es vom Herzog die Erlaubnis zu erhalten, nach Ende des Turniers nicht mit ihm auf seine Burg zurückreisen zu müssen, sondern weiterhin in Forchheim zu verweilen, da ihre Aufgabe noch nicht erfüllt sei und sie bis zur Auflösung des Krankenlagers zu bleiben habe. Der Herzog, ohnehin mit andern Sorgen belastet, kümmerte sich nicht näher um die Hintergründe, gestattete es ihr.

Nach seiner Genesung blieb Ludwig noch vier Wochen in Forchheim. Als er nach Hause aufbrach, sagte er zum Abschied.

„Ich liebe dich; ich wünsche, daß du meine Frau wirst."

„Ach, du dummer Junge", antwortete sie, „dein Vater wird niemals seine Einwilligung geben. Ich bin doch nur eine Frau aus dem einfachen Volk, aus niederem Stand, nichts weiter als eine Dienstmagd."

„Ich werde meinen Vater dazu bringen die Erlaubnis zu geben, andern-

falls heirate ich dich ohne seine Einwilligung und gehe mit dir irgendwohin, in die weite Welt. Ich bin schließlich ein richtiger Mann."
Katharina trafen seine Worte so sehr, daß sie nicht wahrnahm, daß seine Stimme gar nicht so sicher klang wie es die Worte auszudrücken schienen, daß er nur aus Trotz gesprochen hatte, weil er sich von dem Ausdruck ,dummer Junge' gedemütigt fühlte. Katharina übersah die Schwachheit Ludwigs, glaubte seinen Worten, glaubte, daß ihre Liebe zueinander alle Hindernisse aus dem Weg räumen würde.
Als sie zur herzoglichen Burg zurückkehrte stand ihr Entschluß fest.

Friedrich war während dieser Zeit sehr beschäftigt gewesen. Trotz seiner bisherigen Siege war seine Macht nicht gefestigt, er ging davon aus, daß seine Feinde neu rüsten würden und weitere Fehden drohten. Und diese Befürchtungen wurden durch den Fehdebrief des Erzbischofs von Mainz bestätigt. Er mußte die geeigneten Vorsorgemaßnahmen treffen. Er nahm daher gar nicht wahr, daß er sich mit Katharina seit mehr als fünf Wochen nicht mehr getroffen hatte. Es kam ihm auch nicht in den Sinn, daß es sich um etwas Außergewöhnliches handeln könnte als sie ihn zwei Tage nach ihrer Ankunft aufsuchte.
Katharina betrat das Kabinett, grüßte ehrfürchtig, sagte dann.
„Herr, ich bitte Euch um eine Gunst."
Der Herzog wunderte sich über diese förmliche Anrede, die so gar nicht zu der von ihm angenommenen Vertrautheit zwischen ihnen paßte. Da sich seine Gedanken aber mit anderen Dingen befaßten, fragte er nur.
„Worum geht es ?"
„Ich bitte Euch, meine Verlobung mit dem jungen Grafen von Rheinfeld zu befürworten."
„Warum ?" antwortete der Herzog bloß.
„Unsere Herzen haben zueinander gefunden. Daher wollen wir Mann und Frau werden."
Der Herzog lehnte sich zurück. Sein Herz gehörte Katharina. Er konnte ihr aber sein Liebe nicht offen gestehen. Noch standen die entscheidenden Schlachten bevor. Verlor er, war alles zunichte, siegte er allerdings, so war das Herzogtum wieder vereint und ein Zeitalter des Friedens würde anbrechen. Er hatte genug dem Krieg gedient, wollte dann für die Liebe leben. Und diese besaß einen Namen: Katharina. Sie mußte es

doch längst erkannt haben. Was trieb sie nur? Der junge Graf Ludwig konnte zwar schön reden, aber er war ein Schwächling. Sein Vater würde niemals eine derart unstandesgemäße Heirat dulden. Er wollte die Verbindung mit dem Hause Leisingen, hatte auch schon wegen der Schwester des regierenden Grafen angefragt. Ludwig würde sich gegen seinen Vater nicht durchsetzen und Katharina fallen lassen. Befürwortete er die Verlobung, so stürzte er sie ins Unglück.

Katharina schaute ängstlich den schweigenden Herzog an.

„Herr, was ist? Fühlt Ihr Euch schlecht?"

Der Herzog schüttelte den Kopf.

„Nein, es geht nicht. Der alte Graf hat andere Pläne, er wird diese unstandesgemäße Verbindung niemals dulden. Außerdem bist Du auch zehn Jahre älter als Ludwig."

Katharina wurde böse.

„Was zählt das schon? Und der alte Graf! Was geht der uns an? Ludwig und ich lieben uns. Das zählt, und sonst nichts. Wenn der Vater es nicht gutheißt, dann gehen wir außer Landes, leben notfalls als Bauern."

Der Herzog schüttelte den Kopf.

„Du stürzt Dich ins Unglück. Der junge Graf wird niemals als Bauer leben. Er wurde als Edelmann geboren und kann nur als Herr leben. Er hat kein Handwerk erlernt, das euch beide ernähren könnte. Und kein Fürst wird ihn als Vogt, Meier oder Burghauptmann einsetzen. Dazu fehlen ihm Mut, Tatkraft und Entschlossenheit. Ihr würdet verhungern."

„Ihr seid niederträchtig!" schrie Katharina aufgebracht, „ich bin in den Künsten des Schreibens und Rechnen bestens bewandert. Wir können nach Nürnberg gehen. Ich werde dort mit Leichtigkeit bei einem Kaufmann eine Anstellung finden und für unseren Lebensunterhalt sorgen können. Herr, ich habe Euch viel zu verdanken. Daher habe ich Euch gefragt. Doch bin ich nicht Euer Eigentum. Der Priester wird uns auch ohne Eure Erlaubnis vermählen. Notfalls gehen wir ins Gebiet des Erzbischofs von Mainz."

Katharina drehte sich um, verließ den Raum.

Der Herzog blieb erschüttert zurück.

Katharina hatte sich von ihm abgewandt! Was hatte das Leben noch für einen Sinn? Welchen Wert hatten alle Kriege gehabt?

Er schloß sich ein, war für niemanden zu sprechen, aß drei Tage nichts. Dann erschien der Feldhauptmann. Er war ein rauher Bursche, ließ sich nicht abweisen. Als der Herzog nicht öffnete schlug er die Tür ein.

„Herr, es ist höchste Zeit", fuhr er den starr dasitzenden Herzog an, „das Heer ist versammelt. Die Soldaten werden ungeduldig, fangen bereits an zu murren. Der Erzbischof von Mainz marschiert auf Lohr zu. Nimmt er es, wird auch Gemünden nicht standhalten. Dann liegt unser Land offen vor ihm. Die Söldner munkeln schon, ihr hättet Angst, reden bereits davon, das Heer zu verlassen. Ihr wißt, sie kämpfen für Geld und ein entschlußloser Heerführer ist auch schlecht im Bezahlen."

Der Herzog überlegte. Seine Autorität wurde also angezweifelt, nun galt es klug zu sein, die richtigen Worte zu finden. Friedrich erhob sich.

„Ihr habt schlechte Arbeit geleistet, seid nun zornig, wo Ihr es erkennt und versucht die Schuld anderen zuzuweisen", fuhr er den Feldhauptmann an, „ich sollte Euch in den Kerker werfen lassen. Aber ich will gnädig sein. Ihr werdet bald Gelegenheit haben Euch zu bewähren."

Der Feldhauptmann blickte ihn entsetzt an.

„Ihr versteht nichts von Kriegskunst. Das ist es. Man muß den Feind in Sicherheit wiegen. Er soll Lohr ruhig nehmen. Das wird ihm Siegessicherheit geben und ihn unvorsichtig machen. Sind die Rienecker und die Saalecker benachrichtigt ? Nein ? Dann veranlasse es sofort. Sie kommen von Norden, wir aus dem Südosten. Dann schlagen wir die Erzbischöfler vor Gemünden. Geh nun ! Nein, warte. Wo befinden sich die Mainzer jetzt ?'

„Sie marschieren entlang der Heerstraße aus Richtung Aschaffenburg, befinden sich nun etwa auf Höhe von Rothenbuch", antwortete der Feldhauptmann.

„Rothenbuch ?"

Der Herzog tat als überlegte er. Dabei hatte die Antwort schon längst formuliert.

„Rothenbuch ? Dann genügt es, wenn wir in zwei Tagen aufbrechen. Erteile die Befehle."

Der Feldhauptmann trat ab.

Der Herzog setzte sich in seinen Stuhl zurück, dachte lange nach.

„Es ist mein Schicksal", murmelte er schließlich leise vor sich hin, „und ich muß ihm folgen; es bleibt keine Wahl."

Katharina verließ wenige Tage nach dem Gespräch mit Friedrich die Burg, reiste nach Wimpfen. Der Herzog hatte sich ihr gegenüber stets großzügig verhalten, ihr mehr Mittel zur Verfügung gestellt als sie brauchte und so konnte sie sich einiges Geld zurücklegen, das sie nun zur Eröffnung eines Tuchhandels verwandte. Das Geschäft lief nicht schlecht. Und Ludwig fand sich des öfteren ein, verhielt sich stets sehr liebevoll. Katharina spürte zunächst Glück. Allerdings überfiel sie bald ein Unbehagen, denn Ludwig dachte nicht daran sein Eheversprechen einzulösen, machte Einwände von Seiten seines Vaters geltend. Wenn sie anführte, er habe ihr versprochen sie auch gegen den Willen des alten Grafen zu ehelichen und mit ihr außer Landes zu gehen, was aber nicht notwendig sei, da sie dank ihres Tuchhandels hier in der Stadt ihr Auskommen fänden, dann antwortete er, die Einwände seines Vaters seien nur von geringfügiger Art und mit Sicherheit bald ausgeräumt. Anfangs glaubte sie es, je länger er aber die Eheschließung hinauszögerte, desto mißtrauischer wurde sie. Und schließlich ergab es sich auch noch, daß sie schwanger wurde. Sie machte ihm nun heftige Vorwürfe, verlangte eine baldige Heirat um dem Kinde die Schande einer unehelichen Geburt zu ersparen. Darauf erklärte er, eine Verehelichung mit ihr sei nicht möglich, da er bereits auf Wunsch seines Vaters der Schwester des Grafen von Leisingen ein Eheversprechen gegeben habe. Der Graf sei sehr reich und eine Vermählung mit seiner Schwester gestatte ihm ein standesgemäßes Leben. Und er sei nicht bereit, auf dieses zugunsten eines Zusammenlebens mit einer wenig begüterten Frau von niederem Stand zu verzichten.

Für Katharina brach eine Welt zusammen. All die Schwüre von Liebe und einem gemeinsamen Leben waren nur leere Worte gewesen um sie zu umgarnen, um ihren Leib zu genießen. Und sie hatte sich ihm willig hingegeben, trug zudem nun auch ein Kind unter dem Herzen. Ein Kind der Schande !

„Man wird mich als Hure aus der Stadt jagen", sagte sie zu sich selbst, „doch wohin soll ich mich wenden ? Die Warnungen des Herzogs habe ich in den Wind geschlagen. Zu ihm kann ich nicht zurückkehren. Selbst nicht als einfache Magd. Ich werde weggehen, weit weg."

Sie verkaufte ihren Besitz machte sich auf den Weg nach Regensburg. Sie wanderte langsam, legte täglich nur ein kurzes Stück zurück. Doch je länger sie unterwegs war und je mehr sich ihr Leib füllte, desto stärker quälte sie das Herzeleid. Sie setzte sich oft nieder und weinte. Sie fühlte ihre Kräfte schwinden, auch setzte eines Tages Fieber ein. Sie wurde immer schwächer, brach schließlich nahe Eichstätt am Rande der Landstraße zusammen, fühlte den Tod sich nähern.

„Gott sei meiner armen Seele gnädig", sprach sie zu sich selbst. Dann verlor sie die Besinnung.

Sie erwachte in einer kleinen Kammer auf einem Bett aus Stroh.

„Ist das jetzt der Himmel oder die Hölle?" fragte sie sich.

Sie fühlte sich zu schwach zum Aufstehen, spürte Schmerzen im Leib. Sie schlief bald wieder ein, erwachte irgendwann erneut. Eine Gestalt betrat den Raum. Sie trug das Gewand einer Nonne. Sie blickte Katharina an.

„Wer bist du ?" fragte sie, „wir haben dich an der Landstraße gefunden. Du warst dem Tode nahe. Du trugst ein Kind unter dem Herzen. Du hast es verloren. Wer bist du ? Eine Wanderhure ?"

„Nein, ich bin keine Hure. Gott sei mein Zeuge. Aber ich bin ein unglückliches Weib, das durch seine Gutgläubigkeit ins Elend stürzte. Und wo bin ich jetzt ? Und wer seid Ihr ?"

„Du bist bei den Benediktinerinnen im Kloster Eichstätt. Und mein Name ist Ludgarda. Sei ohne Furcht. Wir nehmen jeden auf, der Hilfe bedarf, sei er noch so sündig."

„Sünde ?" murmelte Katharina vor sich hin, „was ist schon Sünde ? Ist es Sünde, wenn man anderen Menschen glaubt, ihre Falschheit nicht durchschaut ?"

Sie fiel erneut in einen tiefen Schlaf. Als sie wieder erwachte, fühlte sie sich schon kräftiger. Bald betrat Ludgarda die Kammer.

„Wo bin ich ? Wie komme ich hierher ?"

„Ich sagte dir doch schon", sprach Ludgarda, „du bist im Kloster der Benediktinerinnen in Eichstätt. Du lagst aber im Fieber, hast es vermutlich gar nicht verstanden. Wir fanden dich am Rande der Landstraße. Du lagst zehn Tage im Fieber. Es ist ein Wunder, daß du noch lebst. Wo kommst du eigentlich her ?"

„Ich hatte einen Tuchhandel in Wimpfen, habe alles verkauft wegen der Schande und wollte nach Regensburg."

Katharina begann zu weinen.

„Er hat mich schändlich betrogen. Er hatte mir die Ehe versprochen, aber sein Versprechen gebrochen. Aber ich hatte doch seinen Schwüren geglaubt. Und Ihr haltet mich für eine Hure. Mein Gott, mein Gott, was soll nun werden ?"

„Wer hat dich betrogen ?"

„Der junge Graf von Rheinfeld. Er schwor mir die Ehe."

„Hab keine Angst. Wir richten nicht. Was dir widerfahren ist, das ist dir widerfahren. Dafür mußt du Gott um Verzeihung bitten und deine Sünden bereuen. Du kannst hierbleiben bis du wieder gesund bist."

Katharina erholte sich rasch, doch ihr Gemütszustand besserte sich nicht. Im Gegenteil, je weiter die körperliche Gesundung fortschritt, desto betrübter wirkte sie.

„Was hast du ?" sprach sie Ludgarda an, „du wirst bald wieder völlig gesund sein, kannst dann deines Weges ziehen."

Katharina blickte sie traurig an.

„Wohin soll ich gehen ? Ich habe bisher meist Schlechtigkeit erlebt. Und das wenig Gute habe ich gering geschätzt. Nein, zum Herzog kann ich nicht zurück. Wohin soll ich gehen ?"

„Du wolltest nach Regensburg."

Katharina zuckte mit den Achseln.

„Was soll ich dort anfangen ? Die Stadt ist mir fremd. Ich wollte fort aus Wimpfen. Ich hätte mich jedem anderen Ort zuwenden können. Nein, ich will nicht hinaus in die Welt. Ich habe kein Vertrauen mehr in die Menschen da draußen. Kann ich nicht hierbleiben ? Als niederste Dienstmagd, wenn Ihr mich nicht für würdig haltet eine Nonne zu werden."

„Das kann ich nicht entscheiden", erwiderte Ludgarda, „ich werde mit der Priorin reden."

Die Priorin bestellte einige Tage später Katharina zu sich.

„Du möchtest hier bei uns bleiben ? Dein Leben künftig Gott widmen ? Nun, dazu mußt du bereit sein. Prüfe dein Herz ! Es ist keine Sühne sich den Regeln unseres Ordens zu unterwerfen, sondern eine Angelegenheit des Glaubens, des Herzens. Wäre es eine Sühne, eine Buße für begangene Sünden, dann würdest du eines Tages denken, du hättest genügend gebüßt und würdest unsere Regeln als lästige Pflicht erachten, welche du widerwillig erfüllen mußt. Dann würdest du dich aber der Sünde öffnen. Merke dir das."

Sie pausierte kurz.

„Aber du scheinst kein böses Herz zu haben. Ich bin daher bereit dir hier Gelegenheit zur Selbstfindung zu geben. Gehe in dich, erfülle die Pflichten, die dir auferlegt werden. Und wenn wir dich in einem Jahr für würdig befinden, werden wir dich als Novizin aufnehmen. Die letzte Entscheidung liegt aber bei dir."

Das Jahr verstrich. Katharina ordnete sich in die Gemeinschaft ein, erfüllte gewissenhaft alle Pflichten, welche ihr auferlegt wurden. Und als ihr die Priorin mitteilte, sie sei für würdig befunden worden als Novizin aufgenommen zu werden, fiel sie auf die Knie und dankte Gott.

Sie verließ das Kloster nie mehr.

Sieg über die Bischöfe

Der Herzog führte seine Truppen nach Norden. Er sandte Späher aus, welche die Bewegungen des Heeres des Erzbischofs beobachteten, aber auch Hilfskontingente der Bischöfe von Bamberg und Würzburg, welche das Heer des Erzbischofs verstärken sollten, ausfindig machten.
„Es ist merkwürdig", meinte der Feldhauptmann, „die Bischöfe schicken nur kleine Kontingente, nicht mehr als hundert Mann stark. Es wäre doch naheliegend, daß sie ihre Kräfte zusammenfassen. Ich verstehe das nicht."
„Das liegt in der Natur des Fehdebriefs, nur der Erzbischof ist fehdeberechtigt. Wenn sich die Bischöfe beteiligen, dann begehen sie Landfriedensbruch. Sie wollen den Erzbischof natürlich symbolisch unterstützen und sie gehen wohl davon aus, daß die kleinen Kontingente nicht zählen, aber da täuschen sie sich."
Nach der Einnahme Lohrs marschierten die Truppen des Erzbischofs weiter in Richtung Gemünden um vorn dort aus nach Schweinfurt vorzustoßen um so eine Verbindung zwischen dem Kurfürstentum Mainz und dem Hochstift Bamberg herzustellen. Sie behielten nur den Anmarsch der herzoglichen Truppen im Blickfeld, nicht aber den des Grafen von Rieneck aus Norden und des Grafen von Saaleck aus Nordosten. So fand sich dann das Heer des Erzbischofs zu seiner Überraschung eingekesselt. Die Söldner erkannten Aussichtslosigkeit ihrer Lage so gut wie die Feldhauptleute. Diese stachelten die Männer zum weiteren Kampf auf; denn wenn auch ein Sieg nicht möglich war, so konnten sie vielleicht doch den Kessel durchbrechen und fliehen. Viele würden zwar sterben, einige aber entkommen und jeder hoffte natürlich, daß er unter diesen sein würde. Da trat der Herzog hervor und rief mit lauter Stimme:
„Höret mir zu, Söldner des Erzbischofs. Euer weiterer Kampf ist sinnlos. Es mögen zwar ein paar entkommen, aber die meisten werden sterben. Wollt ihr euer Leben opfern für den Erzbischof, dem ihr nichts wert seid? Seid nicht töricht. Ich will nicht euren Tod. Hört mir zu. Beendet den Kampf und tretet in meine Dienste, für ein Jahr, für ein Drittel des regulären Soldes. Dann sollt ihr geschont werden!"

Ein Raunen ging durch das Heer. Ein Drittel des regulären Soldes; das war nicht viel. Aber wenn dies der Preis des Lebens war? Ein Jahr ging schließlich schnell vorbei. Der oberste Feldhauptmann trat nach vorne.

„Herr, wir werden deinen Vorschlag beraten, gib uns zwei Stunden Zeit."

„Es ist gewährt", antwortete der Herzog.

Kurz vor Ablauf der Frist erschien erneut der oberste Feldhauptmann der Erzbischöfler.

„Höre, Herzog", rief er, „wir nehmen an."

Auch durch das Heer des Herzogs war ein Raunen gegangen. Was hatte das Angebot des Herzogs zu bedeuten? Einige Feldhauptleute murrten. Was sollte das? Der Feind war umzingelt, man sollte angreifen, ihn schlagen, einen glänzenden Sieg erringen! Ruhm und Ehre gewinnen. Sie bestürmten den Herzog, erbaten eine Erklärung. Doch Friedrich sagte nur:

„Das ist Kriegskunst. Davon versteht ihr nichts."

Und dann hatte er schweigend die Frist abgewartet. Die Worte des obersten Feldhauptmanns der Feinde quittierte er mit den Worten:

„Das ist gut."

„Was ist gut?" fragte der etwas abseits sitzende Graf von Saaleck den neben ihm lagernden Grafen von Rieneck.

„Billiger konnte er kein Heer anwerben", meinte der alte Rienecker.

„Wozu braucht er denn so großes Heer, jetzt wo der Erzbischof und Reichserzkanzler geschlagen ist."

„Du irrst! Den stärksten Gegner hat er noch vor sich."

Letztlich war es gar nicht die Furcht wegen Landfriedensbruch belangt zu werden, was die Bischöfe von Würzburg und Bamberg veranlaßte, dem Erzbischof nur wenige Soldaten als Verstärkung zu schicken. Sie befürchteten vielmehr bei einem Triumph der Mainzer Truppen einen gewaltigen Machtzuwachs des Erzbischofs, verbunden mit eine Beschneidung der eigenen Macht, die sie auf den Status von Vasallen absinken lassen konnte. Sie nahmen daher Kontakt zum Markgrafen von Ansbach auf, der bei weiterem Machtzuwachs des Herzogs um seinen Besitz fürchtete und gewannen ihn zum Bundesgenossen. Die Bischöfe verließen ihre Residenzstädte zogen gegen Ansbach um ihre Truppen mit denen des Markgrafen zu vereinen. Es fehlte nur noch der Anlaß um Friedrich die Fehde zu erklären. Der Herzog erfuhr von dem Aufmarsch der vereinten Feinde, führte nun seine Truppen nach Süden um ihnen entgegenzutreten. Er mußte dabei das Gebiet des Bischofs von Würzburg durchqueren, fühlte sich aber dazu berechtigt, da der Bischof die Mainzer mit, wenn auch nur wenigen, Soldaten unterstützt und damit seiner Ansicht nach den Landfrieden gebrochen hatte.

Friedrich war in schlechter Stimmung. Der Weggang Katharinas bedrückte ihn noch immer. Sein Herz hatte sich verhärtet. Es kannte keine Liebe, keine Güte mehr. Was bedeutete ihm das Leben noch ? Der Gewinn des gesamten alten Herzogtums, der immer sein Traum gewesen war ? Was konnte das anderes sein als ein Land, das er als einsamer, verbitterter Tyrann beherrschte ? Ihm grauste vor sich selbst. Doch es war der Weg, den er gehen mußte.

Nach einigen Tagen erreichte er Marktbreit. Der Bischof hatte hier nur wenige Männer zurückgelassen. Der Angriff erfolgte so schnell, daß der Wache keine Zeit blieb die Tore zu schließen. Ungehindert drangen die herzoglichen Soldaten in die Stadt ein. Sie wirkte zunächst leer, Widerstand regte sich nicht.

Eine große Menschenmenge hatte sich jedoch auf dem Marktplatz versammelt um einem besonderen Schauspiel beizuwohnen, der Verbrennung zweier Hexen. Die Frauen waren auf einem etwa zehn Fuß hohen Podest an Pfählen festgebunden um das herum man Strohballen aufgeschichtet hatte, die gerade entzündet worden waren. Ohne auf die Gaffer Rücksicht zu nehmen bahnten sich der Herzog und seine Männer den Weg durch die Menge. Friedrich sprang aus dem Sattel, erklomm das Podest, um das schon die Flammen zündelten, zerschnitt die Fesseln der Frauen, hieß sie vom Podest springen. Einige Soldaten fingen sie unten auf.

„Was ist hier vorgefallen ?" fragte er die Frauen, nachdem auch er wieder den Boden erreicht hatte.

„Sie wollten uns verbrennen, wegen Hexerei", sagte eine von ihnen.

Beiden stand noch der Schrecken im Gesicht.

„Was habt ihr getan ?"

„Nichts, wirklich nichts, Herr. Wir sollten dem Vogt und dem Pfaffen zu Willen sein. Und als wir uns weigerten haben sie uns der Hexerei

bezichtigt und zum Tode auf dem Scheiterhaufen verurteilt."
Die Frauen begannen zu weinen.
Ein großer, kräftiger Mann mit finsterem Blick erschien, ein Pfaffe im Gefolge.
„Was geht hier vor ? Wer seid Ihr, daß Ihr es wagen könnt, die gerechte Bestrafung dieser Teufelsbräute zu verhindern ? Sie wurden durch ein ordentliches Gericht der Hexerei für schuldig befunden und verurteilt", schrie der Finstere.
„Das geht Euch nichts an. Und wer seid ihr ?" rief ihm der Herzog entgegen.
„Die Stadt gehört dem Bischof von Würzburg. Und Ihr habt hier nichts zu bestimmen ! Ich bin der Vogt und ich befehle hier."
Der Herzog lächelte.
„Hütet Euch. Die Stadt gehörte dem Bischof bis vor einer halben Stunde. Jetzt gehört sie mir. Und Ihr seid mein Gefangener."
Der Vogt schaute ihn groß an.
„Ihr seid nichts weiter als ein gemeiner Räuber. Das werdet Ihr büßen. Gebt die Hexen heraus und zieht ab ! Ansonsten wird Euch der Bischof hängen lassen."
Der Herzog lächelte.
„Das soll meine Sorge sein. Und die Frauen bestreiten Hexen zu sein. Sie beschuldigen vielmehr Euch und den Pfaffen, daß ihr sie notzüchtigen wolltet und als sie sich weigerten habt Ihr sie aus Rache zum Tode verurteilt. Und sie sind nicht die ersten. Ihr seid nichts weiter als gemeine Lumpen und habt schon mehr Frauen auf dem Gewissen."
„Sie lügen", schrie nun der Pfaffe dazwischen, „sie sind Gespielinnen des Teufels, haben mit ihm auf dem Altar wollüstig gesündigt."
„Es gibt keine Hexen und Christus hat den Teufel auf ewig in die Hölle verbannt", entgegnete der Herzog.
„Jetzt reicht es", brüllte der Vogt, zog sein Schwert und stieß nach Friedrich.
Dessen Schildknappe wehrte geistesgegenwärtig den Stoß ab.
„Packt die beiden", befahl der Herzog.
Dann wandte er sich an das Volk, das noch immer gaffend dastand.
„Ihr werdet euer Schauspiel bekommen. Holt Stroh und Balken."
Eilig wurde ein neues Podest errichtet, der Vogt und der Pfaffe darauf

festgebunden.

„Gnade", winselten nun die beiden.

„Gnade gibt es nicht. Aber vielleicht ist der Teufel euch gnädig."

Während der Scheiterhaufen loderte wandte sich der Herzog erneut an das Volk.

„Hört, was ich zu sagen habe und merkt es euch gut. In dieser Stadt wird niemand mehr der Hexerei bezichtigt. Und wer es dennoch tut wird selbst auf dem Scheiterhaufen landen."

Ein Raunen ging durch die Menge; keiner wußte, wer der fremde Herr war.

„Wer seid ihr, Herr?" erscholl es aus der Menge.

„Ich bin Herzog Friedrich von Franken. Und Marktbreit gehört ab heute zu meinem Herzogtum."

Der Bischof von Würzburg tobte als er die Nachricht erhielt, daß der Herzog Marktbreit genommen, den Vogt und den Stadtpfarrer auf dem Scheiterhaufen verbrannt hatte.

Das war zuviel!

Markbreit! Der südlichste Hafen am Main, der Beginn des Handelswegs zur Donau, ein wichtiger Platz.

Eine Katastrophe!

„Vielleicht wird er jetzt Ochsenfurt angreifen. Aber dort wird er vor den Mauern verbluten. Aber nein, so dumm ist er nicht. Ich muß handeln!"

Der Markgraf lächelte.

„Überstürzt nichts Bischof, es läuft doch alles bestens. Der Herzog ist in Euer Gebiet eingedrungen, hat Markbreit erobert. Er hat den Landfrieden gebrochen. Schreibt das an den Kaiser. Er hält sich gegenwärtig in Nürnberg auf, wird die Nachricht bald erhalten. Verschweigt aber, daß Ihr dem Erzbischof ein paar Soldaten zur Unterstützung gesandt habt. Ersucht den Kaiser, über den Herzog die Reichsacht zu verhängen und den Markgrafen von Ansbach mit der Durchführung der Acht zu beauftragen. Ich kann dann Euch und den Bischof von Bamberg ganz den Reichsgesetzen entsprechend um Waffenhilfe ersuchen."

Der Herzog dachte nicht daran Ochsenfurt anzugreifen. Er verließ das Gebiet des Bischofs zog nach Südosten. Nach zwei Tagen erreichten sie gegen Mittag ein Dorf, welches zu seinem Herzogtum gehörte. Es war offensichtlich von Gefolgsleuten des Bischofs von Würzburg unter Bruch des Landfriedens gebrandschatzt worden. Von den Häusern waren nur noch rauchende Trümmer übrig geblieben und überall lagen Tote herum, teilweise gräßlich verstümmelt. Dem Augenschein nach waren die meisten Frauen vor ihrer Ermordung mißbraucht worden. Zorn erfüllte den Herzog. Der Krieg des Bischofs galt ihm, er sollte daher auf dem Schlachtfeld ausgetragen werden. Es gab keinen Grund die Bauern zu ermorden. Ihm war aber klar, daß der Reichserzkanzler, die Bischöfe und auch die meisten Adeligen das anders sahen. Die Bauern waren für sie keine wirklichen Menschen, sondern nur Ware, Leibeigene, über die nach Belieben verfügt werden konnte. Und dies, obwohl ihre Pfaffen predigten, alle Menschen seien Geschöpfe Gottes. Aber sie hatten auch eine Ausrede, behaupteten, ein schlechtes Leben werde nach dem Tode im Himmel tausendmal vergolten. Das sagten sie nur, um deren Auspressung zu rechtfertigen. Und das ungebildete Volk glaubte dies, nahm sein Schicksal gelassen hin.

Für den Herzog war dies allerdings nicht der entscheidende Punkt in diesem Kampf. Der Krieg galt nicht der Eroberung neuer Länder, wurde geführt um seine gerechten Ansprüche auf das Herzogtum durchzusetzen, welche die Bischöfe nicht anerkennen wollten. Es war also letztlich nur eine Auseinandersetzung zwischen ihnen und ihm. Sie betraf die Bauern nur insoweit als der Krieg entscheiden sollte, wer ihr Herr war. Mord, Zerstörung und Plünderung brachten nur Schaden für das Land. Und die Raubzüge brachten keinen Sieg, zerstörten nur das Werk der arbeitenden Menschen, auf dem der Segen Gottes lag.

Die Spuren der Zerstörer waren noch frisch, nur wenige Stunden

alt. Mit etwas Glück konnte er sie noch einholen, zumal sie nach den Mordtaten und der Plünderung vermutlich müde waren und sich obendrein sicherlich betrunken hatten.

Die Truppe hatte eine deutliche Fährte hinterlassen. Der Herzog folgte ihr mit einer kleinen Schar auserwählter Ritter, überließ die Führung des Heeres dem Grafen von Rieneck. Nach zwei Stunden erreichten sie einen Wald, an dessen Rand eine größere Gruppe Bewaffneter lagerte.

Sie schienen sehr sorglos, hatten nicht einmal Wachen aufgestellt. Der Herzog wies seine Leute ein; sie schwärmten aus, umzingelten den Gegner. Die Feinde waren vollkommen überrascht.

„Ergebt euch!"

Doch die Männer griffen nach den Waffen. Friedrich zögerte keinen Augenblick, gab Befehl zum Angriff. Der Kampf währte kurz. Dann war der Gegner überwältigt. Die Gruppe hatte ursprünglich etwa fünfzig Mann gezählt, nur vier Ritter befanden sich darunter; knapp die Hälfte der Schergen war getötet worden.

„Wer seid ihr?" schrie der Herzog den Gefangenen zu, „eines meiner Dörfer wurde niedergebrannt, die Bewohner geschändet und ermordet. Und die Spur der Mörder führt zu euch."

Einer der Ritter hatte mit der Hand ein Zeichen gegeben, was wohl bedeutete, sie sollten schweigen, denn der Herzog erhielt keine Antwort. Der zögerte nicht, ließ einen der Männer herausgreifen.

„Rede!" gebot er ihm.

Keine Antwort.

„Schneidet ihm die Zunge ab!" befahl er dann.

Das wirkte.

„Gnade, Herr!" flehte der Gefangene, „ich will alles sagen. Die Herren", er wies auf die Ritter „haben uns angeworben. Sie sagten, sie handelten im Auftrag des Grafen von Eschern, einem Lehensmann des Bischofs von Würzburg, dessen Land die Männer des Herzogs heimgesucht hätten. Er wollte dafür Vergeltung üben. Neben Lohn versprachen sie auch Vergebung der Sünden."

„Vergebung der Sünden? Wie kann das ein Graf versprechen? Du lügst. Das steckt doch der Bischof dahinter!"

„Davon weiß ich nichts, Herr."

„Es spielt auch keine Rolle", brummte der Herzog, „Ihr werdet alle hängen und die Köpfe der Ritter schicke ich dem Bischof."

Der Bischof von Würzburg tobte vor Wut als er die abgeschnittenen Köpfe erhielt.

„Darauf gibt es nur eine Antwort – den Tod", schrie er, „ich werde meine besten Ritter aussenden um ihn zu töten."

„Mäßigt Euch, Exzellenz", mahnte der Markgraf, „noch haben wir keine Antwort des Kaisers. Ein Mordanschlag wird ihm die Berechtigung zum losschlagen geben."

Der Markgraf spielte damit darauf an, daß sich die Heere nun bei Neustadt entlang der Grenze gegenüber lagen.

Doch der Bischof hörte nicht. Er sandte seine zwölf tapfersten Ritter aus um den Herzog zu ermorden. Der Plan schlug fehl. Es gelang sogar drei der Ritter gefangen zu nehmen.

„Die werden als Zeugen dienen", sprach der Herzog zu seinen Rittern und Grafen, „das Maß ist voll, morgen früh werden wir angreifen."

Die Schlacht endete mit einer vernichtenden Niederlage der verbündeten Feinde. Mit Müh und Not gelang dem Markgrafen und den Bischöfen die Flucht nach Nürnberg.

Der Herzog triumphierte. Er beherrschte nun fast das gesamte alte Herzogtum.

Der Reichstag zu Regensburg

Sechs Wochen später trat zu Regensburg der Reichstag zusammen. Die Bischöfe von Bamberg und Würzburg, der Erzbischof von Mainz und der Markgraf von Ansbach hatten die besten Rechtsgelehrten des Reiches aufgeboten und die hatten eine lange Anklageschrift gegen den Herzog von Franken zusammengestellt. Sie forderten nichts weniger als die Absetzung und Ächtung des Herzogs, die Rückgabe ihrer Ländereien und als Entschädigung zusätzlich die Aufteilung des restlichen Herzogtums unter sie. Im Vorfeld hatten sie auch schon mit anderen versammelten Reichsfürsten Absprachen getroffen, waren nun vollkommen sicher, daß der Kaiser gar nicht anders könne als ihnen ihr vermeintliches Recht gewähren. Der Herzog spürte, daß sich um ihn ein Ring geschlossen hatte, der ihm die Kehle zuschnüren konnte, doch er hoffte auf seinen letzten Trumpf, denn den Kaiser plagten andere Sorgen. Eine Erhebung der lombardischen Städte hatte sich auf ganz Oberitalien ausgeweitet. Die Kaisertreuen standen auf verlorenem Posten und seine Herrschaft in Italien drohte zusammenzubrechen, wenn er nicht schnellstens, noch in diesem Jahr eingriff. Denn dann schwand auch seine Macht im Reich. Und es gab durchaus Kräfte, welche dies wünschten. So hatten bereits die Herzöge von Bayern und Sachsen erklärt, sie würden keine Truppen stellen, da sie dem Kaiser nur in Kriegen zur Verteidigung des Reiches zu militärischer Hilfe verpflichtet seien, Italien aber nicht zum Reich gehöre. Unter normalen Umständen würden sie zwar gerne Hilfe schicken, aber nach zwei Jahren mit schlechten Ernten seien durch die fehlenden Steuereinnahmen ihre Kassen erschöpft. Zu einer Anwerbung von Truppen müßten sie sich daher in hohe Schulden stürzen. Unter diesen Umständen, so leid es ihnen tue, müßten sie sich auf ihr Recht berufen. Ebensowenig Hilfe war vom König von Böhmen zu erwarten. Er führte Übergriffe der Polen zu Felde, weswegen er jeden Mann brauche um seine Nordgrenze zu schützen. Entsprechendes brachte auch der Herzog von Lothringen vor; hier war es der König von Frankreich, der seine Kräfte band, so daß er nicht mehr als tausend Mann dem Kaiser zur Verfügung stellen könne. So blieben dem Kaiser nur seine Schwaben und die Burgunder, denn von

228

den restlichen Reichsfürsten waren auch nicht mehr als zusammen höchstens zweitausend Mann zu erwarten. Dies machte ein Kriegszug nach Italien aber von vornherein aussichtslos.

Der Kaiser war niedergeschlagen, versuchte die Herzöge von Lothringen, Bayern und Sachsen, sowie den König von Böhmen zur Stellung weiterer Truppen zu bewegen. Aber er stieß auf Granit.

Der Herzog von Franken hatte das alles schweigend mitangehört, auf die Frage des Kaisers lediglich geantwortet, er könne sich erst dann äußern, wenn sein Fall behandelt worden sei.

Dann befahl der Kaiser den Bischöfen ihr Anliegen vorzutragen. Das taten sie auch, lange und ausführlich. Als sie nach vielen Stunden geendet hatten, sagte der Kaiser:

„Herzog Friedrich von Franken, was habt Ihr zu Eurer Verteidigung zu sagen?"

Friedrich erhob sich langsam und begann zu sprechen, führte aus, daß die Anklagen schwer wiegen. Die Bischöfe hätten die besten Rechtsgelehrten des Reiches aufgeboten. Und diese hätten die Archive durchforstet, Gesetze ausgegraben, die schon lange keine Beachtung mehr finden, da sie dem Reich eher schaden als nützen. Er habe keine Rechtsgelehrten, welche die Anklage widerlegen könnten. Aber der Kaiser müsse auch wissen, daß Reichsgesetze dem Reich durchaus schaden können, wenn sich Fürsten darauf berufen. Die Erhebung in Italien sei ein Beispiel dafür. Bricht die Herrschaft des Kaisers in Italien zusammen, dann schwächt dies das Ansehen des Kaisers, die Fürsten werden ungehemmt einander bekriegen, da das Wort des Kaisers nicht mehr gilt und die Nachbarn werden ihren Nutzen daraus ziehen. Die Ungarn werden in der Ostmark einfallen, die Polen in der Mark Meißen und in Brandenburg, die Dänen in Holstein und so weiter. In dieser Stunde sei der Kaiser auf ein treues Franken angewiesen. Der Herzog werde sich dem Kaiser mit fünfundzwanzigtausend Mann anschließen. Zerschlägt der Kaiser aber das Herzogtum, dann wird er keine fränkischen Truppen erhalten und damit reißt er sich das Herz aus dem Leibe.

Der Herzog blickte die Bischöfe kalt an.

„Wie viele Männer könnt ihr dem Kaiser geben?"

Die Bischöfe erstarrten. Ihre Heere waren vom Herzog zerschlagen worden und für die Anwerbung neuer Truppen fehlten ihnen die Mittel. Sie könnten natürlich versuchen sich Geld zu leihen, aber das würde Monate in Anspruch nehmen.

Der Erzbischof von Mainz erhob sich.

„Herr, wir können nicht sofort Hilfe leisten, vielleicht in einem Jahr."

„Das ist zu spät", antwortete der Kaiser. Er setzte sich, schwieg eine lange Weile, dann erhob er sich wieder.

Die Bischöfe hatten zwar die besten Rechtsgelehrten des Reiches aufgeboten. Der Herzog hatte aber ein großes Heer in Aussicht gestellt. Dem Kaiser fiel die Entscheidung daher nicht schwer. Eine Horde Rechtsgelehrter, die sich nur aufs Disputieren verstand, war für den Italienfeldzug nicht nützlich, ein starkes Heer von fünfundzwanzigtausend Mann aber wertvoll.

„Das Reich ist in Gefahr", sagte er feierlich, „in dieser Stunde ist es notwendig, die Herrschaft denen zu geben, die stark sind, nicht den Schwächlingen. Ich bestätige damit die Herrschaft Herzog Friedrichs über Franken und weise die Anklagen der Bischöfe von Bamberg und Würzburg, sowie des Erzbischofs von Mainz und des Markgrafen von Ansbach ab, die ohnehin jeglicher Gründe entbehren, da sie dem Herzog keinen willentlichen Bruch des Landfriedens nachweisen können. Im übrigen war sein Zug gegen die Bischöfe von Bamberg und Würzburg und Markgraf von Ansbach nach dem feigen Mordanschlag auf ihn rechtens."

Friedrich lächelte, ließ sich aber kein Gefühl des Triumphs anmerken. Er hielt dies in dieser Stunde nicht für angebracht.

Es gab noch einige kleinere Angelegenheiten zu regeln. Dann löste der Kaiser den Reichstag auf.

Der Herzog begab sich zu seiner Unterkunft. Auf dem Weg kam der junge Graf von Rheinfeld auf ihn zu und sprach ihn an.

„Im Namen meines Vaters darf ich Euch zu meiner Vermählung mit der Edelfrau Brunhilde, der Schwester des Grafen von Leisingen, einladen."

„Wann wird die Hochzeit stattfinden?"

„In sechs Wochen."

„Ich bedauere, aber ich werde dann mit dem kaiserlichen Heer auf dem Weg nach Italien sein."

Der Herzog hatte das eher beiläufig gesagt; noch beiläufiger fuhr er fort.

„Was ist eigentlich aus Eurer Verlobung mit Jungfer Katharina geworden ?"

„Ich mußte sie auf Anordnung meines Vater lösen. Katharina soll in ein Kloster gegangen sein."

Der Herzog wandte sich angewidert ab.

„Du bleibst immer ein Schwächling !"

Dies war eine schwerwiegende Beleidigung. Jeder Ritter von Ehre hätte dem Herzog nun den Fehdehandschuh zugeworfen, ihn zum Zweikampf gefordert. Doch Ludwig verabschiedete sich demütig und zog sich zurück.

„Ein Feigling", dachte er, „heiratet während wir nach Italien ziehen."

Der Herzog ritt mit seinen Begleitern zu seiner Burg zurück um von dort aus das Heer zu sammeln. Sie passierten viele zerstörte Dörfer. Oft schlug ihnen Haß entgegen. Die Jungfrauen flüchteten, wenn sie die Reiter sahen.

„Die materiellen Schäden sind allerdings nicht groß", dachte der Herzog, „und wenn die Steuerlast halbiert wird, bleiben noch genügend Einkünfte und das Land wird bald blühen. Dann wird jeder, der sich redlich müht, wird sein Auskommen und ein Dach über dem Kopf haben. Und die Pfaffen sollen arbeiten, wenn sie essen wollen. Die Scheiterhaufen sind erloschen und werden nicht wieder aufflammen. Jedoch, ich fürchte, das Volk wird es nicht schätzen, daß es ihm nun gut gehen wird. Das war schon immer so. Vor tausend Jahren, in Rom, verlangte es Mordspiele um seine Langeweile zu befriedigen. Es will eben nicht einfach glücklich sein. Andererseits, wer das Glück nicht sucht, wird es niemals erlangen, selbst wenn er es findet. Darum wird es nie wirklichen Frieden geben, wird der Kampf ewig währen."

Die Wiedergewinnung des Herzogtums bestimmte bisher all sein Denken und Handeln. Und so hatte er niemals daran gedacht sich eine Frau zu nehmen, zu heiraten, bis er Katharina kennenlernte.

In seiner Familie war es üblich gewesen, für die jungen Männer erst nach dem Ritterschlag eine Frau auszuwählen. Seine Eltern waren allerdings zuvor gestorben und der Bruder, der nun Herzog war, kümmerte sich nicht um die Angelegenheit. So zog der junge Ritter, getrieben von Abenteuerlust als Streiter des Kaisers in die Ferne. Und er hatte nie daran gedacht sich irgendwo niederzulassen. Darüber waren zehn Jahre vergangen, bis er nach dem Tode seines Bruders die Herzogswürde erlangt hatte. Das Streben nach Wiedergewinnung des Herzogtums in der alten Größe paßten nicht mit einer Heirat zusammen. Denn dies bedeutete einen langen Kampf, in dem er sterben konnte. Und er wollte keine Witwe und unmündige Kinder zurücklassen, denn er war sich gewiß, daß nach seinem Tod die Bischöfe oder sein Onkel, der Graf von Eschenbach, den restlichen Besitz an sich reißen und Witwe und Kinder dem Elend überlassen würden.

Das war aber nur die eine Seite.

Die andere war, daß das Leben als Krieger ihm noch keine Gelegenheit gegeben hatte eine Frau kennenzulernen. Und die weitverbreitete Sitte, mittels eines Heroldes bei einem Adeligen passenden Ranges um die Hand dessen Tochter anzuhalten war ihm verpönt.

Das Auftauchen Katharinas hatte eine Änderung in seinem Denken herbeigeführt; dahingeworfen und ausgestoßen von einigen Schergen erschien sie ihm anfangs als nichtiges Wesen, gerade gut genug für ein kurzes Vergnügen seiner Männer. Doch schon bald hatte ihn die jammervolle Erscheinung seltsam berührt und er begann in ihr ein gequältes Geschöpf Gottes zu sehen, das Hilfe, Zuwendung brauchte.

Er verstand dieses Empfinden zunächst selbst nicht. Wie viele hatte er schon sterben sehen oder gequält und geschändet daliegen, in brennenden Städten, in denen Plünderungen tobten.

Lag es vielleicht daran, daß sich diese Szene nicht irgendwo auf der Welt, nicht in einer fremden Stadt, sondern in der friedlichen Umgebung seines eigenen Burghofes abspielte, vor seinem eigenen Haus? Und er hatte es nicht als seine Pflicht angesehen, von Gott aufgetragen, dieses Häufchen Elend zu einem lächelnden, fröhlichen Wesen zu machen. Erst nach und nach begriff er, daß dieser vermeintliche göttliche Auftrag nichts anderes war als Zuneigung, eine Ahnung der Verwandtschaft beider Seelen, Liebe.

Er dachte zurück an gemeinsame Spaziergänge im Wald, gemeinsames Baden im See, an zärtliche Berührungen. Doch er erinnerte sich auch an eine gewisse Scheu, die sie ihm gegenüber empfand. Er glaubte das harte Schicksal habe sie geprägt, ihre Fähigkeit zur Liebe, eine zarte Pflanze, sei unter dem Schutt des Schlechten begraben und der müsse erst weggeräumt werden. Erst dann kann die Liebe gedeihen, dachte er; denn er begehrte nicht nur ihren Körper sondern auch ihren Geist, ihre Seele.

Es bestand für ihn keine Eile die Pflanze der Liebe zum Blühen zu bringen, denn vor einer Vermählung mußte die Aufgabe, seine Aufgabe, die Wiedergewinnung des Herzogtums erfüllt werden.

Nun mußte er sich eingestehen einen schweren Fehler begangen zu haben. Er saß er auf seiner Burg, als einsamer Sieger, Herr über ein Land, dessen Menschen ihn teilweise verehrten, teilweise aber auch haßten, weil sie ihm die Schuld an den Kriegen, den Zerstörungen, den Mißhandlungen und dem tausendfachen Tod gaben. Und er sah die gewaltige Aufgabe vor sich, seinen Traum ein blühendes Herzogtum zu schaffen in die Tat umzusetzen. Wie sehr hätte er nun einer Kameradin bedurft, welche ihm zur Seite stand.

Manchmal dachte er daran die Herzogswürde niederzulegen und als fahrender Ritter in die Ferne zu ziehen, vielleicht ins Heilige Land um dort die Stätten der Christenheit gegen die Muselmanen zu schützen.

So war es ihm nur recht als er den Aufruf des Kaisers zum Aufbruch nach Italien erhielt.

Der Italienische Feldzug

Der italienische Feldzug erwies sich trotz einiger militärischer Erfolge als Fehlschlag. Obwohl mehrere Schlachten siegreich geführt wurden, gelang es nicht, wenigstens eines der Zentren des Widerstandes, Mailand oder Turin, einzunehmen. Die Verluste in den Schlachten und durch Krankheiten dezimierten zunehmend das Heer. Auch ging der Sommer seinem Ende entgegen. Da im Winter eine Überquerung der Alpen ausgeschlossen war, mußte bald eine Entscheidung fallen, um eine Überwinterung in Italien zu vermeiden, denn der Kaiser fürchtete, daß sich das Heer während des Winters auflösen würde. Es blieb die Wahl zwischen einem schmählichen Rückmarsch und einem Friedensschluß. Der Kaiser bevorzugte das Letztere. Schon in diesem Jahr war eine Aufstellung eines Heeres wegen des Widerstandes der Reichsfürsten sehr schwierig gewesen. Und nach diesem mißglückten Feldzug im nächsten Jahr ein neues Heer aufzustellen erschien unmöglich. Nach einer weiteren, kleineren gewonnenen Schlacht war die Ausgangslage für einen Friedensschluß günstig, zumal auch der Städtebund kriegsmüde und seine Kassen erschöpft waren. Man traf sich zu Verhandlungen in Verona. Die Städte erkannten die Oberherrschaft des Kaisers an, stimmten auch der Residenz eines kaiserlichen Vogtes, der allerdings keine großen Befugnisse hatte, in den Städten und einer geringen Steuer zu. Der Kaiser mußte ihnen dagegen zahlreiche Freiheits- und Handelszugeständnisse machen. Am Ende waren alle halbwegs zufrieden und der Kaiser konnte auf dem kommenden Reichstag in Gelnhausen den Vertrag gegenüber den Fürsten als Erfolg darstellen.

Nachdem das Hauptheer unter Führung des Markgrafen von Baden schon vorher zurückmarschiert war, brach die kaiserliche Truppe, welcher auch der Herzog von Franken angehörte, Mitte Oktober von Verona aus nach Norden auf. Man hatte Glück, konnte den Brennerpaß noch vor den ersten Schneefällen überqueren und erreichte am Allerheiligentag Innsbruck. Hier löste sich die Truppe auf und nach einigen Tage Ruhe trat der Herzog mit seiner fränkischen Leibgarde die Heimreise an. Er war erleichtert.

Es war die letzte Hoffnung des Bischofs von Würzburg gewesen, daß er auf dem Italienfeldzug fallen würde. Und es lag im Wesen des Bischof Vorkehrungen zu treffen, daß dies auch geschehen werde. Und in der Tat waren auch vier Mordanschläge auf ihn verübt worden, die nur durch seine Wachsamkeit und die seiner Leibgarde vereitelt worden waren. Trotz aller Vorsicht, die er hatte walten lassen, fürchtete der Bischof nach Scheitern seiner Mordpläne, daß ihm Verbindungen mit den Attentätern nachgewiesen werden könnten. Er legte daher sein Amt nieder, begab sich ins Kloster Corvey in Sachsen.

Begleitet von seiner Leibgarde, seinen tapfersten Rittern, verlief die Reise von Innsbruck nach Franken ohne Schwierigkeiten. Eine Woche vor Weihnachten erreichte Friedrich seine Burg.

Der Herzog hatte während des Feldzuges erkannt, daß die wesentliche Ursache für den Ausbruch der Seuchen in den mangelhaften hygienischen Verhältnissen begründet lag. Schmutz und Unrat hatten nach seinem Urteil im warmen Klima Italiens die Entwicklung der Krankheiten gefördert, was im kalten Deutschland wohl weniger der Fall war. Sollte ein zukünftiger Feldzug in warme Gegenden erfolgreich sein, so mußte den Menschen ein Bewußtsein für die Notwendigkeit von Sauberkeit anerzogen werden und damit war im eigenen Herzogtum zu beginnen. Er versammelte daher die Grafen zu einer Ratsversammlung nach Würzburg um ihnen seine Pläne mitzuteilen. In den Städten und auch in den Dörfern sollte ein Verbot Müll und Fäkalien auf die Straße zu werfen erlassen und statt dessen eine öffentliche Abfuhr des Mülls organisiert werden. Zum anderen ordnete er den Bau öffentlicher Badeanstalten und eine Verbesserung des Gesundheitswesens durch die Errichtung neuer Spitäler an.

Kampf gegen den Markgrafen von Meißen

Nach einigen Monaten, im späten Frühjahr, erreichte den Herzog eine Botschaft des Kaisers. Der Markgraf von Meißen war übermütig geworden, hatte zahlreiche Städte in Thüringen und Brandenburg überfallen und geplündert. Zudem waren seine Truppen in Böhmen eingedrungen und hatten die Grenzgebiete verheert. Der König von Böhmen, Wenzel der Grausame, stellte daraufhin ein Heer zusammen, das sich nun in der Gegend von Aussig sammelte um den Markgrafen zu züchtigen. Gewährsleute hatten dem Kaiser mitgeteilt, das Heer würde spätestens in einigen Wochen elbeabwärts in Richtung Meißen aufbrechen. Er befürchtete nun, daß bei einem Sieg über den Markgrafen Wenzel die gesamte Markgrafschaft an sich reißen und in sein böhmisches Reich einverleiben werde. Dies galt es zu verhindern. Eile war geboten. Er hatte daher die Aufstellung eines Heeres aus thüringischen und brandeburgischen Rittern angeordnet, das sich bei Jena sammeln sollte. Da nun der Markgraf von Brandenburg noch nicht von einer Verwundung genesen war, die er in einer Schlacht gegen die Wenden erlitten hatte und der Landgraf von Thüringen noch jung und unerfahren war, übertrug der Kaiser den Oberbefehl über das Heer dem Herzog von Franken.

Friedrich brach bereits am nächsten Tag mit zweihundert Rittern auf, die er durch Eilboten zusammengerufen hatte. Nach vier Tagen anstrengenden Rittes erreichte die Truppe Jena, wo ihn der Kaiser bereits erwartete. Das Heer war marschbereit versammelt und schon am nächsten Tag führte er es nach Osten. An der Freiberger Mulde traf es auf die Truppen des Markgrafen, die in eintägiger Schlacht geschlagen wurden. Der Markgraf floh mit den ihm verbliebenen Männern über die Elbe in Richtung Neiße. Offensichtlich wollte er beim König von Polen Zuflucht suchen. Große Unterstützung konnte der Markgraf auf seinem Weg nicht erwarten, da der Kaiser mittlerweile die Reichsacht über ihn verhängt hatte. Aufnahme fanden er und seine völlig erschöpften Leute schließlich in Budusin, dessen Bewohner der Herrschaft des böhmischen Königs überdrüssig waren. Hier wollten sie sich eine kurze Ruhepause gönnen. Doch die Verfolger blieben ihm auf den Fersen. Das böhmische Heer war mittlerweile herangerückt, zwei Tage später erreichten die Kaiserlichen den Ort. Eine kurze heftige Schlacht entbrannte; der Markgraf fiel im Kampf, seine Truppen wurden völlig aufgerieben, das Städtchen niedergebrannt. Dabei wüteten die böhmischen Soldaten mit unvorstellbarer Grausamkeit, mordeten, vergewaltigten, plünderten. Dennoch gelang es einem nicht unerheblichen Teil des Volkes sich zu den kaiserlichen Truppen durchzuschlagen, die ihnen Schutz gewährten. Doch es war eine trügerische Sicherheit. Wenzel der Grausame verlangte die Herausgabe aller Gefangener und der geflohenen Bewohner. Er begründete dies damit, daß Budusin in seinem Herrschaftsgebiet lag und er daher das Recht habe, an den Abtrünnigen, die dem Feind Zuflucht gewährt hatten, nun ein Exempel zu statuieren. Der Herzog protestierte beim Kaiser, doch der wollte keinen Krieg mit Böhmen riskieren, zumal das Anliegen des Herzogs von Franken nicht die Unterstützung der Ritter aus Thüringen und Brandenburg fand und diese dem Kaiser klar machten, daß sie die Forderungen Wenzels für berechtigt hielten und sie unter solchen Umständen keinesfalls bereit waren in einen Krieg gegen Böhmen einzutreten. Um den Herzog nicht zu verärgern, handelte der Kaiser schließlich mit Wenzel aus, daß eine Gruppe von siebzig Geflüchteten, ausschließlich Frauen als Lohn für seine Verdienste bei der Bestrafung des Markgrafen dem Schutz Friedrichs unterstellt wurden.

Monika

Der Herzog war mit dieser Regelung unzufrieden, doch er fügte sich der Entscheidung des Kaisers. Immerhin konnte er auf diese Weise wenigstens ein paar Dutzend Frauen vor den Mißhandlungen durch die Soldaten Wenzels bewahren. Er hätte sich auch gerne die hübschesten und wohlgestaltetsten ausgesucht, doch das wurde ihm nicht gewährt. Das Los sollte entscheiden.

Am nächsten Morgen traten die Gefangenen an. Jede mußte einen kleinen Holzstab aus einem Korb entnehmen. Enthielt er einen aufgemalten roten Ring, so durften sie zur Seite treten.

„Das sind Eure Schutzbefohlenen", spottete Wenzel.

Friedrich musterte die Gruppe. Es waren Frauen unterschiedlichster Gestalt und Schönheit, von recht jungen bis hin zu einigen Greisinnen. Eine von ihnen fiel ihm durch ihre Schönheit, ihre Wohlgestalt und ihre wundervollen blonden Haare auf. Sie beeindruckte ihn sichtlich. Er konnte es selbst kaum begreifen, aber innerhalb eines einzigen Augenblicks hatte ihn eine wilde Sehnsucht zu ihr ergriffen. War es der Klang ihrer Stimme mit der sie sich für ihre Rettung bedankte oder ihr Blick, der gleichzeitig Angst und Hoffnung widerspiegelte ?

„Komm her zu mir !" sagte er zu ihr ohne lange zu überlegen.

Die Frau trat näher.

„Den anderen gebt zu essen und zu trinken und beschafft ihnen ein Dach überm Kopf, damit sie die Nacht nicht im Freien verbringen müssen. Gebt jeder einen Streifen aus rotem Stoff; den sollen sie sich um den linken Oberarm binden als Zeichen dafür, daß sie herzogliche Frauen sind und mir gehören. Wer sie anrührt wird gehenkt. Und nun, tretet ab", befahl er.

Die blonde Frau und der Herzog blieben alleine zurück. Er betrachtete sie eingehend, schwieg. Sie schwieg auch einen Weile, blickte ihn dabei eher feindselig an.

„Wird mir die Ehre zuteil, heute Nacht mein Lager mit Euch zu teilen. Eine schöne Beschreibung dafür, daß Ihr mich vergewaltigen wollt !" sagte sie schließlich leicht giftig.

Der Herzog lächelte. Er konnte der Frau diese harten Worte nicht übel nehmen.

„Es ist noch nicht Mittag und bis zur Nacht sind es noch viele Stunden. Da kann vieles geschehen. Du weißt, wer ich bin ?"

„Ihr seid der Herzog von Franken."

„Das ist wahr. Und wer bist Du ?"

„Ich heiße Monika. Mein Vater war der Freibauer Arnulf. Er besaß einen Hof an der Neiße nahe der Einmündung in die Oder."

„Und wie kommst du hierher ?"

„Ich war die Leibzofe und Schreiberin der Markgräfin."

„Und wo ist die Markgräfin jetzt ?"

„Sie gehört Wenzel dem Grausamen."

Friedrich lächelte.

„Himmel und Hölle liegen dicht beieinander."

„Was wollt Ihr damit sagen ?"

„Ein tiefer Fall von Herrscherin zur Soldatenhure. Wenzel wird sie schänden und töten, wobei letzteres eine Gnade ist. Der Markgraf ist tot. Und nun wird der Böhmenkönig seine Rachsucht an ihr austoben. Weißt du, wie geschändete Frauen aussehen ?"

Monika schwieg.

„Ja, ich habe schon oft solche armen Kreaturen gesehen. Solche Taten sind eines Ritters, eines Mannes von Ehre unwürdig. Und er schändet seine Ehre, wenn er solches zuläßt. Ich hegte keinen Groll gegen den Markgrafen. Ich habe lediglich meine Pflicht gegenüber dem Kaiser erfüllt. Vor mir brauchst du keine Angst zu haben. "

Der Herzog blickte sie an; ihr grober, feindseliger Blick war nun milder geworden. Hatte sie verstanden ?

„Setz dich", sagte er endlich und wies auf ein Stück Baumstamm hin, das in der Nähe lag. Er nahm rittlings Platz, sie tat das gleiche, setzte sich so, daß sie sich ansehen konnten.

Der Herzog betrachtete sie schweigend. Ihr Gesicht war wunderschön. Sie hatte eine glatte, leicht bräunliche Haut, wie sie oft bei Bauernmägden, die weitgehend im Freien leben zu finden ist, nicht aber bei Edelfräulein, die ein Kammerdasein führen. Sie hatte blaue Augen, eine kleine Nase, einen schmalen Mund; ihr langes, blondes Haar hing in Strähnen herab, die Frisur hatte wohl unter den Ereignissen der letzten Tage und Wochen gelitten; sie hatten auch Spuren an ihrer Kleidung

hinterlassen, die recht kostbar schien, aber nun zahlreiche Schäden auf-
wies und auch schmutzig war. Ihr Körper war schlank und wohlgestaltet soweit sich das trotz der Kleidung erkennen ließ. Sie mochte wohl
etwas mehr als zwanzig Jahre zählen.

Nach einigen Minuten des Schweigens sagte sie schließlich.

„Warum wurde das Los gefällt ?"

Der Herzog war in Gedanken versunken, hatte ihre Frage überhört, sagte statt dessen.

„Wir werden dir ein neuen Kleid beschaffen müssen."

„Das war nicht meine Frage; ich wollte wissen, warum das Los gefällt
wurde."

Der Herzog erwachte aus seinen Gedanken.

„Verzeihung, ich hatte nicht zugehört. Wenzel forderte alle Gefangenen, Frauen und Männer für sich und ich konnte lediglich erreichen,
daß mir siebzig Frauen zum Schutz übergeben werden. Ich wollte die
edelsten aussuchen, das wurde aber nicht gestattet und so mußte das
Los entscheiden."

„Das war grausam."

„Ich weiß", entgegnete der Herzog, „grausam für diejenigen, welche
Pech hatten, doch ein Glück für die anderen. So spielt eben das Leben.
Himmel und Hölle liegen dicht beieinander."

Sie schwiegen eine Weile. Dann setzte der Herzog das Gespräch fort.

„Du sagtest, du seist Schreiberin der Markgräfin gewesen ? Dann
kannst du also schreiben ?"

„Natürlich kann ich schreiben; und nicht nur in deutscher, sondern auch
in lateinischer Sprache. Der Pfarrer hat mich das alles gelehrt. Mein
Vater bestand darauf. Er sagte, es sei wichtig zu lernen. Nur so kann
man die Lügen erkennen, die uns die Herren auftischen. Ich verstehe
auch einige wendische Dialekte. Außerdem habe ich Rechnen gelernt,
und besitze Kenntnisse in Geographie, der Juristerei und in der Medizin. Könnt Ihr das auch vorweisen ?"

Der Herzog lächelte.

„Du bist nicht zu schüchtern mir solche Fragen zu stellen ? Das gefällt
mir. Natürlich kann ich schreiben, auch in lateinischer Sprache. Wendische Dialekte kenne ich allerdings nicht. Die werden in Franken auch
nicht gesprochen. Dafür verstehe ich ein bißchen italienisch, das habe

240

ich auf unseren Kriegszügen gelernt. Und durch die Kriegszüge habe ich auch einige Geographiekenntnisse erworben, verstehe mich auch in der Juristerei und in der Technik. Über Medizin weiß ich allerdings nicht sehr viel."

Er schwieg eine Weile.

„Dein Vater ist ein kluger Mann. Wissen ist wichtig, notwendig um ein Land zu führen."

„Ja, mein Vater war ein kluger Mann. Er starb vor drei Jahren. Mein Bruder erbte den Hof und er wollte mich verheiraten. Ich mochte den Bräutigam nicht und lief daher weg. Nach langer Wanderung gelangte ich nach Meißen, fand dort eine Stellung als Dienstmagd. Eines Tages wurde die Marktgräfin auf mich aufmerksam und nahm mich in ihre Dienste auf."

„Du hast recht getan als du wegliefst. Eine kluge Frau hat Besseres verdient als ihr Leben auf einem Bauernhof zu verbringen. Nur recht wenige Menschen in unserem Reich besitzen dein Wissen und diese brauchen wir um das Land zu führen. Es ist doch so, daß selbst viele Herzöge und Grafen weder schreiben noch lesen können. Sie unterzeichnen Dokumente, deren Inhalt sie nicht kennen, ja, über deren Inhalt sie von ihren eigenen Schreibern, oft von den Pfaffen bestochen, belogen wurden. Auf diese Weise reißen die Bischöfe immer größere Gebiete des Reiches an sich. Klagen vorm Kaiser helfen nicht, da sie gültige Dokumente vorweisen können. Ich mußte viele Kriege führen um das Erbe meines Vaters, welches mein Bruder an die Pfaffen verschleuderte, wieder zu gewinnen."

Er hielt kurz inne, dann blickte er sie lächelnd an und sprach ohne groß zu überlegen.

„Ich glaube, du wärst eine gute Herzogin, eine passende Frau für mich."

„Herr, das ist doch ein Scherz. Sagt so etwas nicht, es betrübt mich. Seht, ich bin nur eine Frau aus dem Volk, nicht standesgemäß; Niemand würde mich als Eure Gattin anerkennen."

„Täuscht Euch da nicht", die Miene des Herzogs verfinsterte sich, seine Stimme wurde hart, „jeder wird Euch anerkennen. Niemand wird es wagen auf Euch herabzusehen !"

„Das sagt Ihr so daher, Herr. Ihr werdet allen befehlen mich als Herzogin anzuerkennen und jeden hinrichten lassen, der sich weigert mir zu huldigen. Aber damit sät Ihr nur Haß ! Nein, wenn man nicht die Herzen der Untertanen gewinnt, wird man niemals als Herrscherin anerkannt."

Er lächelte.

„Das hast du klar erkannt. Aber es liegt an dir die Herzen der Untertanen zu gewinnen. Und ansonsten: Kenntnisse in Lesen und Schreiben sind bedeutsamer als hohe Geburt; Klugheit, Verstand, Bildung, Mut und Tapferkeit sind wichtiger. Mit diesen Eigenschaften kann man ein Reich regieren. Hohe Geburt alleine bringt nichts ! Es ist ein schwerer Fehler, daß dies in unserem Reich nicht beachtet wird ! Kennst du die Länder des Südens ? Ihre großen Städte, ihre Paläste, ihre Bibliotheken, in denen das Wissen von Jahrtausenden aufbewahrt wird ? Und ihre Äcker bringen dreimal so viel Feldfrucht wie die unsrigen. Ich habe viel darüber gehört und gelesen ! Wir benötigen diese Kenntnisse um die Zukunft des Reiches zu sichern. Aber was tun wir ? Die Herren befehden sich wegen Nichtigkeiten oder aus Habsucht und zerstören dabei Dörfer und Städte ! Hohe Geburt führt vielfach zu Dünkel, falschen Vorstellungen von Ehre und Achtung. Und diese Geisteshaltung ist wiederum der Ursprung aller Fehden, die Einzelnen zwar kurzfristig Vorteile bringen, aber insgesamt nur von Tod und Zerstörung begleitet sind und dem Reich schaden. Denn edel ist ein Mensch nicht durch die Geburt, er wird es erst durch seine Erziehung. Ebensowenig wird ein Kind ruchlos geboren, es wird erst ruchlos durch die Erziehung."

„Verzeiht Herr, aber da kann ich Euch nicht völlig recht geben. Ein Mensch wird auch durch das Leben geprägt, durch seine Umgebung. Er mag guten Willens sein, wenn er aber in einem Land aufwächst, in dem die Gewalt herrscht, so muß er selbst der Gewalt dienen um nicht unterzugehen. Und eines Tages ist er dann selbst böse."

Der Herzog überlegte.

„Darüber habe ich noch nicht so recht nachgedacht. Aber in deinen Worten steckt Wahrheit. Ich habe viele Jahre Krieg geführt um das Herzogtum zurückzugewinnen und dabei viel Blut vergossen. Vielleicht, vielleicht bin ich selbst böse geworden."

Monika dachte kurz nach, antwortete dann.

„Wenn ich es recht überlege, ist Erziehung nicht nur das, was wir von den Eltern und Lehrern lernen, sondern auch das, was wir durch das Leben und unsere Umgebung erfahren. All das prägt unsere Seele. Vielleicht ist unsere Seele gar nicht rein wenn wir auf die Welt kommen, sondern hat schwarze Flecken. Und es ist die Erziehung, die bewirkt ob die schwarzen Flecken verschwinden oder wachsen und am Ende die Seele beherrschen. Aber selbst dann ist es noch nicht zu spät. Schwarze Flecken lassen sich auch wieder wegwischen."

Der Herzog blickte Monika an; ihre Rede erschien ihm voller Klugheit.

„Deine Worte sind gut und wahr, voller Weisheit. Dann brauche ich eben einen Menschen, der meine Seele reinigt."

Er lächelte.

„Vielleicht kenne ich ihn schon."

Monika erschrak. Sie hatte das Lächeln und die Worte verstanden. Er meinte sie.

Sie schwiegen eine Weile. Dann bemerkte er.

„Und nun komm mit. Es ist Mittag geworden. Ich bin hungrig und du sicher auch."

Sie begaben sich zum herzoglichen Zelt. Die Speise war schon zubereitet. Sie aßen. Unterdessen wurden frische Kleider für Monika herbeigeschafft.

„Es ist nicht sinnvoll frische Kleider anzuziehen, wenn man schmutzig ist. Laßt uns im nahen See baden", meinte der Herzog nachdem sie gesättigt waren.

Sie liefen zum See, entledigten sich der Kleider. Monika zierte sich anfangs, doch da der Herzog keine Scheu zeigte überwand sie sich.

Der Herzog betrachtete ihren Körper eingehend. Es faszinierte ihn, daß sie trotz ihrer Wohlgestalt und Zierlichkeit nicht schwächlich wirkte, eher kernig, muskulös, wie ein Mensch, der auch Strapazen ertragen kann.

„Eine Kameradin", schoß es ihm durch den Kopf.

Den Nachmittag verbrachte der Herzog mit dem Kaiser und den Grafen, welche die einzelnen Truppenteile befehligten. Der Feldzug gegen den Markgrafen war abgeschlossen. Es galt nun einen neuen Markgrafen einzusetzen, die Truppen zurückzuführen und zu entlassen. Als neuer Markgraf wurde Otto von Thüringen, ein Vetter des Landgrafs, eingesetzt. Der Herzog wurde beauftragt den Großteil des Heeres nach Jena zurückzuführen und dort zu entlassen, ein kleinerer Teil sollte zum Schutz der Markgrafschaft zurückbleiben.

Darüber war es Abend geworden. Es dunkelte bereits als der Herzog in sein Zelt zurückkehrte.

„Morgen früh brechen wir auf", sagte er zu Monika, „es wird ein langer Weg; nehmen wir also das Abendbrot ein und legen uns dann zur Ruhe."

„Und was wird aus mir ?" fragte sie zurück.

„Das wird morgen entschieden", entgegnete der Herzog.

Monika wunderte sich über diese Worte, fragte nach, was er damit meinte, doch der Herzog gab keine Auskunft.

Monika spürte Angst, Angst vor den Stunden, die vor ihr lagen. Den gesamten Nachmittag hatte sie auf dem Stück Baumstamm gesessen und nachgedacht, doch dabei immer wieder Angst empfunden, sich davor gefürchtet, von einem fremden Mann mißbraucht zu werden. Schon in den letzten Tagen hatte sie angesichts der aussichtslosen Lage des Markgrafen in ständiger Furcht gelebt, von einem fremden Krieger als Beute gewaltsam genommen zu werden. Nun war der Augenblick gekommen. Die freundlichen Gespräche mit dem Herzog hatten in ihr zwar eine Zuneigung, ein klein bißchen Liebe zu dem Manne aufkeimen lassen, aber das hatte sie nur vorübergehend beruhigt. Die Vorstellung, daß er sie, eine Bauerntochter zu seiner Herzogin machen wolle entsetzte sie. Das konnte unmöglich sein Ernst sein. Sie fürchtete Falschheit hinter den Worten, Beschwichtigungen um sie gefügig zu machen. Sie fürchtete am nächsten Morgen entehrt verstoßen zu werden, wenn er sein Ziel erreicht hatte.

Friedrich führte sie in sein Zelt, wies ihr einen Schlafplatz zu. Er selbst legte sich in der entgegengesetzten Ecke nieder, begann nachzudenken.

Er dachte an Katharina. Er hatte sie geliebt, aber zu lange gezögert und sie schließlich verloren und dann geglaubt nie mehr Liebe zu finden. Er hatte seinen Kummer gebändigt, ihn nach außen gerichtet. Er hatte ihm die Tollkühnheit verliehen, die er aufbrachte um sein Herzogtum vollständig zurückzugewinnen, da er seinem Leben keinen großen Wert mehr beilegte und es deshalb keinen Grund gab es zu schonen. In diesem Bewußtsein hatte er seine Siege erfochten. Dann war das Ziel erreicht, aber er sah keine Zukunft, keine Freude. Denn, war das Ziel wirklich erreicht ? Würde er nicht neue Kriege anzetteln um diesem dumpfen Dasein zu entfliehen ? Nun aber war eine neue Frau in sein Leben getreten, welche ihm einen neuen Weg weisen konnte. Sollte er nun wieder warten bis sie ihm aus den Händen glitt ? Nein, es galt rasch zu handeln bevor das Licht, das entflammt war wieder erlosch. Es war ihm aber auch klar, daß gerade dieses Handeln die Gefahr barg, das Licht wieder auszulöschen. Er überlegte, ob er sich nicht einfach zu ihr legen und ihr durch zärtliche, körperliche Berührungen seine Zuneigung zeigen solle. Doch dann sagte er sich, daß dies wohl genau der falsche Weg sei; Monika werde sich sicherlich seinem Willen fügen, aber sich als Beute betrachte, sich mißbraucht fühlen und für ihn nur noch Ekel empfand.

Monika schlief noch als Friedrich am Morgen erwachte. Er setzte sich neben sie, betrachtete sie. Es mußte eine Entscheidung fallen. Endlich erwachte sie.

„Was ist mit Euch ? Warum sitzt Ihr neben mir und betrachtet mich ?"

„Ich denke über eine Entscheidung nach, welche ich heute Nacht gefällt habe."

„Und was habt Ihr entschieden ?"

„Ich bitte um deine Hand. Ich möchte dich heiraten."

„Ihr habt gestern bereits so merkwürdig geredet. Ich bin doch Eurer nicht würdig. Ich bin doch nur eine Frau aus niederem Stand."

„Du hast meine Liebe geweckt. Und ich bin zur Überzeugung gekommen, daß du eine würdige Herzogin sein wirst. Aber es liegt an dir zuzustimmen."

„Das mag alles so schnell gehen bei Euch. Aber glaubt Ihr wirklich, ich kann mich so rasch entscheiden ? Gestern noch Kriegsbeute und heute Herzogin ! Welch ein Schritt ! Glaubt mir, ich danke Euch von ganzem Herzen, daß ihr mich unter Euren Schutz genommen, mich heute Nacht nicht mißbraucht habt. Aber muß ich deswegen Liebe für Euch empfinden ? Ist Dankbarkeit eine Basis für Liebe ? Nein, das ist sie nicht. Man kann es sich zwar einreden, aber man kann sein Herz nicht täuschen. Man kann die Ehe miteinander eingehen, aber dennoch sich stets fremd bleiben."

Friedrich verzog leicht das Gesicht.

„Ich werde dich zu nichts zwingen. Ich habe dich unter meinen Schutz genommen und werde dich nicht verstoßen, wenn du mich abweist."

„Herr, ich weise Euch doch gar nicht ab. Ich bitte Euch nur mir Zeit zu geben mein Herz zu erforschen. Das ist etwas ganz anderes. Habt Geduld."

Wortlos erhob sich der Herzog, verließ das Zelt.

Monika blieb verwirrt und ratlos zurück. Sie dachte nach. Es war nicht einfach Dankbarkeit, was sie für diesen Mann empfand, sondern auch ein seltsames Gefühl der Zuneigung. War es Liebe ? Vielleicht. Aber es war ein kleines, schwaches Pflänzchen, das zugrunde gehen oder auch heranwachsen konnte.

Der Marsch des Heeres nach Jena verlief ohne Zwischenfälle, zog sich aber wegen der vielen Verwundeten hin. Nach zwei Wochen erreichten sie die Stadt. Das Heer wurde aufgelöst.

„Ich gönne Euch drei Tage Ruhe", erklärte Friedrich seinen Rittern, „dann werden wir nach Franken zurückkehren."

Friedrich hatte Monikas Worte verstanden und sich zu Herzen genommen. Während der Reise verbrachte er möglichst viel Zeit mit ihr. Sie übernachteten zwar stets im gleichen Zelt, doch hielt er sich ihr gegenüber zurück, sie sollte nicht das Gefühl haben, daß er sie nur als Mätresse begehre.

Doch er spürte auch, daß dieses Verhalten eine gewisse Distanz zwischen ihnen schuf. Beide empfanden offensichtlich Zuneigung zueinander, doch es schien ein gewisses Mißtrauen zwischen ihnen zu bestehen, das sie daran hinderte diese Zuneigung einander zu zeigen:

Friedrich wollte vermeiden, daß sie glaubte von ihm zur Befriedung seiner geschlechtlichen Begierde mißbraucht zu werden, Monika hegte noch immer Zweifel, ob Friedrich in ihr wirklich die Frau sah, die ihm ranggleich war oder nur eine Beute, welche er zur Verwischung seiner wahren Ansichten über sie zu seiner Gattin erwählte.

Es mußte also zu einer Aussprache kommen.

Monika saß an jenem Nachmittag in der Sonne als Friedrich herantrat und neben ihr Platz nahm.

„Alle Angelegenheiten sind erledigt, morgen früh werden wir nach Franken aufbrechen und in vier Tagen meine Burg erreichen."

„Und was soll aus mir werden ?" fragte Monika.

„Du hast Zeit dein Herz zu prüfen. Ich habe sie dir gewährt, dir keine Frist gesetzt. Du wirst als Gast auf meiner Burg weilen, bis du dich entschieden hast, falls du es möchtest. Ich zwinge dich zu nichts. Ich besitze auch ein Stadthaus in Würzburg, in dem du wohnen kannst, falls du dies vorziehst. Um deinen Lebensunterhalt mußt du dir keine Sorgen machen."

Sie lächelte.

„Ich möchte aber nicht in den Tag hineinleben wie die Vögel unter dem Himmel, die nicht arbeiten aber von Gott trotzdem ernährt werden. Ich bin kein Edelfräulein, welches das Leben genießt, aber keiner Tätigkeit nachgeht. Ich möchte arbeiten, abends mit dem Wissen zu Bett gehen, daß ich mein täglich Brot und mein Nachtlager redlich verdient habe und ich nicht auf Kosten anderer lebe."

Friedrich lächelte.

„Du bist klug und gebildet, kannst lesen und schreiben, eine Tätigkeit für dich wird sich finden. Aber warum möchtest du dich mit einer Stellung als Schreiberin begnügen, wenn dir Höheres offen steht ?"

„Ich verstehe, was Ihr meint. Ich habe mein Herz geprüft und empfinde ehrliche Liebe zu Euch. Aber liebt Ihr mich auch ? Zürnt mir nicht, Herr, wenn ich jetzt sage, daß ich Euch vorher prüfen möchte. Ich will Euch gehören, aber erst, wenn die Kirche Ihren Segen gegeben hat. Ihr dürft unterdessen bei mir liegen, mich berühren, aber die Grenze nicht überschreiten. Der Segen der Kirche bedeutet mir nicht viel. Er ist nur ein äußeres Zeichen, der den Zeitpunkt markiert, bis zu dem Ihr Euch zurückzuhalten habt. Und wenn Ihr mich wirklich liebt, dann dürft Ihr mir deswegen nicht zürnen !"

„Nun, ich nehme dich beim Wort. Wenn es keine härteren Bedingungen gibt. Und ich gehe davon aus, daß du mir die Ehe versprochen hast – unter diesen Bedingungen !"

Die Sonne versank. Sie nahmen das Abendbrot zusammen ein, legten ich dann zum Schlafen. Sie schmiegten sich aneinander ohne die verinbarte Grenze zu überschreiten.

„Meine Herzogin", waren die ersten Worte, die Monika vernahm als sie am Morgen erwachte.

„Im übrigen", fügte er nach kurzer Pause hinzu, „es ist nicht Brauch in Franken, daß eine Gattin ihren Mann als ‚Herr' bezeichnet; sie nennt ihn beim Vornamen; ich heiße Friedrich."

„Noch bin ich nicht deine Gattin."

„Aber meine Braut. Das macht keinen großen Unterschied."

Er umarmte sie, streichelte sie, küßte sie. Anfänglich noch zurückhaltend erwiderte sie schließlich seine Liebkosungen.

„Ja, ich bleibe bei dir", sagte sie, „du hast die Liebe in mir geweckt. Doch ich war mir ob meiner Gefühle nicht sicher. Aber nun weiß ich, daß es auch wirklich Liebe ist, was ich dir gegenüber empfinde. Wichtiger ist allerdings, daß du mir das Gefühl gibst gleichwertig zu sein, nicht ein Weib, das sich unterzuordnen hat."

„So ist es, ich brauche eine Gefährtin, Dienerinnen habe ich genug"

Ein Knappe erschien.

„Herr, es wird Zeit aufzustehen, das Frühstück steht bereit, die Ritter sammeln sich schon, das Lager wird abgeschlagen, in zwei Stunden soll aufgebrochen werden."

„Gut, ich werde gleich kommen. Melde inzwischen den Herren sie sollen sich umgehend vor meinem Zelt einfinden."

Der Knappe verschwand.

Friedrich und Monika standen auf, wuschen sich, kleideten sich an; dann traten sie vors Zelt; Monika zögerte, Friedrich zog sie hinter sich her, sagte beiläufig:

„Du bist die wichtigste Person."

Die Männer waren versammelt, warteten.

„Ritter und Grafen", hob der Herzog an, „höret zu, was ich euch mitteile. Ich habe heute Nacht eine Entscheidung getroffen, die für die Zukunft unseres Herzogtums von ungeheurer Wichtigkeit, von entscheidender Bedeutung ist. Und Ihr sollt es hören bevor Ihr zurückkehrt. Ich habe eine Herzogin erwählt."

Er nahm Monika bei der Hand und hob ihren Arm in die Höhe.

„Hier steht sie vor euch, meine Braut, Monika von Franken. Sie wird Eure Herrin sein. Ich erwarte, daß Ihr ihr genauso treu und ergeben dient wie Ihr mir dient."

Ein kurzes Raunen ging durch die Menge, eine Bauerntochter als Herzogin ? War sie eine Hexe, die ihn verzaubert hatte. Die Männer blickten einander unschlüssig an. Doch der Zweifel verflog rasch. Sie kannten ihren Herrn. Nicht einmal der Teufel konnte ihn verführen. Wenn er nun diese Bauernmagd zur Frau nahm hatte das seinen guten Grund, er hatte sie für würdig befunden und weder Papst noch Kaiser konnten es ihm ausreden. Und es schien ihnen gewiß, daß sie eines Tages seine Entscheidung verstehen würden. Nach kurzem Schweigen erscholl ein unüberhörbares:
„Es lebe die Herzogin von Franken."

Friedrich ließ die Männer abtreten. In Monikas Augen standen Tränen.
„Weine nicht, du wirst eine würdige Herzogin sein."
Nach kurzer Pause fügte er hinzu.
„Viel Zeit bleibt nicht. Bald brechen wir auf. Und auch du mußt deine Pflichten erfüllen. Wir haben zahlreiche Verwundete, die noch nicht genesen sind, die versorgt werden müssen. Kümmere dich darum, und denke immer daran, dein Wort ist jetzt Befehl."
„Das übernehme ich gerne; einige der Frauen aus Budusin haben Kenntnisse in der Heilkunst. Die werden mich sicher mit Freude unterstützen."

Drei Wochen später fand die Hochzeit statt. Die Trauung wurde vom Bischof feierlich im Dom vollzogen. Dieser war zunächst entsetzt diesem Paar Gottes Segen geben zu müssen. Doch er fügte sich. Viele wunderten sich über die Freundlichkeit und Würde mit der er die Zeremonie vollzog, hielten sie für gespielt, eine Geste der Unterwürfigkeit. Letztlich störte dies aber niemanden.
Ganz Würzburg war auf den Beinen und huldigte dem Paar und insbesondere natürlich der neuen Herrin, die sehr rasch die Zuneigung und Hochachtung ihrer Untertanen und des Adels gewann.

Diethelm von Überacker –
Die Abenteuer des Ritters ohne Mut und Adel

Inhalt

Personen

Diethelm von Überacker – Held der Erzählung, der unsterblichen
    Ruhm erwerben möchte
Heike – Ritterin, Diethelms Gefährtin und Beschützerin

Kuno Übelacker – Diethelms Vater
Helene – Diethelms Mutter, fromm und gottesfürchtig
Bibanter – entlaufener Mönch, Diethelms Erzieher
Hildebranch – Waffenmeister Kunos
Arnimius der Lasche – Fürst von Tollpatien, angehender König der
    Jammerlappen
Masurbatus Legibus – berühmtester Rechtsgelehrter des Reiches
Adelbert – Holzhacker
Walter von Wazzenbusch – Fürst, Vetter von Arnimius des Laschen,
    mit ihm verfeindet
Ingwert von Lygoft – polygonischer Kundschafter und Spion; eigentli-
    cher Name 'Franz Gifthay'
Homersapiens – antiker griechischer Dichter, Schöpfer des Helden-
    epos 'Oddytas'
Alkholski – polygonischer Graf
Krakelski – polygonischer Graf
Udo von Achenkrach – Graf in der Wazzenmark
Espresso Longo – von Ingwert von Lygoft erfundener angeblicher
    italienscher Dichter und Sänger
Gottlob von Muckefuck – Graf, mit Fürst Wazzenbusch befreundet
Bettina von Muckefuck – Gottlobs Tochter
Reinhard von Moorgau – Sekretär des Fürsten Wazzenbusch
Horst von Strohkopf – Freund des Fürsten Wazzenbusch
Achim von Strohkopf – Horsts Sohn
Carolus Langkahn – Gaukler
Hans Lesseig – Dorfschulze
Ruprecht von Reifenstein – Graf
Josefine von Reifenstein – Tochter Graf Ruprechts, Braut des Grafen
    von Schwartenstein

Anna – Zofe Josefines, Braut des Ritters von Ellenlang
Christoph von Scheibenklaist - Vogt des Grafen von Reifenstein
Egbon der Jäger – von den Räubern ermordeter Dorfbewohner
Hellmuth, Thiemon – Räuber
Räuberherzog, Räubergrafen
Bernhard von Schwartenstein – Graf, Verlobter Josefines
Richard von Ellenlang – Ritter, Verehrer Annas
Otto der Halbweise – Kaiser
Heinrich von Löwenzahn – Sohn des Kaisers
Rudolf der Habgierige - Markgraf der Söndermark, Empörer gegen
          den Kaiser
Markus von Söldern – Burghauptmann Markgraf Rudolfs
Friedrich von Heldenberg - kaisertreuer Graf
Hagar Maria – Prinzessin, Tochter des Emirs (Sultans) von Zitronis-
          tan, einem Emirat im Morgenland
Safran – Zofe Hagar Marias
Brunum – Leibeunuch Hagar Marias
Salami – Kamelknecht, der zum Sultan aufstieg
Sigward der Einfältige – zweiter Sohn des Kaisers
Hurri Khan – Mongolenherrscher
Saladkriem – Sultan, muselmanischer Herrscher im Morgenland
Isthaltso - König der Matschkoraner
Hagen der Hinterhältige – Vetter Rudolfs des Habgierigen
Gunther der Gräßliche – Vetter Rudolfs des Habgierigen
Balduin von Wolfsmilch – Ritter im Gefolge Graf Friedrichs
Christoph Milchbarth – Junker im Gefolge Hagens
Currie – Herzog der Bruzzler
Frankenstein – früherer Kaiser aus dem Geschlecht der Sozionen
Alegna – Frankensteins Gattin
Hasenlauf – stupidirischer Ritter
Hotdog – Herzog der Bruzzler, Nachfolger Curries

Völker

Luschen – wenig zivilisiertes, geistig träges Volk in einer entlegenen
    Provinz des Reiches
Angeln, Ruten, Haken – westliche und nordwestliche Nachbarvölker
Jammerlappen – im hohen Norden lebendes Volk
Polygonen – östlich der Reichsgrenze lebendes Volk
Halenunaken – muselmanische Volk im Orient
Matschkoraner – südöstliches Nachbarvolk
Sarmaten – Volk im Osten
Bruzzler – wildes, unzivilisiertes Volk nordöstlich der Reichsgrenze
Kruden – Volk im Morgenland
Ukkerer – Volksstamm im Norden des Reiches
Ekanakans – Volksstamm im Osten
Stupiden – Volksstamm im Nordosten des Reiches
Numerier – Volk im nordöstlichen Afrika

Länder / Orte

Dirnenmark – Provinz außerhalb der Reichsgrenzen
Wazzenmark – Herrschaftsgebiet des Fürsten Wazzenbusch
Zitronistan – Emirat im Morgenland
Söndermark – Markgrafschaft im Südosten des Reiches an der Grenze
    zu Matschkoranien
Matschkoranien – Königreich südöstlich des Reiches
Stupidierien – Grafschaft an der Nordostgrenze des Reiches
Krudistan – Land im Orient
Numerien – Lande der Numerier
Tomatenmark – Bezirk in Stupidirien
Pastafeld – Gebiet in der Tomatenmark

Akkassalem – Stadt im Heiligen Land, Ort einer Schlacht
Jerusalem - Stadt im Heiligen Land.
Damaskus – Stadt im Morgenland
Bagdad – Stadt im Morgenland
Dargnilast – Schlachtort in Stupidirien
Camelort – Stadt in Stupidirien, Zentrum der Kamelzucht

Die Fürstin von Raukurien

Inhalt

Personen

König Heinrich von Cheruskien
König Wenzel von Awaristan

Albrecht von Heimdall – Markgraf von Litunien
Anna von Heimdall – Albrechts Tochter
Lothar von Heimdall – Albrechts Sohn
Arno von Posram – Befehlshaber der litunischen Truppen
Otto von Delborn – litunischer Ritter im Dienste des Markgrafen
Kuno von Ackenheim – Komandant der litunischen Truppen in
Breslana
Gernot von Altfeld – Stadthauptmann von Breslana

Veronica – Tochter eines rutherischen Landadeligen, Anna von
Heimdalls Vertraute
Carina – Tochter des Herzogs von Rutherien, Geisel am raukurischen
Fürstenhof

Mirko – Fürstprinz von Raukurien
Victor von Niroloff – Raukurischer Ritter
Michail – Hauptmann einer raukurischen Widerstandsgruppe

Peter von Rheinmark – Reichsgraf
Armin von Wernfels – Herzog der Gepiden, Peters Vetter
Adolf von Mayarn – Ritter im Gefolge Peters

Kainar – Herzog der Kainaren
Gaidar – Herzog der Kainaren, Kainars Nachfolger

Dietmar von Melckenburg – Markgraf
Otto von Birsmaklan – melckenburgischer Graf, Heerführer
Adolf von Heyern – von Markgraf Dietmar eingesetzter Landvogt in
     Raukurien

Wilhelm von Berilin – Reichsgraf

Walther von Escherau – fahrender Sänger

Andrei von Beresina – sarmatischer Landedelmann, Großvater
     Veronicas

Völker

Kainaren – wildes, unzivilisiertes Volk im Nordosten Cheruskiens
Pruzzen – wildes, unzivilisiertes, räuberisches Volk, das verstreut in
     Awaristan und Sarmatien siedelt
Langobarden – südlich der Alpen lebendes Volk
Gepiden – Volksstamm im Südosten Cheruskiens
Franken – Volk in Westeuropa

Muselmanen – Sammelname für verschiedene Völker im Morgenland

Länder

Cheruskien (Cheruskisches Reich) – Königreich in Mitteleuropa
Litunien – Markgrafschaft im Osten Cheruskiens
Rheinmark – Reichsgrafschaft im Westen Cheruskien
Melckenburg – Markgrafschaft im Nordosten Cheruskiens
Berilin – Reichsgrafschaft im Nordosten Cheruskiens
Cholkinen – Grafschaft im Südosten Cheruskien, zwischen Awaristan
            und Cheruskien umstritten
Thüringen – Landgrafschaft in Cheruskien
Meißen – Markgrafschaft in Cheruskien
Silesien – Markgrafschadt in Cheruskien
Pomoren - Markgrafschadt in Cheruskien
Gepidien – Herzogtum im Südosten Cheruskiens
Schwaben – Herzogtum in Cheruskien

Awaristan (Awarisches Reich) – Königreich östlich Chruskiens
Raukurien – Fürstentum in Awaristan

Sarmatien (Sarmatisches Reich) – Kaiserreich im Osten Europas
Rutherien – Herzogtum in Sarmatien

Franken (Fränkisches Reich) - Königreich in Westeuropa
Burgund – Herzogtum in Franken

Städte / Orte

Breslana – Residenzstadt Lituniens
Doblin – Stadt in Litunien+
Akkassalem – Schlacjtort im Heiligen Land
Akkon – Stadt im Heiligen Land
Jerusalem – Stadt im Heiligen Land
Genua – Hafenstadt an der nordwestliche Küste des Mittelmeeres
Pacharowa - Dorf in Raukurien
Berislow – Stadt in Raukurien

Krankanra – Stadt in Raukurien
Ausplitz – Stadt in Raukurien
Berilin – Residenzstadt der gleichnamigen Reichsgrafschaft
Seweblin – Residenzstadt der Markgrafschaft Melckenburg

Sleipnisfeld – Schlachtort in Raukurien, nahe Krankanra

Flüsse

Rhein – Fluß im Westen Cheruskiens
Wesla – Fluß in Awaristan
Eborlong – Fluß im Norden Lituniens
Saarale - Fluß im Norden Lituniens
Waranta – Fluß in Raukurien
Wolga – Fluß in Sarmatien

Der Herzog von Franken

Inhalt